有爱的青春陪伴者

图书在版编目（CIP）数据

恋爱复习手册 / 腊八椰子著. -- 南京 : 江苏凤凰文艺出版社, 2025. 5. -- ISBN 978-7-5594-9521-1
Ⅰ. I247.5
中国国家版本馆CIP数据核字第2025QL7584号

恋爱复习手册

腊八椰子 著

责任编辑	王昕宁
特约编辑	雪 人
责任校对	言 一
出版发行	江苏凤凰文艺出版社
	南京市中央路165号，邮编：210009
网　　址	http://www.jswenyi.com
印　　刷	长沙鸿发印务实业有限公司
开　　本	880mm×1230mm 1/32
印　　张	10
字　　数	298千字
版　　次	2025年5月第1版
印　　次	2025年5月第1次印刷
书　　号	ISBN 978-7-5594-9521-1
定　　价	42.80元

江苏凤凰文艺版图书凡印刷、装订错误，可向出版社调换，联系电话025-83280257

目录
CONTENTS

第一章 / 回到 2019 年的夏天　　　001

第二章 / 她喜欢的人都会喜欢上她　　025

第三章 / 周围吵闹，他们却安静　　046

第四章 / 所以，他不配　　069

第五章 / 有些人坦白了秘密　　090

第六章 / 那一夜并不太平　　118

第七章 / 一步步朝他走近　　144

LIANAI
FUXISHOUCE

目录
CONTENTS

第八章 / 一个装傻,一个充愣　　　169

第九章 / 好,我们在一起　　　190

第十章 / 今天天气很好,我们见面吧　　　214

第十一章 / 用力地去爱对方　　　239

第十二章 / 向他预约下一次人生　　　269

番外一 / 花和永远的公主　　　294

番外二 / 我的父母　　　299

番外三 / 方知扬的兴趣班　　　306

第一章
回到 2019 年的夏天

01.2070 年的冬天

南方的冬天虽不下雪，却依旧冻人。

乔宝琳现在年纪大了，睡眠时间比以前短了许多，晚上睡得早，每天早上天刚亮就会醒来。

但冬天的天亮得晚一些，她醒了之后也会犯懒，在被窝里待到完全清醒后再起床。慢吞吞地下床整理好自己后，她走出自己的房间，餐桌上已经备好她的早餐了，摆在固定的地方，用的是她最喜欢的向日葵盘子。

是方游谦做的早饭。

这人已经七十岁了，却依旧自律。

他每天在固定的时间醒来，做好两人的早餐后去院子里理花，等乔宝琳起来后，再和她一起无言地吃一顿早饭。

吃过早饭，他们会分头去做自己的事。

方游谦大多数时候是看书或者写字，乔宝琳则是看电视、画画、做点手工活，或者出门和老姐妹们逛街散步。

每次她结束了一天的行程，筋疲力尽地经过书房，都会看见方游谦坐在最开始的那个位置，似乎一天都没挪动过。

四十几年了……不对，应该是将近七十年了，他几乎每天都是这么生活的。

枯燥乏味，千篇一律，比她做的那些雕塑还僵硬，没有什么生动的情绪。

她对他提出的要求，他只会点头答应，然后一声不吭地去做。

乔宝琳跟他的性情大相径庭，她一天不动就觉得难受，是绝对无法忍受他这种生活方式的。

虽然方游谦没说过，但她猜，他一定也觉得她的生活方式过于聒噪浮夸。

可他们唯一的默契应该就是从没奢望去改变对方的生活，他们都在忍受着和自己一点都不合的对方融入自己的生活。

夫妻过日子嘛，忍忍就好了。

她忍他，他何尝不是在忍她呢？

他们结婚这么多年，没吵过几次架。

一开始是方游谦太能忍，乔宝琳那火刚点起来，方游谦就沉默，不顶嘴不反驳，只是听着她的话，然后静静地看着她，任由她朝他发火，等到她那火烧尽了，他就顺势道歉。

他们结婚初期的磨合争吵都是以他的道歉为收尾。

后来，乔宝琳也觉得没趣了。

每次都是她因为一些琐碎的小事自顾自地把火烧起来，又等着那火灭掉。

她已经接受了方游谦无趣死板的秉性，闹脾气最后也只会让自己不好受，不如做些对自己好的事。

他们之间就是这样的，说好听点叫相敬如宾，说难听点就是互不搭理。

年轻的时候，他们还睡同一张床。

年纪大了后，乔宝琳提出分房睡，理由是五十岁了也不会再做爱了，没必要把床分一半给别人，睡觉都不舒坦。

五十岁的方游谦答应了，当天晚上就拿了一床被子到客房去睡。

至此，结婚二十余年的夫妻开始了分房生活，这种分房生活一直持续了二十年，两人的婚姻竟也撑过了四十余年。

很多朋友都羡慕乔宝琳有这么一个安静能干的老公，有财有才还有颜，脾气也好，也无数次对他们这"青梅竹马错过多年最终修成正果厮守一生"的故事感到艳羡。

乔宝琳听到这些都在心里笑两声，却也懒得澄清。

生活如水，冷暖自知。

虽然她和方游谦的这段婚姻绝对不到刻骨铭心的程度，但她也满意了。

可能是年纪大了，没那个可以造作的身体了。

如果她的丈夫和她一样活力四射，她可能也会觉得吵闹，所以她还是很佩服方游谦能忍她这么多年。

步入老年后，她无数次在心里默默感叹，有这个沉稳可靠的老公的确不错。

这老公做饭好吃，从不让她做家务活，性格温润，长得还帅……

作为老年伴侣，方游谦无疑是个绝佳人选。

但也仅仅而已了，乔宝琳从不觉得她和方游谦之间有爱情。

他们从小就认识，建立过深厚的友情，一夜荒唐奉子成婚后就过渡到亲情了。

不过已经将近七十岁了，乔宝琳也不觉得遗憾了。

她的生活依旧丰富美满，有丈夫、有儿子、有媳妇、有孙子，还有可以继续的爱好和向往。

她看向餐桌，发现今天的早餐有点奇怪，向日葵碗里的荷包蛋只有一个。

平时都是两个的，她很爱吃荷包蛋，每天都要吃两个，方游谦也总是烧两个给她。

今天是怎么回事？因为昨天她没等他一起吃早饭，所以他耍脾气了是吗？

乔宝琳走到院子里叫方游谦吃早饭，却发现本应该在浇花理草的方游谦正躺在凉椅上睡大觉。

她觉得奇怪，方游谦不怎么爱睡觉的，应该是真老了。

她走过去叫醒他。

他迷迷糊糊睁眼，浑浊的双眼慢慢聚焦，看清她之后，他似乎痴了，眼神空洞，过了好几秒才眨了眨眼，准备起身："起了？"

乔宝琳拉着他起来。

003

两人走到餐桌边，乔宝琳问他："今天怎么就一个？"

方游谦愣了一瞬，垂眸看向盘子里的荷包蛋。反应过来后，他抬眼看她："抱歉，忘了，再做一个？"

乔宝琳让他坐下，他却依旧要去做。

乔宝琳摁住他："少吃一个又不会死。"

年近七十的她，好不避讳这种不大吉利的词语。

方游谦没说话，深深地看了她一眼后低头吃饭。

第二天，天气很冷。

乔宝琳发现今天的早餐有两个蛋，却没用她的向日葵盘子装。

她去院子里找方游谦，他像昨天一样躺在椅子上。

乔宝琳看着他睡沉的模样，没有叫醒他，反倒是去屋里拿了毯子，给他盖上之后，拿起花壶，帮着他完成他未做完的工作。

本想等他醒来再一起去吃早饭，但他睡得实在是有点久，乔宝琳有点饿，就先回屋吃早饭了。

她快吃完的时候，院子的门被推开，方游谦走进来，走到乔宝琳身边，见她的盘子已经干净，抿唇没说话。

乔宝琳让他赶紧吃饭，都快中午了。

方游谦却把自己那份早餐全倒进垃圾桶里。

乔宝琳一愣："你干吗？"

他却像是生气一样，什么话都不说，将自己关进书房里了，怎么喊都不肯出来。

乔宝琳差点以为他更年期了。

温润了一辈子的人突然发脾气，不是叛逆期就是更年期。

……可他已经七十岁了。

隔天，方游谦依旧在外面睡着。

乔宝琳语气很差地将他叫醒。

他慢悠悠地睁开眼，依旧一副迷糊的模样。

乔宝琳想着昨天他突然生气的事，现在也没了好脾气，开始数落他："天天睡这里算怎么一回事？故意要把自己冻生病是吗？然后给你儿子装可怜吗？"一通抱怨后，乔宝琳把被子丢到他身上，"进来吃早饭！"

说完，她便头也不回地进屋了。

过了一会儿，方游谦沉默地跟着进来，坐在她身边。

乔宝琳用余光瞥见他在看她，她却故意装作没看见，自顾自地吃着早饭。

终于，方游谦说："今天是两个。"

两个荷包蛋。他说这话时带着点讨好的小心翼翼。

乔宝琳听出他在邀功，突然觉得他很幼稚。

可数落的话到了嘴边，她最后却只轻轻地"嗯"了一声，就当将这件事翻页了。

想了片刻，她还是问他："昨天为什么把早饭倒了？"

方游谦抽了张纸擦了擦嘴，擦完才抬眸看她，盯着她看了一会儿："不想吃了。"

什么无厘头又幼稚的理由？乔宝琳心里那阵火又被点燃。

她挪开视线，不想说话，低头把早餐吃完后，起身拿着盘子准备走向厨房。

走了还没两步，她听见方游谦的声音。

"因为你先吃完了，所以我就不想吃了。"他声音低低的，语气中带着罕见的踌躇。

乔宝琳一愣。

她发现方游谦最近有点奇怪。

七十年了，他终于脱掉了绅士沉稳的外衣，直到最近才小心翼翼地对她表露出真实的情绪。

她在原地停了几秒，然后把碗筷放到水池里，扭头看他，他却像是别扭一样故意没看她。

乔宝琳发现方游谦真的老了，腰背有些佝偻，头发花白，裸露在外的皮肤也长了斑痕。

他们即将步入人生最后的阶段，而此刻的他才肯向她显露出一点"幼稚"的情绪。

她的心倏然有些难受，站在原地缓了一会儿，说："好，以后都一起吃。"

方游谦吃饭的动作一顿,兀自点点头。

乔宝琳知道他解开心结了,正准备离开去客厅里看看书,又瞥到池子里那个碗。

她刚才一直想说的,但是碍于他们之间气氛紧张便一直忍着。

现在可以直说了。

"为什么不用我的那个盘子?"她没有生气,只是觉得奇怪而已。

方游谦问:"什么盘子?"

乔宝琳一愣:"我最喜欢的那个盘子。"

方游谦听此微微僵住,抬眼看她,几秒之后才说:"忘了。"

乔宝琳皱眉。

还没等她说什么,方游谦又说:"明天用向日葵盘子……你喜欢的向日葵盘子。"他喃喃着,像是说给自己听的。

乔宝琳没再说什么,去客厅看书了,心里却一直萦绕着一种奇怪的感觉。

不对,应该说是方游谦有点奇怪。

接下来的一个月里,方游谦越发奇怪了,忘记给她两个蛋、忘记用向日葵盘子已经算是小事,他甚至有好几天都忘了做早饭。

乔宝琳起床了,问起他,他才会说自己忘了,匆匆忙忙又要去做。乔宝琳当然会阻止他,还带着他到隔壁家蹭了几次早饭。

她也猜到方游谦年纪大,记性不好了。

他都已经七十岁了,她怎么可能给他过高的要求呢?少吃几天早餐又不会死,于是她没把这件事放在心上,却在之后发现了更加奇怪的事。

那几天,方游谦起得比以往晚很多。

乔宝琳已经习惯他不做早饭了,于是当她看见桌上空荡荡,而他正坐在藤椅上看书时,也不觉得奇怪。

她让他去穿件衣服,她也要去楼上换件衣服,待会儿去隔壁家蹭两口早饭。

她说:"听说他们今天吃咸粥。"

方游谦喜欢吃咸粥。

说完,乔宝琳就上楼去了,十分钟后下楼,方游谦却依旧坐在原位,没换衣服，似乎也不想起来。

她走到他面前，他才将落在书上的眼神移到她的脸上。

她说："走？"

方游谦微微蹙眉："去哪里？"

乔宝琳皱眉："去隔壁吃早饭。"

方游谦收回视线："我不去。"

乔宝琳问为什么，他却说不出个所以然来。

见乔宝琳瞪他，他低头挪开眼神，将老花镜重新戴上，继续看书。

乔宝琳觉得他没事找事，又问了一遍："确定不去？"

方游谦没再说话，只是沉浸在手里的书中。

乔宝琳气得不行，裹紧衣服自己出门了。

她本想让方游谦饿一个早上，却还是抵不住邻居的热情，带回一盅咸粥。

她进屋时，方游谦正在厨房里忙活，旁边放着那个向日葵盘子。

乔宝琳问他在做什么。

方游谦打鸡蛋的动作顿住："做早饭。"

乔宝琳皱眉，上前把咸粥放到他面前："我带回来了。"

方游谦问："你吃过了？"

乔宝琳想起那日他突然因为她抛下他独自吃饭而耍脾气，"吃过"两字到了嘴边却突然说不出来，撒谎道："没吃，带回来跟你一起吃。"

闻言，方游谦怔了几秒，然后低头将围裙拆了："好。"

乔宝琳为了哄七十岁的老公，又多吃了一碗咸粥。

晚上，两人坐在沙发上各自做着自己的事，方游谦却突然挪动身体离乔宝琳远了些。

乔宝琳抬眼看过去，发现他正专注于看书。她以为是自己的存在打扰他专注读书了，便没说什么，继续做自己手头上的事。

之后，方游谦总是这样突然和她保持距离，有时候会突然皱着眉看她一眼，或对她的声音置若罔闻，甚至会问坐在一边躺椅上休息的她为什么坐在这里。

乔宝琳怀疑七十岁的方游谦可能是想要离婚了，或者是遇见了更好的老太婆，对她实施冷暴力想让她知难而退。

这天，她终于知道了真正的原因。

方游谦正坐在沙发上看书。

乔宝琳从冰箱里拿出一个苹果，削皮切块后放到盘里，端着盘坐到沙发的另一头，边吃苹果边看杂志。

苹果很脆很甜，乔宝琳正想扭头问方游谦吃不吃的时候，他却像是忍无可忍地摘下自己的老花镜，合上手里的书，扭头看向坐在一边吃苹果的她，问："你是谁？为什么在我家里？"

乔宝琳彻底愣住，甚至忘了去吞下口中的苹果。

她问："什么意思？"

方游谦很绅士地又问了一遍："你是谁？"

他微皱眉，语气严肃，不像是在说笑，是真的在疑惑，看她的眼神也像是在看一个陌生人。

乔宝琳没抓住手里的盘子，"啪"的一声，"向日葵"碎了，花瓣和花心分开，黄澄澄的碎片落了一地。

乔宝琳顾不上最心爱的盘子了，盯着方游谦看了一会儿，二话不说，拿着手机到外面给方知扬打了电话。

她第一句说的是她要离婚，第二句说的是她要去养老院。

方知扬问："发生了什么？"

乔宝琳扬着嗓子说："你爸把我忘记了啊！他刚才问我是谁！"

方知扬微顿："老年痴呆？"

乔宝琳气道："我不知道！"

方知扬说他马上就过来，乔宝琳这才挂了电话。

等心情平静些后，她才重新回到屋里。

方游谦正弯着腰收拾地上的碎片，将黄色的花瓣重新拾起来，小心翼翼的模样看得乔宝琳难受极了。

想起方知扬说的老年痴呆的症状，她深吸一口气，什么话都没说，拿着扫把来到方游谦身边，将碎片扫起，丢到垃圾桶里。

方游谦全程都没说话，坐在沙发上静静地看着她，最后那眼神落在垃圾桶里，盯着那个碎掉的盘子，久久没挪开视线。

方知扬来过一趟后,周围的邻居都知道方游谦得了阿尔茨海默病,但他记得儿子,记得媳妇,记得才上小学的孙子,唯一忘的人是他老婆。

老伙计们都觉得惊讶,没想到学问渊博温润端庄的方游谦会得老年痴呆症,更没想到他居然忘了乔宝琳。

乔宝琳的脾气在社区里是出了名的暴躁,听说年轻时更甚,老了才收敛些,他们也不知道乔宝琳会怎么应对这件事。

过了两天,他们听到风声——

六十九岁的乔宝琳在和七十岁的方游谦闹离婚。

他们都在私底下戏称乔宝琳果然还是那个乔宝琳。

他们都把这当一个笑话来听,却没想到乔宝琳很是认真。

方知扬带着诊断书回来,告诉乔宝琳,方游谦确诊为阿尔茨海默病,所以才不记得她。

乔宝琳反驳:"可他只忘了我一个人。"

方知扬不知该说些什么。

方游谦慢悠悠从院子里进来,看到方知扬,叫了一声他的小名,又问:"你怎么来了?"

乔宝琳看了方游谦一眼,从包里抽出一份离婚协议书,放到他面前:"签一下,我收拾收拾,去养老院找我姐妹了。"

方游谦被这阵仗吓到,似乎不明白她在说什么,求助般看向方知扬。

方知扬把那离婚协议书收了回来,劝乔宝琳:"妈,你冷静点。"

乔宝琳见这两个姓方的男人都在气她,丢下两人回自己房里去了。

她始终想不通,为什么方游谦只忘了她一人。

虽然两人结婚后没好好相处过几天,可她好歹和他一起生活了几十年,她真没见过老年痴呆第一个就忘记老婆的。

她自然受不了这样的委屈。

和一个陌生人生活在一起,不如去养老院找她的姐妹来得自在。

她铁了心要离婚,于是在当夜收拾了行李,准备第二天就离开。

可东西收拾好后,她却睡不着,心里百感交集,有苦涩的滋味,也有对未来的向往,当然……还有对方游谦的不满。

她就带着这般复杂的心情进入了梦乡，却没想到，一觉醒来，一切都变了。

她回到十八岁那年，是青春洋溢的十八岁，一切都很美好。

年轻的容貌、轻快的身体和健在的父母，都让她感到愉悦，除了此刻坐在她家餐桌边吃早饭的方游谦。

妈妈笑吟吟地往方游谦盘里夹菜："游谦，多吃点。"

乔宝琳一屁股坐在方游谦对面，瞪着熟悉又陌生的人，冷笑一声，也跟着往他碗里夹菜："你多吃点补脑吧，免得老的时候得老年痴呆症。"

02.2019 年的夏天

年近七十岁的乔宝琳回到了高考结束的那个暑假。

任谁都没办法轻易接受"返老还童"这件事发生在自己的身上。

但她是乔宝琳，到七十岁都闹腾得厉害的乔宝琳，她只花了一点时间就接受了自己年轻了五十岁的这件事。

她并不惊慌失措，甚至觉得自己是个幸运儿。

谁能拥有两次十八岁呢？

而且，她重生回来的这个节点刚刚好，不需要再经历一次痛苦难熬的高考。

说实话，她一直都觉得十八岁后的自己才是最自由真实的，结束高考后的她无拘无束得像是一只快乐的小鸟。

父母开明的思想和良好的家庭让她有条件去国外开拓视野，锻炼自己。

大学毕业之后，她又在国外待了几年，二十五岁才收心回国，之后就是和方游谦结婚生子，吵吵闹闹地过完下半辈子。

乔宝琳认为上辈子的她并没有什么遗憾需要十八岁的她去弥补。

她这次重回十八岁，是一定要做一些不一样的事的。

她希望自己能把握机会，活出不一样的另一种人生。

但她决定先把这些宏伟的目标都往后放一放……

她看向眼前正坐在她面前的方游谦——她的丈夫。

嗯，上一版人生的丈夫。

其实细说下来，她上辈子还是有点遗憾的，还没跟方游谦离完婚就回到十八岁了。

这就是她最大的遗憾。

她应该把上辈子的事情都了解后，再坦坦荡荡地开始她的第二人生的。

但这第二人生就是这么来了，她只能坦然接受。如果能回去的话，她一定要把婚离了。

五十年后得了老年痴呆症的方游谦此时是方圆几公里内最会读书的准大学生。

乔宝琳记得方游谦的高考成绩是全校第一，最后得偿所愿去了首都最有名的大学。

她因为向往自由的生活，申请去了国外。

之后她就和这个会读书的国家栋梁越来越远了。

最后又因为一些阴错阳差，两人重新搅和在一起……

打住！

她真是越想越远了。

如今回到十八岁，她的记忆力变得很好，但此刻脑中记得最清楚的是方游谦顶着一张衰老的脸问她是谁，为什么在他家里。

心口处又烧起细细密密的火焰。

她扭头问妈妈："吃什么最补脑？"

付青女士认真回答："猪脑？"

乔宝琳拍了拍桌子，大声说："好，明天买点猪脑给我们的高才生补补脑子。"

高才生指的是方游谦。

付青："你好好的发什么疯呢？我看你比他更需要补脑子。"

方游谦从刚才就一直僵着身体。

他不知乔宝琳突然这么针对他的原因，但他却生不出厌恶，反倒有了一点激动喜悦的情绪，因为两人已经很久没有过交集了，她已经很久没将眼光放在他的身上了。

他抬头看向坐在对面的乔宝琳。

她应该是刚睡醒，脸有些浮肿，随意地将散落的头发绑成一个松松垮垮的丸子头。

她撑着下巴，水灵灵的眼睛里盛着无奈。

她看着她的母亲，似乎在用眼神抗争。

最后，她输了，移开眼神，落到他脸上。

他和她对视上。

但还不到一秒，乔宝琳就像是心虚一样挪开视线。

方游谦什么话都没说，继续低头吃着早饭。

他听到乔宝琳起身离桌的声音，然后就是趿拉着拖鞋的声音，那声音越来越远……

失落感萦绕在他的心头。

付青见乔宝琳走了，赶紧安慰方游谦："她可能是心情不好，都已经十八岁了，还整天对着人乱发脾气，我待会儿一定好好数落她。"

他摇摇头："没事。"大度地原谅了乔宝琳对他突然的恶意。

付青起身要给他已经空了的碗里添咸粥。

他匆忙拒绝："阿姨，我吃饱了。"说完便拿着自己吃净的碗筷去洗了。

他做什么事都稳妥得体，是长辈心中的完美少年。

等方游谦走后，乔宝琳才从二楼慢悠悠地晃下来。

付青问："你为什么对方游谦甩脸色？"

乔宝琳："因为他做了让我甩脸色的事。"

"十八岁了，还在叛逆期是吗？"

乔宝琳知道跟付青说不通，付青本来就很喜欢方游谦，自己刚才的行为在付青眼里就是无理取闹。

但她不可能说出真实原因，于是她深吸两口气，妥协道："我就是看不惯他抢走了我的母亲。"

这话是胡说，也不是完全胡说。

她记得她和方游谦结婚后的每次冷战争吵，付青都是站在方游谦那边的。

付青骂她有病，嘴角却忍不住抽了抽。

"那你要再忍一整个暑假了。你方叔叔和周阿姨这一整个暑假都

· 012 ·

会在外地,周阿姨把方游谦托付给我了。"说完,付青看向乔宝琳,故意又强调一遍,"一整个暑假。"

乔宝琳皮笑肉不笑,也不觉得惊讶。

上辈子,方游谦也在她家里蹭了一整个暑假的饭,期间她和他说的话不超过二十句,他们会在饭桌上碰见,但基本不会说话,吃过饭后,她回房间,他回他家。

那长达七十几天的暑假,她竟不记得和他发生过什么事,或者他们之间就是什么都没发生过。

这说明了什么?七十岁的闷葫芦在二十岁的时候就是个闷葫芦。

付青喊乔宝琳赶紧来吃早饭。

乔宝琳在吃粥的过程中,付青就一直在她耳边数落她。

"一觉睡到日上三竿。放假几天了,什么事都不做,就知道吃饭睡觉。"

"方游谦已经在找暑假兼职了,你还是只知道躺着,你是不是真的想啃老?"

乔宝琳不知听过多少遍这样的唠叨,但此刻的她并没有不耐烦的情绪。

她很想付青女士。她已经将近二十年没见过付青女士了。

虽然已经过去了二十年,但她依旧能清晰地回忆起付青女士离开时她的心情——

心口钝钝地疼,悲伤绝望像浪潮一样朝她涌来,让她几乎无法呼吸。母女之间的感情在她的胸膛里饱胀,肺都像是被挤小了,她需要很用力才能吸上一口气。

此刻,付青女士的那些唠叨在她耳朵里都变成了蜜糖一样的话,她听不腻,也听不厌。

她甚至露出个笑容:"嗯嗯,我就是想要啃老,逮着你和我爸啃个五十年。"

付青睨她一眼:"做你的美梦!"

乔国阳就在这时出现,他戴着一顶遮阳帽,右手提着一个工具箱,左手提着一个桶。

他的脸被晒得红扑扑的,眼里却闪着激动兴奋的光芒,一点都不疲惫的模样："今天钓了条大的，晚上喝鱼汤。"

付青嘴上数落，人却已经迎了上去，接过那个装鱼的桶，里面的鱼还生龙活虎地胡乱蹦跶："你待会儿来杀鱼。"

乔国阳直接将活揽到自己身上："今天我下厨，炖一锅奶白的鱼汤给我宝贝女儿补补。"

乔宝琳感动得几欲流泪，然后笑着拒绝道："还是让我妈煮吧，你煮的不好喝。"

乔国阳并不生气："行，我给你妈打下手，我杀鱼，汤还是你妈来煮。"

到了晚饭时间，乔宝琳循着汤的香味下楼。

她在餐桌前坐得端正，碗筷都拿起来了，却被付青遣去隔壁喊方游谦过来吃饭。

"他不就住隔壁吗？你拉开厨房窗户，对着他们家院子喊一声，他就听到了。"

付青拉下脸，作势就要收起筷子："不管我喊你做什么事，你都有话可以顶嘴。"

乔宝琳听得耳朵起茧子，起身："行，我去喊。"

方游谦就住在她家隔壁。

两家父母以前就是很好的朋友，一起发迹之后又商量着买了相邻的房子，两家关系好到连孩子都是前后脚出生的。

方游谦比乔宝琳早一个月出生。

但听家长们说，方游谦在婴儿时期比乔宝琳瘦小很多。将他们放到一个地方一起玩，一不留神，乔宝琳就将方游谦压在身下。

两团白丸子扭在一起，乔宝琳笑得开心，被她欺负的方游谦却也不哭不闹，只是泪汪汪地看着在他身上笑得可怕的女魔头。

说来有趣，从婴儿时期就能看出两人的性格了。

方游谦安静沉稳，寡言少语，乔宝琳活泼吵闹，一刻都停不下来。

他们天生就是不能相融的两个极端。

长大以后，他们相悖的特质更加明显了。

两人都聪明，但一个是内敛的智慧，一个是外放的机灵。

方游谦没什么同龄朋友，却很受长辈和老师的喜欢。

乔宝琳跟谁都能说上几句话，老师却觉得她闹腾，多次警告她收收心，多放些心思到学习上。

乔宝琳的童年并没有什么"别人家的孩子"，只有"方游谦"。

她在每个阶段都能接收到方游谦的消息——

方游谦小学奥数第一名。

方游谦初中考了年级第一。

方游谦高中保送了。

方游谦参加计算机竞赛拿了金奖。

方游谦参加物理竞赛拿了金奖。

诸如此类，数不胜数。

她很多次都在想，方游谦怎么就没有什么负面新闻呢？

有没有可能，方游谦期末考试缺考是为了和女孩子约会，那女孩还是全学校成绩最差的学生？

但这只是她的臆想，方游谦为了谈恋爱而缺考的概率就跟她为了期末成绩在周末恶补复习的概率一样低。

无论她再怎么在脑中抹黑他，他依旧是所有人眼中最好的学生。

乔宝琳想，她在少年时期一定是不喜欢他的，甚至觉得他讨厌。

其实细想下来，方游谦并没有对她做出什么实质性的攻击，可他优秀的履历和付青对他的青睐都能激起她的嫉妒之心。

但乔宝琳想了想，她觉得自己讨厌方游谦的最大原因应该是他对她太过冷漠。

是他先讨厌她的。

乔宝琳始终觉得是方游谦先放弃他们这段友谊的。

她对他视而不见和冷言冷语，都只是将他施加给她的情绪返还回去而已。

说起来有些奇怪，他们的家长亲近，又是邻居，他们从小一起长大，应该是学校里最亲近的伙伴。

他们在上高中前关系都还不错，上高中后那还算温热的关系就直线下降，直落冰点。

03. 真心喂了狗

他们幼儿园、小学都是一个学校的，小学毕业后，方游谦因为奥赛的成绩被市里最好的初中录取，乔宝琳就近读了小区附近的初中。

方游谦的初中离家里比较远，为了节省时间，方游谦直接申请了住校，一周只能回一次家。

那时，方爸爸给方游谦准备了一部手机，方便家里人和他联系。

见此，乔宝琳也求着乔国阳给她买了一部，是乔国阳托人从日本带回来的，翻盖机上面还印着Hello Kitty的样式。

当时乔宝琳身边的朋友只有方游谦一人有手机，于是她就只能给他发消息。

都是些不痛不痒的废话，比如"你们学校下午几点上课""你们作业要做几个小时""你们班里有多少人"，还有"这道数学题怎么做啊"……

方游谦会认真回答她的每一个问题，甚至还会用短信编辑详细的解题步骤给她。

那时乔宝琳的消遣就是拿手机和方游谦打字聊天。

后来，她听同学说方游谦就读的学校门口的一家烤肠店卖的肉肠是市里最好吃的，于是她央求他周末带一根肠回来给她尝尝。

他那个礼拜的周末的确帮她带了回来，却因为排队而错过几趟公交车，迟了两个小时才到家。

肉肠凉了，不是很好吃。

她嚼着口中的肠，抬眼看向坐在不远处正低头吃已经凉了的晚饭的方游谦，心里翻腾着浓浓的暖意。

方游谦对她真不错，她也会继续陪他聊天排解苦闷的。

她知道方游谦没什么好朋友，但朋友这种东西，重在质量不在数量，她会将"方游谦唯一的朋友"这一职责做好的。

初中的她是这么想的，也做好了和方游谦当一辈子好朋友的打算。

可到了高中，她这个"唯一的朋友"却被他一把推开。

他们上的是同一所高中，明明是从小一起长大的朋友，他却装作不认识她的模样，对她冷漠至极。

乔宝琳多次怀疑是自己想多了，但当她看到方游谦对新同学露出笑容的时候，猛然醒悟：他就是交了新朋友，然后把她踢了。

可能是他将她和周围的人一对比，突然认清她这种闹腾活泼的人跟他不是一个世界的了吧？

亏得她掏心掏肺做了他十几年的朋友，当了他三年的手机聊天对象。就当时间成了云烟，真心喂了狗。

乔宝琳这人心很大，气了几天之后就打算把方游谦忘了，于是她也轻松地将自己身上那个"方游谦的唯一朋友"这个标签摘掉，换上"方游谦巨大黑粉"这个标签，在学校里见到他就瞪他、在他背后说坏话、传播他小时候做的那些糗事……

现在是暑假，两人已经交恶三年了，对上辈子的乔宝琳来说，自然没办法好好和方游谦说话的。但此刻的乔宝琳已经将近七十岁了，她和她的死对头已经结过婚甚至生了孩子。

可此刻她对方游谦的不满之意却不逊色于当年——老年痴呆后忘妻之仇，她怎么都不能忘。

乔宝琳出门后再走十步就能到方游谦家门口，她很有礼貌地按了按门铃，等了三分钟得不到响应后，她才直接推门而入。

其实她也有一段时间没来方游谦家了，方妈妈之前养的那些花花草草不知为何都消失了，本应百花齐放、蝶蜂环绕的院子里只剩下了杂草。

乔宝琳看了几眼后，穿过院子往屋子里走。

大门没锁，她轻车熟路地走进客厅。

屋内空荡荡的，除了家具，连水果饮料都没有。

乔宝琳在原地站了一会儿，思忖着要如何喊方游谦下楼，是直接对着二楼喊一声，还是去楼上敲门？

莫名地，她变得扭捏。

还没等她想清楚到底应该怎么做的时候，二楼传来声响，是方游谦的脚步声。

乔宝琳像是入室偷窃被人发现了一样，突然变得紧张，怔怔地看着二楼。

方游谦出现了。

他像是刚从浴室里出来,额前的发尾裹着湿气,皮肤也干干净净的,眸子清亮,唇色红润。他穿着轻薄的白色 T 恤,手里还拿着一条毛巾,就这样站在二楼的楼梯口垂眸瞧她。

似乎没想到她会出现在这里,他也愣住了,抓着毛巾的手指慢慢收紧。

屋内昏暗,只有快要落山的太阳从半开的窗户里施舍点光芒进屋。

两人就着这微弱的光线看着对方。

乔宝琳视力不错,瞧见方游谦的喉结似乎滚了一下,眸子也在闪着光。

那光落在她眼中时,她像是被点醒,猛地反应过来,指了指自己的家:"我妈喊你吃晚饭。"

语气有点凶,带着被戳穿后的羞恼,像是在用不善意的外表来掩饰自己的慌张。

方游谦点头:"好。"

声音轻轻的,和她对比起来就是天差地别。

乔宝琳见自己完成任务了,一点都不留恋,扭头就走。

她回去的时候,付青往她身后瞧了两眼,没看到方游谦。

"人呢?"

乔宝琳耸肩:"反正话带到了,他来不来跟我又没关系。"嘴上这么说着,她却又忍不住回头看了看门口。

方游谦刚好出现,又和她对视上。

乔宝琳不自然地移开视线,坐在饭桌边,心里莫名不怎么得劲。

这对她太不公平了,她拥有的那些记忆不允许她能够像以前那般忽略方游谦的存在,而他可以依旧像过去一样冷脸对她。

她需要忘记他们曾经结婚的这件事,只把他当作一个无趣又枯燥的书呆子。她要像过去那样冷落他,不给他好脸色看,两个月都不跟他说二十句话。

"书呆子"被付青拉到乔宝琳对面坐下,看她一眼,顺手将筷子放到她的手边……

乔宝琳苦恼至极,忍不住抬眼看他,扯扯嘴角:"我自己来。"

方游谦点点头,动作之间,微湿的发尾轻蹭过他的眼皮,他垂下眸子，安静地等待着开饭。

乔宝琳只偷偷看了他一眼就挪开了视线。

在过去的几十年里，她和他同桌吃过无数顿饭了，但此刻两人的关系已经改变，她无法那般泰然自若，对他颐指气使了。

她有些晃神，现在她这种拘谨又古怪的心态反倒让她回忆起她刚和他结婚时的那个阶段。

两人从"不怎么相熟、断交多年的童年玩伴"一下变成"兜兜转转终成眷属的青梅竹马"，大方开放的乔宝琳都无法立刻接受这样的转变，更不用说三棍子打不出一个屁的方游谦了。

他几乎不对她笑，那张嘴也只在它应该张开的时候张。

乔宝琳虽然面上对他颐指气使，却依旧觉得气氛尴尬，想要说什么也总是三思一番。当时的他们努力去适应有对方的生活，逐渐在尴尬安静的气氛中变得游刃有余。

付青端上鱼汤，汤汁奶白，香味扑鼻，热腾腾的，还冒着白雾。

乔宝琳被这香味刺激得回过神来。

乔国阳先喝了一口，先是夸赞鱼汤鲜甜，鱼肉弹滑，然后又笑着说是自己老婆手艺好。

付青的脸色这才好看了些，她招呼着方游谦喝鱼汤，说着就拿起方游谦的碗往里面盛汤。

乔宝琳没说话，心里又开始暗暗嫉妒，因为方游谦结束后才会轮到她。

虽然这鱼汤的确鲜甜可口，但这顿饭她吃得索然无味。

04. 闷葫芦活该吃亏

乔宝琳无意间瞥到方游谦的碗——奶白浓稠的汤里漂着两片香菜叶子。

接着，她的注意力就被吸引去了，总是时不时往那两抹绿色看过去。

大家都快用餐完毕时，她看向那碗，香菜叶子依旧在。

她挑挑眉，莫名感到愉悦。

方游谦不吃香菜，是那种硬吃下去都会吐出来的程度，这是她跟他结婚后才知道的事。

刚才观察了这么久,她只是像在玩游戏,试图将记忆里的方游谦和眼前的方游谦匹配而已。

嗯,匹配成功。

方游谦不吃香菜的饮食习惯从十八岁时就有了。

付青捕捉到乔宝琳对方游谦不带好意的频繁关注,瞪她一眼,意思是让她别欺负人家。

乔宝琳莫名被警告,没了兴致,讪讪地收回眼神,不再说话。

付青起身又要给方游谦盛汤。

乔宝琳见妈妈又没眼力见儿地要往那碗里盛香菜,她下意识看了方游谦一眼。他的眉头动了动,却还是什么话都没说。

闷葫芦活该吃亏。

乔宝琳看不下去了,出声制止:"妈,你没看见他不吃香菜吗?还给人家盛这么多……"

她说这话时,故意将语气放淡,置身事外的模样。她不希望他们觉得这是她为他出头的举动。

可她话一说完,桌上三人都朝她看过来。

怎么?见不得她路见不平拔刀相助吗?

她一个个看回去,先是付青,然后是乔国阳,最后是对面的方游谦,这是她回到十八岁后第一次正大光明地和他对视上。

她按捺住加速的心跳,说:"假客气什么?不吃就直说。"

明明是在替他说话,可他们之间的气氛依旧剑拔弩张。

方游谦淡淡看她一眼,之后看向付青:"谢谢阿姨,我还是自己来吧。"

付青缓和气氛道:"哎呀,那你自己来吧,阿姨还真不知道你不爱吃香菜。"

乔宝琳察觉到付青投过来的视线,欲盖弥彰道:"我也不知道啊,只是看他把碗里的香菜留着没吃而已。"

付青笑了:"还是你们年轻人比较会观察,阿姨年纪大了,真没注意到。"

方游谦继续保持沉默,对乔宝琳仗义的拔刀相助没有什么反应。

乔宝琳开始后悔自己过于莽撞的行为。

方游谦现在可不是她名义上的丈夫，她把他当枕边人看，他却依旧当她是个已经分道扬镳的伙伴。

乔宝琳气得饭也吃不下了，放下筷子就要离开，却被乔国阳叫住。

"你前段时间不是说之后想要出国吗？我这几天已经给你打听好了，我们过几天约个老师聊一聊？"

乔宝琳动作一顿，出国是上辈子的决定，虽然国外的生活的确有趣自由，但这次重来，她自然想要经历一次不一样的人生。

正低头喝汤的方游谦的身体微微僵了一下，不过乔宝琳并没有注意到。

她沉吟了一会儿："我考虑一下吧，感觉留在国内也不错。"

付青见此出声："就是啊！前段时间总跟你说留在国内，你就是不肯。多考虑考虑，我们国内大学生的生活肯定也丰富有趣，没事多跟游谦交流交流，到时候填志愿也可以多照应照应。"

乔宝琳抿唇，瞅了方游谦一眼，阴阳怪气地留下一句"人家不爱搭理我呢"就趿拉着拖鞋离开了。

付青对着她的背影说："胡说什么啊！人家这是腼腆。"

乔宝琳脚步不停，捂着耳朵上楼了。

方游谦终于抬头看向女孩的背影，光明正大地将眼神投向她，等到她消失，二楼再传来关门的声音，才收回视线。

付青和乔国阳在他耳边说着安抚他的话，他静静听着，然后露出淡淡的笑容，说："没事的。"

是真的没事。

但最近的乔宝琳很奇怪，奇怪在她舍得多看他几眼了，奇怪在她会主动和他搭话了，奇怪在她似乎有点关注他的存在了……

他一直以为自己对她来说只是个可有可无的存在，他的出现和消失对她不会造成任何影响。

过去几年里的确是这样的，他淡出她的生活，她依旧活得潇洒肆意，和新朋友打得火热。

他们多认识的那几年对她来说似乎一点都不重要，任何人都可以顶替他的位置，毕竟他是这么无趣、不讨乔宝琳的喜欢。

他早就知道自己跟乔宝琳不是一个世界的人。

或许早在幼儿园时期，敏感细腻的他就已经察觉到了他和乔宝琳的不同。

她虽然没他聪明，答对的问题没他多，但她依旧比他开心。

老师爱在课堂上夸他，但在私底下却最爱拥抱乔宝琳。乔宝琳朝老师撒个娇，老师就会偷塞一颗糖给她。

长大之后，他就知道老师宠爱她的原因了，那是一种与生俱来的魅力。

他也被她吸引。

他无数次为两人青梅竹马的关系窃喜过，也在她身边出现其他朋友时用这个理由安慰自己。

他是特殊的。他和乔宝琳一起长大，他比他们拥有更多乔宝琳的独家瞬间。

可这种自欺欺人的方法并没有让他好受太久。

他看清了两人的差距，意识到自己在她心目中可有可无的地位后逐渐淡出她的生活。

没了方游谦的乔宝琳依旧潇洒自由，有最丰富的生活和最坚固的友情。

但没了乔宝琳这个朋友的方游谦过得可真是糟糕。

不过这个秘密只有他自己一个人知道，只有他自己知道他过得有多糟糕……

吃过晚饭，方游谦想去洗碗，却被付青拦下。

他只能去收拾餐桌。

付青在厨房里问："你爸妈这次去外地是不是做什么新生意？"

方游谦动作一顿，低声说："我也不知道。"

付青又说："不过你这孩子真自觉，高考一结束就找好兼职了。"

方游谦回道："是班主任介绍给我的。"

付青探出头来："我们乔宝琳小姐有没有机会也去补习机构打个工呢？我真怕她一整个暑假什么都不做，只顾着吃睡。"

"我明天去问问机构的老师。"

说完，他顿了顿："可她会想去吗？"

付青将洗碗布往桌上一放，对着二楼扬声道："她应该会去吧，不会真要啃老吧？"

方游谦看向二楼，那里没有回音。

二楼走廊的窗外乍然闪亮，接着就是一声轰鸣。

付青喃喃："要下大雨了。你赶紧回去休息吧，明天阿姨再做好吃的。"

方游谦点点头准备离开，却在踏出门的时候听见乔宝琳在二楼说："我不跟书呆子一起上班。"

他动作一顿，脑中想的却是似乎没那么糟糕了。

他至少不是那么可有可无了。

雨突然打下来，落在地上，发出哒哒的声响，鼻尖盈满湿润的气息。

他心情愉悦地踏入雨里，把这场雨和身后她的抱怨都当作是老天对他的福泽。

乔宝琳下楼后才发现方游谦已经离开了，也不知刚才她那句阴阳怪气的话他有没听见。

听见最好，没听见的话，下次再讲。

付青瞥她一眼："你这两天为什么这么针对方游谦？"

乔宝琳淡淡地说："叛逆期。"

付青没好气地说："有矛盾了？人家性子那么好，你还能跟他吵上啊？"

乔宝琳想起方游谦摘下老花镜问她是谁的模样，冷笑一声："你不了解他，他没你说的这么好。"

付青瞪她："你就了解他了？"

她不了解，谁了解呢？

乔国阳在此时正好出现，乔宝琳拉着他认真问："如果你老年痴呆了……"

她话还没说完，后背就挨了付青的一下："你咒你爸呢？"

乔宝琳疼得泪汪汪的："我说万一！"

乔国阳笑了："怎么了？"

"万一，万一你老年痴呆了，你会忘记我妈吗？"

乔国阳眼睛一瞪："那可不行！"

付青瞥了她一眼："净说些不着边际的话。"

乔宝琳反驳："这怎么不着边际？怎么可以忘记自己的老婆？"

夫妻二人看着她："所以呢？"

乔宝琳转回话题："我觉得方游谦就是那种老年痴呆后会忘记老婆的人。"

夫妻听此都笑了，一个骂她有病，一个兴致勃勃地问她是怎么知道的。

乔宝琳懒得多说："我就是对这种人有意见。"

付青笑道："我看你是无稽之谈。"

乔国阳劝道："游谦聪明又乖的，你就别欺负他了。"

乔宝琳夯毛："我哪里欺负他了！"

见父母都站在方游谦那边，乔宝琳心情郁结，不打算和二人辩驳了，抓了个苹果又上楼去了。

付青在楼下大喊："都说晚上吃苹果是吃毒啊。"

乔宝琳以牙还牙："无稽之谈！"

第二章
她喜欢的人 都会喜欢上她

01. 离婚可能真的没戏

雨越下越大，天空也因闪电而频繁骤亮。

方游谦只开了客厅的一盏灯，偌大的屋子空荡荡的，门窗开了一条缝，湿气争先恐后涌进来，他坐在沙发上看着明天给学弟学妹补习的资料。

空气太湿，纸张都变软了，看了几张后，他有些疲倦。

这时，放在一边的手机突然亮起来。

他瞥过去，是妈妈的消息。

妈妈：你这几天过得怎么样？

方游谦：乔家的饭好吃，补习机构的老师对我也很好，学弟学妹也好教。

妈妈：那就好，我在商场给你买衣服呢，你现在有多高了？

方游谦报了个数字。

妈妈：好，你照顾好自己，我和你爸也挺好的，在乔家记得懂事一点。

方游谦：好。

他盯着没再跳动的屏幕出神，突然想起乔宝琳要出国的事，抬头看向那扇可以看到乔宝琳房间的窗户。

她房间的窗户关得很紧，窗帘半拉着，微黄的温馨灯光在黑夜里十分显眼。

他放下手机,飞蛾寻找光亮一般朝那个能通向她的窗口走过去。

雨依旧在下,豆大的雨滴在窗台上打出朵朵水花,将他的指尖也染湿了。

他静静地望着那点光亮出神。

乔宝琳在房间里和高中同学聊天,想着约她们明天出去玩,岂料那五个朋友里有三个说有事,还都是同一件事。

乔宝琳问清楚之后,郁闷得说不出话来。

她的朋友学习都不错,高考结束没多久就被老师推荐去补习机构教学弟学妹了。

这时候,金钱对这些刚毕业的少年诱惑十分大,多数人会接受,乐呵呵地牺牲自己最无忧无虑的三个月假期时光。

乔宝琳只想骂她们真傻,钱以后可以赚,悠闲又没压力的时间这辈子只有这三个月。

可就算说了,她们估计也听不进,而且她们和方游谦去的还是同一个机构。

她们刚才还开心地同她说这件事。

"我这几天看见他好几次了,就在我隔壁教室,我看那些学妹眼睛都不敢眨,听他讲课的时候甚至面露笑意。"

"这应该就是菩萨下凡吧,长得帅,又温柔。"

"我当初怎么没有这种长得帅的高三学长给我补习……"

听完这些对方游谦的好评,乔宝琳内心复杂。

怎么哪里都有方游谦的存在?

觉得闷,她走到窗边想要透气。

打开窗户,屋外潮湿,可一瞬间,和湿润的气息一起涌进她的鼻尖的,还有呛人的烟味。

她一愣,寻着气味看过去,看到了在隔壁窗台对着雨吞云吐雾的方游谦。

很戏剧的一幕。

乔宝琳保证她会记住一辈子。

刚才在她家安静乖巧的高才生、书呆子、被同学盛赞的温柔帅气学长，此刻正满眼忧郁地对着降雨的窗台。

他娴熟地咬着烟嘴，准备吐出的那口烟却因为和她对视而憋在了嘴里。

他眸子一闪，像是宕机一样没有反应，只是憋在嘴里的那口烟却是没办法再忍了，他咳了两声，烟气从鼻腔里冒出，眼睛都被熏红，湿漉漉的眸子像是含着泪水，很狼狈的模样。

乔宝琳盯着他看，几秒之后，露出笑意。

她的确震惊，但也只是一瞬间而已，因为在她的记忆中，方游谦的确是会抽烟的。

一开始，不知是他掩饰得好，还是她关注得少，两人刚结婚的那几个月，他真没动过烟。

她怀孕三个月的时候，有次她跟他吵了一架，他依旧冷处理。

那时候，她和他还在磨合期，孕期情绪起伏又大，她气不过他那副死人样，直接扬言要和他离婚，孩子也不想生了，收拾收拾就打算回自己的家里去。

方游谦没说话，依旧看着她，只是那眼神波动得厉害。

乔宝琳和他对峙般地对视。

方游谦开口向她道歉，可除了冷冰冰的"对不起"三个字，再无其他。

乔宝琳二话不说直接去收拾自己的行李，闹腾半天，几乎把整个衣柜都搬空，却在出门之前被方游谦拉住。

他看着她，低声说："外面雨很大。"

乔宝琳问："那又怎样？"

方游谦捏着她手腕的手渐渐收紧，深呼吸几下后，说："我们先冷静冷静，如果你真想走，我明天带你回去。"

乔宝琳没说话，坚硬的心忽然又被他这谦卑的态度哄软。

她甩开他的手，放下行李箱，又回卧室去了。

那天的雨真的下得很大，她在临睡前，听见方游谦在隔壁更衣间的声音。

他似乎在将她的衣服挂回衣柜里。

她没那精力再理睬，可睡到半夜又突然醒来。

枕边并没有人，她乐得自在，想着方游谦应该识相地跑去客房睡了。她起身去上厕所，经过更衣间的时候，她往里面瞅了一眼，衣柜里只挂了一半的衣服，还有一半在行李箱里。

方游谦的意思是，她可以走，但是不能不再回来。

乔宝琳心想，离婚可能真的没戏。

上完厕所回来，她经过客厅，却看到阳台上站着一个人。

那就是刚刚惹她生气的丈夫。

方游谦身上衣服单薄，屋外湿气又重，雨还下着，也不知他在演什么青春影视剧。

乔宝琳本想不理他，却又担心之后他要是感冒会传染给她，思忖片刻，还是上前问他在做什么。

落地窗一开，她就闻到了烟味。

接着，她将近三十岁的精英丈夫就像是那些高中生抽烟被教导主任抓住般手足无措，第一反应是把烟往身后藏，后来似乎又意识到自己这种行为过于愚蠢，又僵硬地露出那点猩红，着急地将它摁灭。

乔宝琳思绪复杂，在夜色里盯着他看了会儿，最终只是问了一句："我让你愁到这种地步了？"

方游谦一愣，低声说："不是。"

看着他这副似乎做错事了的模样，乔宝琳突然有点心疼，惋惜那般骄傲矜贵的方游谦和她在一起后竟沦落到这种地步。

她突然心软，深深看了他一眼，叮嘱道："别感冒了，赶紧回来休息吧。"说完就自顾自离开了。

回到床上后，她睡不着了，过了没多久，她听到身后有动静，旁边的位置有人躺下。

方游谦刚刚该是去洗了个澡，暖暖的，还带着淡淡的香气。

乔宝琳想要装睡，却还是在他倾身伸手将她揽在怀里的时候动了动身体。

方游谦一顿，然后慢慢靠近她，用脸颊拂开她浓密的头发，鼻梁抵靠在她的脖颈后方。

乔宝琳僵住，感觉到他湿热的唇在她的皮肤上落下一个吻。

她又听见他沙哑的声音:"我不离婚,你也不要打胎。"

乔宝琳没说话,心里突然也下了雨,湿气重重,很难呼吸。

方游谦抚摸着她的小腹:"我会努力让你们都好的。"

乔宝琳又气又感动,最后只是干巴巴地说了句:"那你把烟戒了,二手烟对孩子不好。"

方游谦的唇压在她的脊背上,发出的声音几乎让她共振。

"好。"

于是两人的第一次离婚风波就这样过去了,方游谦自此真没再碰过烟。

因此乔宝琳对他抽烟的这件事的印象还真是有些模糊的。

她只见过一次,之后就再没见过。

但此刻她依旧惊讶,他居然在这个时候就会抽烟了。

表面上是光风霁月、冷静自矜的三好学生,背地里却做出无法和他形象相匹配的行为。

她惊觉自己之前真的错过了许多她感兴趣的事。

比如,十八岁的方游谦到底是一个什么样的人呢?

她这位青年时期在外评价就很高的丈夫,在十八岁的时候真是两副面孔吗?

02. 一日夫妻百日恩

方游谦看到乔宝琳的笑后愣了一下,回过神后,低头摁灭了火星,逃跑一样往回撤退。

空气中只剩下湿润的、带着烟味的气息。

乔宝琳见他离开那个窗口,顿感无趣。

她发现他有很多不为人知的坏习惯,也有很多藏在心底的秘密。过去的她不了解他,跟她在一起的四十几年里,他也从没跟她袒露过。

甚至在她不知道的时候,方游谦就把那些坏习惯改正了,只留下最完美冷静的形象。

此刻的她,是有机会探寻到他那些藏在暗处的秘密的。都说一日夫妻百日恩,她和他都做了四十几年的夫妻,似乎也有那个义务去关心他。

她望着窗台出了一会儿神，拿起手机，打开和方游谦的聊天框。
　　不看不知道，一看才知道他们已经很久没联系了。
　　现在已经高考结束，而他们上一次聊天是在高一上学期的冬天。
　　那时候学校在寒假举办了去北京进修的冬令营，年级里很多人都要去。
　　乔宝琳：你去冬令营吗？
　　方游谦：不去。
　　之后聊天框就没再更新过了。
　　乔宝琳看着这空荡的聊天框自然觉得郁闷，可还是抵不过她想要逗弄他的冲动。
　　乔宝琳：好抽吗？
　　以为他又要等很久才能回复，却没想到下一秒就来了消息。
　　方游谦：不好抽。
　　乔宝琳皱眉，觉得真是无趣。
　　雨下到后半夜，乔宝琳整夜都开着窗，不知是不是错觉，她总是闻到一股若有似无的烟味，甚至梦到了他抱着她说要戒烟的场面……
　　这样的后果就是第二天一起床，她就觉得后脖颈那里像是烧起来一样。
　　仔细想想，其实方游谦在跟她结婚后就变得没那么死板了，也可能是因为两人是夫妻，他经常做出一些让她脸红心跳的举动，回忆起来都会让人害羞的那种。
　　因此她现在看到这般无趣冷淡的方游谦还是会觉得割裂。

　　早餐时间，会抽烟的闷葫芦又出现在她家里。
　　乔宝琳看见方游谦的脸就会想起昨晚他抽烟的样子，接着又回忆起昨晚那个梦，这样折腾一下，她没了吃饭的心情，红着脸上楼去了。
　　转身的时候，她余光瞥见方游谦落在她身上的眼神。
　　她在心里暗骂：这男人真不要脸，被我抓到抽烟，却还敢这么大方地出现在我家里，还在我父母面前装作一副乖巧学生的模样。
　　等方游谦离开后，乔宝琳才下楼吃早饭，吃饱之后又回到房间里。
　　她打开电脑，打算利用自己来自未来的优势改善自己的生活，可她盯着双色球的页面看了半天，回忆不起一点有用的消息。

上辈子的这个时候，她一点都不关心这些，只顾着吃喝玩乐，没掌握博彩业的一点动向。

此刻只能继续躺着当咸鱼了。

下午，乔国阳拉着乔宝琳去找咨询出国事项的老师。

她本想推掉，乔国阳却说他已经约好了，咨询一下也没什么大问题，她也只能答应。

和老师谈了一个下午，她依旧没什么出国的心思，全程打着哈哈过去了。

回去的路上，乔国阳开车开得好好的，却突然掉头。

乔宝琳问："怎么了？"

他看了一眼时间："顺便去接一下游谦，他也差不多结束了。"

乔宝琳没说话，觉得方游谦可真幸福，在家里有她爸妈护着，在机构里有那些小女生捧着。

很快就到了机构的门口。

机构就在学校附近，在一个老旧小区里，车停了没多久，方游谦就下楼了，身边还跟着一个女孩儿。

两人似乎在聊什么。

乔宝琳挑挑眉，挪到窗边想要看得更清楚些，却发现爸爸比她还激动。

乔国阳问："女朋友？"

乔宝琳出声："我怎么知道？"

父母都瞪大了眼睛看过去。

那两人聊得正入迷，下了楼梯也没分开。

女孩儿身材高挑，小头小脸的，两人站在一起倒是十分登对。

乔宝琳承认自己心里并不是滋味。

如果是过去，她肯定拍手祝福，甚至还会在爸爸耳边添油加醋，将方游谦塑造成一个情场浪子的形象。

可此刻，她已经和方游谦搭伙过了四十几年日子，洁身自好的枕边人突然和一个女孩儿走得这么近，她没发火耍脾气已经算能忍了。

结婚后，方游谦很安分，结婚四十几年，他从没被乔宝琳抓到过小辫子,几乎是对女人不感兴趣的程度。

见他冷淡,她便也没那个兴致去过问他的情史了,所以她也不知道十八岁的方游谦有没有谈过恋爱。

她压下心中的那股火,告诉自己,现在的他和她可没什么关系。可就算这么告诫自己,她还是迫切地想要知道两人的关系。

她眯着眼睛看清女孩儿的长相后,那紧皱的眉头舒展开。

原来是余衍晴。

说起余衍晴……现在的她和余衍晴连朋友都算不上,可她们却在未来成为了最好的闺蜜。

余衍晴高中时成绩很好,性子却很冷淡,长得也是一副冰块的模样,人高挑,话也不多,在年级里并没有朋友,只有几个学习成绩好的人能跟她说上几句话。

乔宝琳虽然和她一个高中,也听过她的名号,却从没跟她说过话。

之后她们会成为闺蜜是因为方游谦。

余衍晴和方游谦上了同一所大学,乔宝琳和方游谦结婚的时候,余衍晴也来了。

婚宴快结束的时候,余衍晴喝多了,话也变多起来,乔宝琳拉着她聊了两句,发现两人很合得来。

而且那时的余衍晴已经有一个孩子了,乔宝琳借着交流育儿经的理由找她聊了几次,两人一来二去就算熟了。

虽然两人的性格天差地别,却也不妨碍她们成为最好的朋友。

后来乔宝琳要去养老院,也是想着余衍晴在那里。

老公不顶用,只能依靠姐妹了。

这么看来,方游谦和余衍晴高中的时候关系就还不错了?

乔国阳还在乔宝琳耳边评价:"那女生长得挺精神的,游谦眼光真不错啊!"

乔宝琳"呵"了一声:"他们只是朋友而已。"

乔国阳不信:"你怎么知道?"

乔宝琳懒得跟爸爸多解释,视线还是锁在不远处的两人身上。

余衍晴先注意过来,看清人后,对着方游谦指了指他们这个方向。

方游谦扭头看过来,和乔宝琳的目光撞上。

乔宝琳心跳漏了一拍，猛地跌坐到车座上，装作什么都没发生过，拿起手机随便刷着。

几十秒后，身边的车门被打开。

方游谦很少坐副驾驶，乔宝琳也不爱坐副驾驶，于是他们就一起坐在后排了。

乔宝琳烦恼地发出"啧"的声响，不大愿意地往旁边挪了挪位置，方游谦这才坐进来。

他一进来就跟乔国阳搭话："叔叔怎么没喊我？"

乔国阳笑呵呵地启动车："这不是看你和同学聊天嘛。"

乔宝琳装模作样地看向窗外，没发出声响。

"在聊一些题目。"

乔国阳继续笑："这样啊，还以为你们在谈朋友。"

乔宝琳余光里的方游谦动作一僵，下意识地瞥了乔宝琳一眼。

乔宝琳也微微一愣，心想：看我干吗啊？

心脏却又不合时宜地加速跳动。

方游谦否认："没有，只是在聊题目而已。"

乔国阳扬声："没事呀，你们高考都结束了，可以谈朋友了。"说完他又将话题引到乔宝琳身上，"你也是，现在可以谈了，我和你妈不会干涉的。"

乔宝琳突然被火烧到，"哼哼"两声附和道："马上谈，明天就带一个回去给你看。"

乔国阳大笑："那我回去通知一下你妈妈，明天得整点好的招待人家。"

乔宝琳咽咽口水："卤猪蹄可以吗？"

乔国阳问："是你想吃，还是你男朋友想吃？"

乔宝琳脸不红心不跳地说道："男朋友。"

之后方游谦就安静地坐在乔宝琳旁边，没主动开口过。

乔国阳一会儿跟乔宝琳聊，一会儿又跟方游谦聊，车里的说话声就没停过。

乔宝琳有些疲惫。

傍晚将至，余晖透过车窗洒进车内。

她低头捋了捋自己的裙尾,顺着那片澄澈的光,又瞥到了方游谦的腿。

他穿黑色的长裤,脚下是一双匡威的帆布鞋,青春又干净,比那些华丽花哨的穿着耐看很多。

她忍不住又多看了几眼,然后就被他放在膝盖上的手吸引了目光。

他指尖沾了些墨水,估计是上课期间留下的。

她突然觉得有趣,明明昨晚还拿着烟抽呢,今天就拿起笔教题了?

这么想着,她的眼底露出点玩味的意思,轻轻地挪开眼神,却没想到撞上主人的视线。

冷淡、疑惑的视线。

03. 非必要不说话

方游谦像是问,在看什么?

偷窥又被抓住。

乔宝琳羞恼,装作什么都没发生地转回头,却还是在生气他为什么会这么平静冷淡。

她看向窗外,就算脖子僵了也没再侧过头。

晚饭时间,坐在乔宝琳对面的方游谦突然开口提到她。

"我问过机构的老师了,他们已经不收老师了。"说这话时,他看了乔宝琳一眼。

乔宝琳觉得他多管闲事。

乔国阳和付青都露出遗憾的表情:"这样啊……"

可方游谦顿了顿,又说:"但他们说想要个前台,给同学登记课时的那种……好像挺轻松的。"

说完,他又看向乔宝琳。

乔宝琳抬眼望他,他又轻飘飘地挪开眼神。

乔国阳和付青的表情又亮了起来:"我们觉得可以。"

夫妻二人将视线落在乔宝琳脸上。

乔宝琳咀嚼的动作停住,看向三人,眨了眨眼睛,说:"可以。"

三人都愣住了,没想到她会答应得这般爽快,但他们都没多问。

夫妻二人担心问多了乔宝琳会反悔,毕竟女儿容易脑热的毛病也不是一天两天了，他们只希望在女儿脑热的时候把她送出去，到时她反悔也来不及了。

方游谦也只是说："那我待会儿跟老师说一声。"

乔宝琳咬着筷子看他："我明天直接跟你一起去吧！"

夫妻二人都觉得乔宝琳答应得蹊跷，以为古灵精怪的她又在计划着什么不可告人的事情，殊不知她只是想要提早和余衍晴做朋友而已。

人生重来一次，她当然要提早交上这个知心好友。

第二天她去机构，老师见她长得精神，又一副笑呵呵的开朗模样，没怎么考核就录用她了，拉了把椅子让她坐在前台给来补习的学生做签到。

乔宝琳很上心，兢兢业业工作了半天才发现今天没有余衍晴的班。

知道这个消息后，她如同一个被扎了洞的气球，慢慢瘪了。

离打卡下班还有半个小时，乔宝琳在前台坐得疲乏了，准备去教学区透透风。

机构里的课程都是小班制的，一个老师只教四五个学生，教室也不大，连成一排，靠着走廊的那面墙是玻璃做的，方便老师巡查学生的情况。

乔宝琳悄悄穿过走廊，在最后一间教室找到了方游谦。

他站在讲台上，戴着近视眼镜，两手扶在讲桌上，俯身跟坐在下面和他差不多大的同学说着什么。

乔宝琳多看了两眼，发现他手腕处电子手表的黑色表带上沾着一点粉笔灰。

她本来只是在关注他的电子表，后来又忍不住瞥了几眼其他的地方，比如他撑在讲台上微微充血的手掌，还有裸露手臂上微微凸起的青筋……

再移，再移，看到他的脸了。

高挺的鼻梁上架着眼镜，镜片反光的颜色是绿色的。

下一秒，乔宝琳呼吸一窒，欣赏得过于入神了，她甚至不知何时被他发现了。

方游谦看向她，挑了挑眉，像是在问她怎么了。

乔宝琳眸子一闪，强自镇定下来，面无表情地继续往前走，将刚刚的对视掩饰成方游谦自己的错觉。

她在茶水间坐了一会儿,掐着点准备打卡下班,回去的时候,又看了一眼方游谦的教室。

他被几个学生围在中间,她只能看见他扶在桌沿的左手。

见他没办法再捕捉到自己的眼神,乔宝琳便肆意地看起了眼前的场景。

学生偶尔会走动,她透过缝隙也能不时看见他的侧脸。

他低着头和一个学生讲题,周围的几个女生挤在一起围在他身边。

乔宝琳看了一会儿,终于明白同学口中的"学妹面带笑意"是什么意思了。

她站在玻璃墙外都能感受到里面青涩又躁动的气氛。

她抿唇,看了一眼时间,想了片刻,推开门,站在门口敲了敲玻璃。

教室里的人的注意力都被声响吸引过去。

乔宝琳顶住几人的目光,直直地看向方游谦:"我爸要来喽,抓紧时间。"

方游谦怔了一瞬,明白她的意思后,点头:"很快。"

乔宝琳转身离开,脸在行进的过程中慢慢发热。

她知道自己是有点吃醋了,但她安慰自己这是正常的,谁能看得了自己的老公被这么多年轻漂亮的女孩儿围在中间暗投春波?

就算他们现在没关系了,可她也需要一些时间来适应。

她花了很长的时间才接受方游谦成为她丈夫的事实,自然也需要一段时间来适应他们还不是夫妻关系的这件事。

打卡下班后,她等了快十分钟,方游谦才从教室里出来。

他背着光朝乔宝琳走来,乔宝琳看不清他的表情,只看得出他脚步匆匆。

等他走近后,她依旧臭着脸,他看了她一眼,顺势坐到她身边的小沙发上。

乔宝琳拿起手机问乔国阳到哪里了。

方游谦沉默了一会儿,问:"刚才怎么了?"

问的是她在走廊上看他的事。

乔宝琳心猛地一跳，却依旧不慌不忙地回答："就凑巧经过。"

方游谦轻点头，没说话。

又是沉默，乔宝琳突然觉得和他独处的时间很难熬。

其实以前乔宝琳是没有这样的烦恼的，她的眼里没有他，根本就不会苦恼他们之间的气氛过于尴尬。

可能是天生性子比较急躁，她忍受不了这样的安静，出声问他："余衍晴呢？"

方游谦似乎觉得惊讶，看向她："你认识她？"

乔宝琳："想认识。"

方游谦听到这原因并不觉得奇怪。

乔宝琳就是这样的，在社交这一方面颇有造诣，也有一种魔力——她喜欢的人都会喜欢上她。

"她是明天的班。"

乔宝琳猜到了："哦。"

空气继续安静，就在这时，乔宝琳的手机响了，乔国阳来了。

两人颇有默契地一起起身，一前一后地下楼，再一起坐进了车的后座。

乔国阳从后视镜里看着两人，笑着问乔宝琳："上班第一天怎么样啊？"

"还行。"

乔国阳又问方游谦："她今天没犯什么错吧？"

方游谦摇头，露出点笑意："没有。"

乔宝琳奇怪地看他一眼，没说什么。

第二天，余衍晴果然来上班了。

她在前台签到的时候，乔宝琳笑嘻嘻地凑上去自我介绍。

余衍晴被吓得一愣，但还是勾了勾嘴角："你好。"

谈不上开心的声音和疏远的语气并没有让乔宝琳气馁，乔宝琳知道余衍晴性子冷，成为她真正好朋友的这条路还长着呢，但自己现在还年轻，有的是时间。

余衍晴签到后就去上课了。

乔宝琳坐在前台看综艺消遣时间。

期间方游谦出来过一次，似乎是教累了出来休息，他坐在她身后的椅子上喝水。

乔宝琳以为他坐一会儿就要回去，可等了快十分钟都没听见动静，于是扭头一看，方老师居然趴在桌上睡着了。

乔宝琳不知他为什么会这么疲惫。

走近看清了他的黑眼圈后，她开始思考他每天晚上是不是抽烟抽到很晚。

盯着他看了一会儿，他还是没醒，担心学生等久了，她将他拍醒。

他睁开眼和她对视上的那瞬间，乔宝琳有点恍然，像是回到了那年的冬天，他每次迷迷糊糊在院子里睡着，被她叫醒后，总是会愣一会儿才回神。

但十八岁的方游谦很快就反应过来了。

他一下站了起来，看了一眼时间："抱歉。"

乔宝琳皱了皱眉，见他往教室走，就没说什么。

第二天，方游谦的黑眼圈依旧不减，他靠在窗边休息的时候，乔宝琳胆战心惊，就怕他那瘦薄的身体像张纸一样一不留意就翻了出去。

不过他只是站了一会儿就回到了教室里。

乔宝琳那提着的心姑且放了下去，可她忍了再忍，还是在等乔国阳来接他们的时候出声问道："你这几天精神不怎么好？"

方游谦似乎没想到她会这么问，意外地看了她一眼："……嗯，有点失眠。"

乔宝琳挑挑眉，压下嘴角的笑意："是不是烟抽多了？"

方游谦垂眸静静地看着她，否认："不是。"

但也不愿意再多说了。

乔宝琳怀疑他的唇是不是被施了魔法，非必要不说话，否则那唇怎么会黏得这般紧，一个字都不肯多说？

还是，他只是不想和她多说？

她瞥他一眼，不屑地"哼"了一声，往旁边站了站，离他远些。

之后乔国阳的车来了，她毫不犹豫地上了副驾驶，故意连眼神都躲着方游谦。

04. 她这是以德报怨了

饶是乔国阳都能感受到乔宝琳和方游谦之间奇怪的气氛，倒不是说他们之前就有多和谐，但至少不排斥对方的存在，而此刻是有点闹僵的程度。

乔宝琳全程看着窗外，问话都爱搭不理的。

方游谦虽然以前就很安静，但现在的情绪称得上是阴沉压抑。

乔国阳试着去调节，但见乔宝琳很抗拒的模样，也只能讪讪闭嘴。他往后视镜看了一眼，和方游谦对视上，露出一个爱莫能助的苦笑。

方游谦也扯了扯嘴角，没有说话。

他知道是自己惹怒乔宝琳了。

回忆起刚才发生的事，的确是他不知好歹。

她是在关心他，对他施予好意，可他却像是克服不了自己的身体惯性，对她冷言冷语。

对他来说，她明明是不一样的，但他似乎被丢在遥远的地方太久，不知道该如何和她相处了。

他深深地懊悔，在脑中预演着他应该做出的回应——他应该说没事，然后向她解释他很少抽烟，精神不好是因为睡不着觉……

他想了很多，可回过神来，又发现这是一种无意义的荒谬行为。

乔宝琳这几日对他的关注和靠近可能只是她的一时兴起，开始得莫名其妙，也会在他不注意的时候就结束，可能就是刚才，也可能是现在，或者是下一秒……

他看向她的侧脸。

他觉得她漂亮，可他却也只能看着，忘了怎么说，更不知该怎么靠近。

乔宝琳第一次萌生出"想要回去"的念头。

她想要回到上辈子，因为那时的方游谦比现在讨喜许多，或者说，只是因为那时的方游谦比现在喜欢她。

她被他刚才冷漠的态度打击到。

她在愤怒之余思考了一会儿，倏然意识到此刻的方游谦并不是那个抱着她不让她离开的方游谦，而是在整个青春期都刻意冷落她的方游谦。

她在疑惑，上辈子的方游谦到底是怎么克服对她的厌恶情绪，最后还和她求婚结婚，忍了她四十几年的？

他们这奇怪又紧张的关系到底什么时候才能缓和？

想清楚这些后，她是舒服了一些，可看到方游谦的脸，她还是觉得别扭，下了车后就脚步匆匆地上楼，将自己锁在房间里。

吃晚饭的时候，方游谦很识相地没来。

至少乔宝琳是这么觉得的。

可付青很紧张，跑到隔壁去喊他来吃饭。

在乔宝琳第五次往门口张望的时候，付青回来了，只有她自己一个人。

乔宝琳挑挑眉，意料之中却又带着点遗憾。

"游谦说是刚才在机构吃过了，是吗？"付青看向乔宝琳。

乔宝琳："撒谎。"

乔国阳见此，眼神在乔宝琳脸上停留了一会儿，劝付青："算了，他就是不想吃晚饭。人家都成年了，也没必要硬逼着人家吃，待会儿给他送点过去就行了。"

付青皱皱眉，却也没再说什么。

吃过饭后，乔宝琳走进厨房，发现付青在帮方游谦热菜，似乎准备给他送过去。

乔宝琳："他都说不吃了。"

付青数落："你们这个年纪的小孩都这样，嘴上一套心里一套的，他的性子沉，肯定是觉得不好意思才没来的……你跟他闹矛盾了？"

乔宝琳装作不在意："我们不是一直都有矛盾？"

付青冷笑一声，提议道："你们哪里有什么不能解决的矛盾？认识这么久，握个手和好算了吧？"

乔宝琳讪笑："这不是我说了算的。"

付青见她有些委屈，没再说什么了："那我也得照顾人家吃饱。"

乔宝琳没再拦付青，让了条道方便付青出去。

看着付青离开的背影，乔宝琳突然想起方游谦这几日的疲惫状态，想了想，她还是开口："他最近精神不大好，在机构睡了几次了。"

付青点头："我去问问他是怎么回事。"

等付青走后，乔宝琳顺手在网上搜了搜失眠的原因和食补，又顺手转发给付青，意思是让付青有空给方游谦补一补身体。

她给自己盖上"大方"的印章——她这是以德报怨了。

第二天，乔宝琳忙着和余衍晴交朋友，没多余的心思关心方游谦。

乔宝琳凭借着上辈子的优势，将余衍晴的喜好捕捉得精准，随便说一句话都能让余衍晴多看她两眼。

余衍晴最后下班离开的时候还主动和乔宝琳说了再见。

乔宝琳笑得甜甜的："再见。"

一转回眼神，就看见方游谦站在身边，她的笑容僵在脸上，收回嘴角后，低头收拾东西。

方游谦在乔宝琳身边站定了一会儿，乔宝琳收拾完东西，他还站在那里，挡着她出去的道。

她抬头看他："借过。"

方游谦让了道。

乔宝琳见他一副欲言又止的模样，心里郁结。

她早就知道他是这么个闷葫芦了，明显是要来道歉的，却连句话都说不出。

她最后还是停住脚步，顿了几秒，回头看他，皱眉问道："你要道歉？"

方游谦没想到乔宝琳会停下动作，那总是波澜不惊的眸子都露出了惊讶的神色。他纤长浓密的睫毛颤了颤，垂着眸子看她，说："对不起。"

声音不大，乔宝琳却听得清楚。

乔宝琳收到过许多次他的对不起，但她知道，这个"对不起"和以往都不大一样，这个"对不起"是他们别扭较劲关系的结束，是他们的新开始。

虽然眼前的方游谦很诚恳，但是乔宝琳并不打算太快原谅他，决定采取一些措施。

"可以原谅你，但你每天都需要主动和我说十句话，或者更多。"

这的确是一个奇怪的条件，但也是乔宝琳为方游谦量身定做的。

天知道，两人结婚后，方游谦因为太过安静和不会说话而吃了多少亏。

她需要趁早改造他，以防他之后又因为话少吃哑巴亏。

方游谦眉头微皱，清亮的眸子闪了闪。

乔宝琳定定地看着他，一点都不退缩怯懦，等着他应下。

方游谦抿唇，轻轻说："好。"

乔宝琳："刚刚这两句不算。"

05. 学妹的情书

眼前的乔宝琳表情调皮，似乎在对自己提的这个条件沾沾自喜。

方游谦盯着她看，对视的那几秒，心脏不断缩紧，一阵一阵的酸软冒了上来。他忍不住哑声问："为什么……"

"担心你之后吃亏。"乔宝琳不假思索。

方游谦那句"为什么担心我"就在嘴边，可理智还是适时阻挡，让他将后半句咽了下去。

乔宝琳见方游谦又没话说了，不想再为难他："收拾收拾东西，准备回去了。"

方游谦点头，回到教室里收拾东西。

乔宝琳收拾完，率先到门口等他，凑巧看见他把一个白色信封往书包里装。

女人的敏锐直觉让她三步并作两步走上前，凑到他身边，八卦地问："这是什么？"

方游谦一愣，身体僵住，似乎是没适应她突然的靠近，或者是两人的距离实在过近，他一秒后才找回自己的声音："学生给我的，让我回去看。"

乔宝琳问："学妹？"

方游谦回忆，似乎真是个学妹："对。"

乔宝琳看着他的脸，发现他此刻局促又紧张的神色，耳郭都泛起粉色，以为他是因为那个白色信封才这般反常，于是盯着他的眼睛，调侃道："情书？"

方游谦皱眉："我还没看。"

乔宝琳哼哼两声，嘀咕道："装什么？难不成还是题目？"

方游谦想起刚才学妹有些害羞的样子，他反应过来，沉吟了一会儿："可能……是情书。"

乔宝琳往他包里看了两眼，又轻飘飘移开眼神，后退了两步："赶紧收拾吧，我爸要到了。"

方游谦答应下来，快速收拾着东西。

乔宝琳看着他的后脑勺，努力压下心中的那股不悦。

其实方游谦对这种东西见怪不怪了，当时乔宝琳在高中明明已经故意和他划清界限，却还是能时不时听见关于他的风流故事。

不是说他这个人风流，而是他长得太过惹眼，那些风流的事就自动寻上他了。各个年级的女孩都对他青睐有加，有害羞的女孩儿，也有大胆的女孩。

让乔宝琳印象最深的，方游谦高一入学没多久就被高三的一位邱学姐看上了，带着几个小妹一起去找他，在班级门口直接叫他出来，说是有些事要和他谈谈。

那时的乔宝琳已经和他闹僵了，却还是忍不住担心他。她一边担心方游谦对恶势力妥协出卖肉体，又一边担心他不折不挠因为一身不解风情的硬骨头而被打……

可最后，邱学姐似乎放过了方游谦，也没找过他麻烦，甚至有人看见邱学姐和他站在一起聊天，还有人看见他跟邱学姐一起离开学校。

听说邱学姐毕业的时候，还邀请方游谦去她的毕业派对……

当然，这都只是传闻而已——当时的乔宝琳只能从传闻中得到方游谦的消息。

她执拗地不肯低头，即使再担心方游谦，在别人提起他的消息时，她也不会多问一句，只是将那些细碎的信息整理好藏在心里。

但时间一久，她似乎真就把这段友情抛诸脑后了，那股埋怨随着时间的流逝也渐渐变淡。再看到他时，她只会觉得怅然，然后下意识地躲避他，不对视，不交流。

方游谦已经收拾好，看向乔宝琳，与那一双淡然的眸子对视上。

乔宝琳这才回过神。

她提出自己的疑问:"我们高一时,有个高三的邱学姐,你记得吗?"

方游谦点头:"嗯。"

说完,似乎担心自己的话太短,他又补上一句:"记得。"

乔宝琳边走边问:"当时你们的事闹得轰轰烈烈的,到底发生了什么?"

她瞥了方游谦一眼,发现他皱着眉,似乎在回忆。

过了几秒,他憋出一句:"什么?"

他不知道她想问什么。

乔宝琳那颗提着的心像是荡了个秋千,她连呼吸都重了,解释道:"不是说她当时带了很多人在班级门口堵你吗?"

方游谦微微挑眉:"没那么夸张,只是在门口喊我而已。"

乔宝琳停住脚步:"然后呢?"

方游谦:"然后我就去了。"

乔宝琳咬牙:"你要是不想说,就算了。"

别在这里一句一句吊着她。

方游谦着急:"你想知道什么?"

乔宝琳大大方方的:"全、部。"

"她叫我出去,问我有没有女朋友……我说我只想学习,她就没再多说什么了。"方游谦淡淡陈述着,像在说别人的故事。

乔宝琳颇感失望,果然还是传闻有意思些。

不过,是这故事过于平淡,还是因为陈述人是方游谦呢?

她继续问:"有人看见你和她一起回家了,是真的假的?"

方游谦皱眉,似乎是觉得"一起回家"这种描述不太合适:"她有个弟弟需要课外辅导,我就去了。"

更加无趣了,但这样无趣的故事才和乔宝琳印象中的方游谦匹配。

她点点头,往前走了两步,然后突然回头看他。

方游谦被吓住。

她问他:"你说你要学习,她就放过你了?"

方游谦点头,静静看着她。

乔宝琳看他的耳朵莫名烧红,以为是她问得太多了,担心他被她逼急,便也没再多说,走在前面,率先下楼了。

方游谦看着她的背影,偷偷松了口气。

其实他撒谎了。

那时候他说自己要学习,可那学姐哪里可能轻易放过他,而是同他说:"学习好啊,带我一起学习。"

他没见过这种场面,只能不卑不亢地说:"我现在不想恋爱。"

学姐见他如此认真,撇撇嘴:"真碰上个书呆子了……那你高考结束后,我再找你?"

他一愣,脑子一热,就说出他已经有喜欢的人这件事。

学姐叹气:"那我也不能做棒打鸳鸯这种缺德事。"

方游谦后知后觉自己竟对着一个陌生人说出耻于开口的秘密,不由得开始脸热,满脑子都是乔宝琳的脸。

学姐后来跟他说了什么,他都不记得了。

只记得回班级的时候,正好是下午,金黄的阳光落在操场上,照亮不远处乔宝琳和朋友谈笑的背影。

她高高扎起的马尾在空中晃悠着,碎发沾上金光,熠熠夺目。

他突然觉得自己又鲜活起来了,好像死水般平静的心湖又被投进了一颗不大不小的石子,泛起涟漪。

其实无数次这般过。

可他也只能在被阳光照不到的地方默默等待着涟漪平息,等待那好不容易漾起波澜的海面重归平静。

第三章
周围吵闹，他们却安静

01. 怕你不开心

对乔宝琳来说，今天发生了许多具有纪念意义的事，比如余衍晴主动跟她说了再见，比如她和方游谦的关系缓和了，还有就是回去之后，她发现韦泽森给她发送了好友申请。

她按下同意好友申请的按键。

上辈子，韦泽森和她差不多也是在这个时候认识的。

起因是上辈子的她决定去国外留学，便在互联网上发布了寻找同伴的帖子，韦泽森就是通过那个帖子找到她的。他和她处在同一个城市，甚至申请的都是同一个学校，的确是有缘分。

她当时和韦泽森加上联系方式后聊了一段时间，之后两人见面，她发现韦泽森和自己很像，几乎是同一类人，外向贪玩，渴望拥有无限自由。他们唯一有出入的地方是韦泽森对待男女情感比她随便太多，他可以今天跟 Alice 睡觉，明天就吻上 Vicky 的嘴，甚至还会在酒后向她表白……

乔宝琳知道韦泽森私生活混乱，也知道他那颗心总是在女孩群中荡漾。她喜欢这个朋友，便担心和他牵扯上男女关系。他跟她告白过几次，不知他是真心还是假意，她都打着哈哈敷衍过去。

她回国的那天，他去机场送她，笑着让她在国内等他一段时间，他很快就回去。

乔宝琳哼哼两声，半信半疑。她知道国外的生活对韦泽森来说是多么难以割舍。

韦泽森是天生的小鸟，是云朵，是旷野天地间的一阵风，国内对他来说过于不自由，他该是很难重新适应的。

果然，直到她和方游谦的孩子出生，都没听见韦泽森"荣归故里"的消息，甚至连给孩子的满月礼物都是从国外快递回来的。

那个满月礼物极度符合韦泽森买东西的风格，价值不菲，但华而不实。

当时方游谦以为那个巨大又昂贵的水晶摆饰是乔宝琳在国外时的哪个前男友送来的，还闷闷不乐了半天，话里话外都在抱怨那摆饰体积大占位置。

乔宝琳觉得方游谦事多，方知扬又总是闹个不停，她根本没注意到方游谦那别扭的心思，直到那年方游谦过生日才大大方方地告诉她，他的生日愿望是把这个占位置的无用东西放到车库里。

乔宝琳问："什么毛病？这么漂亮又贵重的东西干吗藏在车库？"

方游谦淡淡地说："很丑。"

乔宝琳疑惑，但也只是以为两人是审美有差异，便答应了他的这个生日愿望。

后来两人吃了一顿晚饭，还喝了点酒。

他们才喝了两口，还没尽兴，方知扬就开始闹。方游谦这个寿星过去哄儿子睡觉，乔宝琳洗了个澡，准备休息。

到了深夜，她在房间里听到方知扬的哭声停下，知道方游谦已经把他哄睡了，可是她在房里等了半天也没等到方游谦进屋。

她狐疑地走到客厅，发现方游谦在搬运那个巨大的水晶摆饰。

"你在干吗？"

"放到车库里去。"

"真有这么丑？丑到一晚都忍不了？"

方游谦没说话，只是用沉默表达着自己的决心。

乔宝琳其实能明显感觉到他对这个水晶摆件的厌恶，可他总不说原因，一直藏着他的真实想法。

也许是当时刚生完孩子没多久，她的脾气很差，一点小小的不悦火星都能将她点燃。

她静静地看着方游谦："你不喜欢这个东西？"

方游谦点头。

乔宝琳问："为什么？"

他又不说话了。

她搞不懂，他为什么对她藏着那么多秘密，他们明明已经是最亲密的关系了，为什么他还是什么都不肯说。

她再一次怀疑两人的结合是不是正确的。

乔宝琳忍不住用刻薄的语气说："你要是不喜欢，直接扔了，也不用故意用你那生日愿望来博取我的同意。"

方游谦被她这尖锐的言语打得猝不及防，一直绷着的冷静外表瞬间粉碎。

他慌了，抓着水晶摆件的手慢慢收紧，最后才说："这是你前男友送的，我不想让它摆在我们家里。"他声音低哑，努力维持着平时的淡淡语气。

喝了点酒之后的方游谦脸色比平时红润一些，眼睛也亮得可怕。

乔宝琳一愣，听清他的意思之后，她胸中气闷的感觉瞬间消失了一半，甚至觉得好笑。

眼前方游谦这副急切想要将这个水晶摆件搬走的模样，很容易让她想起动画片里那些被父母冷落之后要离家出走的小孩。

也许是最近母爱过于泛滥了。

她也觉得自己这个比喻不是很得体，却依旧觉得方游谦这副模样很幼稚。

她这么想着，最后的那一点气也消了。

她看着他："你觉得你这样，像是一个合格的爸爸吗？为了自己，竟然打算把孩子的满月礼物扔了。"

方游谦听此似乎也觉得不妥，低头沉默了一会儿："今天是我的生日。"

乔宝琳立刻明白了他的意思——今天是他的生日，所以他可以做自己想做的事。

她看向方游谦的眼睛。

他垂着眸，浓长的睫毛遮盖着双眼，可她依旧透过那睫毛看到了他水润的眸子，跟方知扬的眼睛一样单纯。

他不喜欢，所以不想要看见它。

她扫过他泛红的耳朵，问："你是不是醉了？"

方游谦："我很清醒。"

哪个醉了的人会承认自己醉了？

乔宝琳看他这副模样，猜到他已经不大清醒，上前拉住他的手。

方游谦低头看向她的手，再抬眼看她，那水润的眸子更加潋滟了，那片湖都在晃动。

乔宝琳说："明天再搬吧，时间太晚了。"

他反握住她的手，看了看她的脸，又看了看那个水晶摆件："明天就不是我生日了。"

乔宝琳确定他是喝醉了，忍住想笑的冲动："不是你生日，你也可以做自己想做的事。"

方游谦没再多说什么，和她一起进了卧室。

乔宝琳去厕所洗了把脸，出来想要叫他去洗个澡，却发现他已经在床上睡得正熟了。

她用看方知扬的眼神看着方游谦。

时间已经很晚了，四周很安静，她看着他安睡的模样，那种两人已经结婚了的实感又深了一分。

他们的后半生的确绑到了一起，出乎意料的是，她并不觉得有多难熬，甚至在某些时刻无意识地开始享受这种生活了，享受着方游谦对她露出真正的情绪，就算那种情绪是不够体面的、幼稚的，也能让她感到愉悦。

她也不知这种愉悦从何而来的，但它的确在无形之间滋润着她本以为会干涸多年的田地。

她轻声对床上的人说了句："生日快乐。"

方游谦睡得正熟，并没有回应她。

可乔宝琳也像是看着宝宝的睡颜时那样，心都变得柔软。

她在他身边躺下，看着时针走过数字"12"，终于沉沉睡去。

不知过了多久，乔宝琳被身后的动静闹醒。她也不知身后的方游谦是不是还醉着,可他在她腰肢上游走的手实在太烫,几乎将她的神经理智都烧断了。

她身体僵住,伸手握住他的手腕,哑声问:"怎么了?"

方游谦靠在她的耳边问道:"我生日过了?"

湿热的气息落在她耳后,她缩了缩脖颈,却无意间碰到他的唇。

气氛更加暧昧,空气升温,乔宝琳身后都出了汗。

她看了一眼时间,声音有点颤:"……过了。"

方游谦习惯性地将自己的脸靠在她的肩头上,发热的脸颊就贴在她耳侧。

乔宝琳心脏狂跳。

他侧头吻上她的耳朵:"老婆。"

乔宝琳呼吸都乱了。

方游谦的唇缓慢下移,柔软的头发蹭着乔宝琳的脸颊。

乔宝琳用力眨了眨眼睛,奋力将涣散的思绪重聚在一起。她像根紧绷的弦,轻声问他:"你还醉着吗?"

方游谦的吻湿漉漉的:"……不知道。"

这是要酒后乱性?

乔宝琳下了定论:"应该还没醒。"

方游谦在她的肩颈处沉沉地笑,两人几乎贴在了一起,于是,乔宝琳也跟着他的频率一起颤动着。

终于消停下来后,他却握着她的腰,翻过她的身,在昏暗的夜里对上她的眼睛。

乔宝琳几乎要将下唇咬白,眼睛圆圆的,小鹿一般水灵,她瞪大眼睛看他,似乎有些惊讶。

方游谦知道她说得没错,他还醉着,但也只是一点而已。酒精对他来说正好是勇气的催化剂,或者说是一个靠近她的正当理由,他也不知自己要用多久才能摒弃这些大大方方地靠近她,向她提出诉求。

但此刻的他,借助着酒精,如愿地将那层掩饰自己的皮囊撕掉,露出坦诚的欲望。

他不顾后果,将自己刻在骨子里的卑微先丢到一边,跟随着自己内心最炙热的欲望靠近她,向她求欢。

他又叫她："老婆。"

乔宝琳伸手捂住自己的脸。

他吻在她的手背上，吻得急切，声音也含混："生日过了……我也可以做自己想做的事吗？"

乔宝琳一愣，想起这话似乎是自己说的。她脑子一热，将手挪开，问道："你想做什么？"

方游谦趴在她身上，脸贴着她的脸，侧头在她耳边说了两个字，轻轻的，却又格外清楚。

那两个字像蚂蚁一样钻进她的耳朵，顺着身体迅速蔓延，挑逗着她的神经，她觉得自己大概也醉了。

她没答应，但也没拒绝，默认着接下来会发生的一切，只是脑中那种"方游谦像小孩一样幼稚"的想法已经彻底消失。

进行到一半，一直都很安静的屋外突然传来野猫的叫声，乔宝琳吓得一抖，方游谦抱着她："别怕。"

乔宝琳说："谁怕了？"

方游谦亲她汗涔涔的额头："我怕。"

"怕什么？"

"怕你不开心。"

02. 给我带根冰激凌

乔宝琳看着方游谦亮得可怕的眼睛，猜到他的酒还没醒透。

但无疑，醉了的方游谦比清醒的方游谦更加讨喜，虽然有点黏人，也有点……但总比那个什么话都不说的闷葫芦好些。

她要他说话，要他表达自己的需求，这样她才能继续和他相处下去。她想要他把想法说出来。

也许是今天的方游谦状态奇怪，她也变得有些奇怪——他不再是闷葫芦，她也可以不再做那个娇蛮的坏老婆。

结束之后，很罕见地，她抚摸着他的后背："你不说，我不会知道。"

方游谦一愣，眼神迷蒙地凑过去吻她的唇。

她躲开他的吻，叫他的名字："……方游谦。"

方游谦盯着她看，等她说话。

乔宝琳想了想，又叫了一声："……老公。"

方游谦呼吸一重，像宠物狗一样又凑上来。乔宝琳这次没躲过，被压着亲了好一会儿才有空喘息。

见他还不满足的样子，她手疾眼快地捂住他的嘴："让我说话！"

方游谦重重喘息，等她说话。

"你要说，我才能知道你在想什么。韦泽森不是我前男友，但你要是觉得那东西看着不顺眼，你可以跟我说，我也不是那种不讲道理的人。"

方游谦听清了，涣散慵懒的眼神慢慢聚起，却还是不大正经地亲了亲她的手心。

乔宝琳缩回手，觉得喝醉了的方游谦格外放荡。

放荡的老公："好。"

乔宝琳松了一口气，拉起被子："睡觉吧。"

放荡的老公不肯睡。

乔宝琳推开他："你儿子明天很早就会起来闹了，赶紧睡觉。"

方游谦这才躺回去，却又无声无息地握住她的手。

乔宝琳挣了一下，没有成功，实在是太困，她也没再折腾了，由着他牵着了。

第二天，她醒来，发现方游谦早就不见人影，也没听见方知扬的哭闹声。

走到客厅里，看到只有阿姨在厨房忙活。

阿姨说："方先生担心孩子吵着你睡觉，便带着出去逛逛了。"

她对阿姨笑了笑，一扭头，就发现那个华而不实的水晶摆件还是消失了。

她问起阿姨。

阿姨说："一大早就被方先生搬走了，还不肯要我帮忙。"

乔宝琳扯扯嘴角，已经可以在脑中想象出方游谦那副吃力又逞强的模样了。

不知昨晚跟他说的那些话他有没有听进去。

……但很快她就得到了答案。

当晚，方游谦早早上了床，抱着她说他想要。

要个头啊!她是想让他多说话,但不是说这种话。

不过需要承认的是,两人在床上的确是很合拍,似乎是天生契合的身体。

回忆起这些,乔宝琳才猛地意识到,她和方游谦之间其实发生过许多啼笑皆非的事。

他们那段四十几年的婚姻似乎不像她想象中那般如死水平淡,至少现在回忆起来,她会在不知不觉间弯起嘴角,或是满脸通红。

同意好友申请之后,她放下手机,想起韦泽森上辈子荒唐又戏剧性的结局。

那些事放在常人身上几乎是灭顶之灾,但如果对象是流连花丛的韦泽森,那样的结局又似乎是可预料的。

可就像他经常对她说的那样,他这么活,一点都不后悔。

乔宝琳并不想去指点他的人生,毕竟在她看来,他的确活出了许多人不曾想过的样子。

这次,她也会做他的好朋友,但没办法陪着他一起去国外了。也不知没了异国同乡的牵扯,他们的缘分还会不会那样深。

楼下传来关门的声音,她走向窗外,看到方游谦出门。

路灯亮着,将他的影子拉得长长的。

他穿着拖鞋,应该只是出去一小会儿。

乔宝琳这么想着,路灯下的方游谦却突然抬头,和她对视上。

她没有躲开,还对着方游谦挑了挑眉,只是不知他看见没。

方游谦只是愣了一瞬就继续往前走了。

没多久,乔宝琳放在桌上的手机振动了一下,是方游谦的消息。

方游谦:不是买烟。

知道他在和自己开玩笑,乔宝琳莫名觉得愉悦,看着那四个字发了一会儿呆,然后回复。

乔宝琳:给我带根冰激凌。

方游谦:好。

没一会儿,方游谦就喊她下楼吃冰激凌了。

乔宝琳穿着睡衣和拖鞋直接下楼。她家院子里有一张可以休息的长椅，方游谦就在那里等着她。

他的脸被不远处的路灯照亮一半，另一半则隐在阴影中，棱角分明的五官看起来更加冷淡了。

她跳着上前，一屁股坐在他身边，他不动声色地往一边挪了挪。

乔宝琳拿起两人中间的那个塑料袋，里面是她最爱吃的绿豆棒冰。她刚才忘记交代了，没想到他猜到了她的喜好，或者是他还记得她的喜好，从小到大她最爱吃的就是绿豆棒冰。

拆开包装袋，她将棒冰放到嘴里，等到口腔里布满了绿豆的清甜之后，才含混地问："你刚才去超市买什么了？"

他指了指身边的另一个黑袋子，说："沐浴乳。"

乔宝琳点点头，没说什么，随意地看了一眼他买的沐浴乳，是熟悉的白色瓶子。

她挑挑眉，在心里感叹，果然人的习惯是很难变的。

上辈子她和他结婚之后，他用的沐浴乳也一直是这个牌子的。

空气很安静，只有不远处草丛里昆虫浅浅的鸣叫声，方游谦习惯性地不说话，乔宝琳也静静地吃着棒冰。

乔宝琳吃得不快，棒冰都化成糖水了，顺着木棍往下淌，方游谦不说话，却手疾眼快地从口袋里拿出一小包纸，抽出一张递给她。

乔宝琳一边咬着棒冰一边拿纸，又伸长了脖子，防止那棒冰的糖水滴到自己身上。

吃完之后，她整理了一下，然后拿起手机，打开摄像头看自己被冻麻了的唇，又伸出舌头检查了一下，确定没有变成绿舌头后才放心下来。

方游谦就在一边，全程观看着她检查自己的行为，只是在看到她对着手机嘟嘴又吐舌的时候，不动声色地转开眼神。

乔宝琳正打算收起手机，却收到了韦泽森打招呼的消息。

她惊讶，韦泽森跟她打招呼的话都和上辈子一样。

这种关系实在是奇妙，她和他已经足够熟悉，却还是要装作和他刚认识，循序渐进地发展关系。

可她也觉得这样有趣，下意识地和他聊着他们感兴趣的共同话题。两人依旧合拍，一见如故地热聊着。

过了好一会儿,乔宝琳才意识到身边还坐着一个人,不过这人安静,什么话都不说,连呼吸都是轻轻的,让她忘记了他的存在。

她不好意思地看方游谦,轻声提议:"不然你先回去吧?明天不是还要上班吗?"

方游谦盯着她看了一会儿,视线又轻轻从她的手机上瞥过,没有立刻起身,反倒是问了一句:"你在聊天?"

乔宝琳笑:"对,今天刚认识的网友。"

方游谦挪开眼神,看向不远处,轻声问道:"网友?"

他刚才瞥到那人的头像和乔宝琳给他的备注,猜想对面那人应该是男生。

乔宝琳点头,又多说了两句:"他要出国的,我之前加了他,想要交流一下。"

方游谦点点头,却没起身。

乔宝琳看他一眼:"你不走吗?"

方游谦:"等等。"

乔宝琳察觉到方游谦的情绪古怪了,可是韦泽森的话实在是多,她一会儿没回,聊天页面就已经跳了两页,所以她埋头继续回复。韦泽森这人还很幽默,跟他聊天,她总是不自觉地嘴角上扬。

方游谦看着她笑盈盈的脸,胸口突然郁积起一股气。

男孩儿摸了摸口袋,开始后悔自己没买烟了。

03. 可我没同意

乔宝琳和韦泽森聊得入神,结束话题的时候,她看了一眼时间,已经很晚了,身边的人也不知道是什么时候离开的。

她皱起眉回忆,似乎是在半小时前,方游谦起身跟她道别,还让她早点休息,可她忙着打字连头都没抬,只跟方游谦说了句"明天见",甚至都不记得方游谦最后有没有再和她说什么话了。

大概是没有吧?他话那么少……

第二天,方游谦依旧出现在他们家的饭桌前,安安静静吃着早饭。

乔宝琳昨天睡得晚,此刻在饭桌上哈欠连天。

付青问她昨晚是不是去哪里鬼混了,她叹气,并没有力气反驳,却撞上对面方游谦投过来的眼神。

她想起昨晚，问道："你昨晚什么时候走的……我都没注意到。"

方游谦动作一僵，捏着筷子，抬眼看她，睫毛轻轻颤了颤："你忙着聊天。"说完就又自若地低头吃饭。

乔宝琳一愣，胸口突然有些闷。不知是不是自己想多了，她总觉得他这话说得委屈，像是在控诉她连他何时离开都不知道。

她看了看父母，他们面色无异，似乎一点都不觉得方游谦这话说得古怪。

她只能压下心口那股诡异的感觉，安慰自己是自己想多了，是自己对上辈子的丈夫的情绪过于关注了，甚至是过度解读了。

今天余衍晴有排班，乔宝琳依旧拿捏着她的喜好，在她刚好口渴的时候送上她最喜欢的乌龙茶，休息的时候和她聊着她感兴趣的专业。

两人在茶水间聊得热火朝天，期间方游谦进来过一趟，却没插话，接了一杯水之后又出去了。

乔宝琳的视线跟着他的背影一起飘出去，等他拐弯离开后才收回，又猛地撞上余衍晴的眼神。

余衍晴是单眼皮，眼睛却不小，眼尾还有些上扬。这么一双眼睛看起来十分冷酷，加上她本人性格也很淡漠，所以当她瞥过来，一般人都会心里发毛，脚底冒寒气。

可此刻乔宝琳却从她的眼神中看出一点温热。

准确来说，是余衍晴的眼底浮着一层淡淡的揶揄笑意。

乔宝琳一慌："你怎么这么看我？"

余衍晴低头，说："没事。"

乔宝琳很了解余衍晴，自然知道余衍晴是在撒谎，但担心之后无法辩解，所以干脆也装傻，不再多问。

她发誓，她盯着方游谦看，只是因为他今天穿得还挺合她的审美。

桌上的手机开始一下接一下地振动，乔宝琳一看，又是韦泽森。

这一见如故的朋友依旧话多聒噪，乔宝琳跟他聊了两句，就用自己要上班的理由结束了对话。

之后的好几天都是这样，乔宝琳一没办法应付韦泽森，就用工作的理由遁走。

时间过得很快,乔宝琳和韦泽森已经做了一个星期的网友。韦泽森总说他们两人很合得来,是"天生缘分"的程度,这四个字是韦泽森的原话,乔宝琳则回复"说不定我们上辈子也是好朋友呢"。

一个星期之后,韦泽森就提出要见面的请求。

可是乔宝琳每天都需要坐班,想着机构的活只剩下一周,便提议等她在机构结束工作后再见面,韦泽森答应了。

最近乔宝琳线上忙着和韦泽森社交,线下忙着和余衍晴交朋友,还要上班,便也忘了监督方游谦"一天和她说十句话"的任务。

她回忆了一会儿,发现方游谦最近话好像又变少了。

现在离下班还有半小时,他也只剩下最后一节课。

她端着一杯水从玻璃墙边走过,透过擦得干净的玻璃,看见他在讲台上批改作业,学弟学妹坐在位置上写题。

见他改得认真,头都不抬,乔宝琳又装作若无其事地路过。

殊不知在她转身离开的那一瞬间,本在低头批改作业的方游谦突然抬头。

下课铃声响起,学生三三两两地从教室里出来,乔宝琳盯着那间教室门口看了半天都不见方游谦出来,又等了一会儿,起身去找他。

方游谦在讲台上坐着,一点都没有要离开的意思。

乔宝琳敲敲门,他听见动静后才抬头看过来。

他戴着眼镜,似乎刚刚在研究什么难题,还没缓过来,眉头微皱,看起来有些生人勿近。

乔宝琳弯弯嘴角,抬手提示了一下时间。

方游谦反应过来,站起身,摘下眼镜,低头整理着东西。

乔宝琳正打算离开,却听见了他的声音,像是无意之间的呢喃,可乔宝琳莫名又觉得他在责备她,还带着难以承受的委屈。

"还以为你今天又要聊好一会儿。"

乔宝琳回头看他:"你说什么?"

方游谦收东西的动作一顿,抬起眼,大方地和她对视:"今天不忙着和网友聊天?"

乔宝琳一愣,听着他这话,突然有一种他已经是她丈夫的错觉,因为上辈子,他也跟她说过差不多的话。

那时她刚回国不久,而方游谦已经是个事业有成的青年才俊了。

她稀里糊涂和方游谦绑上了关系,他们从许久没联系的朋友变成了睡在一张床上的夫妻。虽然领了证,有了法律上的关系,却要从很小的地方开始慢慢适应对方,于是一开始的相处状态自然是沉默,各做各的事。

她回来还没多久,韦泽森很爱缠着她聊天,即使已经知道她结婚了,他还是一点都不避讳。

"我们在国外的这几年,难不成比不上你和那男人的几天?"知道乔宝琳结婚后的韦泽森变本加厉,还很幼稚地需要乔宝琳的回应。

知道他没什么坏心思,乔宝琳只能哄着朋友,每天都在网上和他维系着友情,但时间一久,她的丈夫就不满意了。

在她印象中,那是婚内第一次方游谦对她身边的其他男人表露出不满。

那天方游谦陪着乔宝琳去产检,一路上两人都不说话,乔宝琳的手机响个不停。韦泽森爱发语音,乔宝琳一直都是转文字的,可他经常中英夹杂,软件翻译得很奇怪,她需要研究好久才能知道他的意思,后来还是妥协了去听语音。

她点开一条语音,还来不及调小声音,便听见了韦泽森的声音。

"你现在是去给我干女儿做检查吗?"

韦泽森当时认定她怀的是一个女孩,理由是他比较喜欢女孩。

语音放完之后,乔宝琳也愣了,下意识地看了一眼开车的方游谦。

他像是没听到一样,或者说是根本就不在意,转方向盘的动作都没顿一下。

乔宝琳松了一口气,低头和韦泽森聊天。

不知过了多久,终于到了医院停车场,乔宝琳正打算下车,却发现方游谦没打开车锁。

她扭头看他,发现他正盯着自己。

乔宝琳心猛地一跳,没有什么好预感。

果然,下一秒,方游谦问她:"你帮宝宝认了一个干爹?"

乔宝琳慢慢挑了挑眉:"嗯……"

其实不是她给宝宝认的,韦泽森一知道宝宝的存在,就开始自称为宝宝的干爹,嘴长在他身上,她也拦不住。他说久了,她似乎也就这么认为了。

方游谦皱眉,长密的睫毛微垂,几乎遮住了双眸。过了几秒,他抬眼看她,淡淡地说:"可我没同意。"

乔宝琳差点忘了这茬,可她对这便宜老公并不算有耐心,下意识地皱起眉:"为什么要你同意?"

方游谦没说话,沉默地看着她,不知过了多久才说:"算了。"然后打开车锁,兀自下车。

乔宝琳本以为他会跟她大吵一架,岂料她刚开火,他就投降了。

她觉得没意思,可胸口的那股火依旧没散。

于是在做检查的时候,她的脸很臭,方游谦不说话,医生和护士也在看两人的眼色,全程的气氛都相当诡异。

04. 有没有可能是他吃醋了

当天晚上,乔宝琳将房门反锁,然后在电话里跟朋友倾诉今天发生的事。

朋友对她的做法自然是没有任何异议,只是跟她讨论方游谦第一次对她展示不满的原因。

乔宝琳觉得他是无理取闹,单纯看她不爽,想要找她麻烦而已。

朋友却提出意见:"有没有可能……是他吃醋了?"

乔宝琳听到"吃醋"这两个字后,脑袋短路了一瞬,过了好一会儿才说:"……有可能是的,但我跟他才结婚没多久,这就开始对老婆有占有欲了?"

朋友开导道:"正常,如果他现在跟女孩彻夜热聊,还突然给你的宝宝找了个干妈,你会怎么想?"

乔宝琳不假思索:"离婚。"

朋友在另一头笑:"那你的方式就更加极端了嘛。我听你提起他,总感觉他闷闷的,也不爱表达,今天他可能真是忍不住了才拐弯抹角地表达自己的不满……但说得再简单点,就是吃韦泽森的醋。"

乔宝琳挂断电话后安静地想了一会儿,觉得自己对方游谦说的话是有些过分了。

　　当然，她依旧是孕育孩子的最大功臣，但方游谦也是宝宝的爸爸，之后养育孩子的大笔费用还需要他承担，他当然有权利去干涉孩子的干爹干妈是谁。并且，就像朋友说的那样，方游谦并不是因为她帮孩子认了个干爹而耿耿于怀，只是不满她和韦泽森交往过于密切而已。

　　夜已经深了，她思忖片刻，还是下床打开门，走出卧室，发现方游谦不在客厅里，次卧的房门倒是锁得紧紧的。

　　乔宝琳虽然没那么生气了，但也拉不下面子去叫他进主卧睡，于是两人就分房睡了一晚。

　　第二天，她醒来，听到客厅里的动静，知道是方游谦在做早餐。没多久，她就闻到烤吐司的香气，肚子也咕噜咕噜响起来。

　　他们请了一个阿姨，但那阿姨只做午餐和晚餐。乔宝琳起得晚，大多数时候早饭和午饭会连在一起吃，但方游谦跟她不一样，他是一定要起来吃早饭的，一般还是他自己做，虽然是简单的吐司、鸡蛋和牛奶，但也营养健康。

　　乔宝琳以前跟他睡在一张床上，他知道她几点醒，如果她醒得早，他就会帮她也做一份，可现在她和他吵架了，还被他的早餐香气馋得睡不着觉。

　　她在床上翻滚了半天，最终还是决定忍一忍，面子还是比口腹之欲重要些。可就在此刻，房门被方游谦推开。她对上他的眼睛，愣了一瞬，转身，打算装死继续睡觉。

　　方游谦却说："出来吃早饭吧。"

　　乔宝琳心想：谁稀罕啊？

　　她僵着身子装作没听见，可身后那人也没离开，站在门口不知道在想些什么。

　　房门大开，吐司的甜香从厨房飘进屋里，乔宝琳的肚子又开始有了动静。她猛地想起，这早饭不是为了自己而吃，而是为了肚子里的宝宝！

　　这么想着，她的情绪突然不再强硬，觉得一切变得名正言顺，她是可以理直气壮的。

　　她从床上爬起来，穿着拖鞋走向客厅，经过方游谦的时候抬头看他："是我肚子里的孩子要吃。"

意思是她可以饿着，但宝宝不行。

方游谦没说话，等她在饭桌前坐好后才端上他做好的早餐。

乔宝琳吃饱之后，心情也变好了。方游谦就坐在她对面，慢条斯理地吃着早餐。

她看着他温和的眉眼，吐了一口气，还是解释道："那人只是我在国外的好朋友而已，我和他没什么关系……他当宝宝的干爹也是一番好意，我也不可能拒绝……"

方游谦嚼了嚼嘴里的东西，慢悠悠地抬头看她一眼，沉吟了一会儿："好。"

乔宝琳想了想，提前警告："但你不能随便给宝宝找干妈。"

方游谦盯着她看，眼神晃了一下，最终还是只说："好。"

乔宝琳知道婚姻中的又一个坎被她成功跨过，松了一口气，发现这便宜老公还挺会下台阶的，脾气也好。虽然两人冷战多年，但他还算没长歪，没在社会上熏染上大男子主义气息。

方游谦继续问："吃饱了吗？"

乔宝琳想了一会儿："还有荷包蛋吗？我还想再吃一个。"

方游谦没有立刻起身，而是拿起手机问了一下医生朋友，确定没什么问题后才去帮她再做一个。

乔宝琳看着方游谦的背影，又觉得这便宜老公还算可靠。

时间回到当下，乔宝琳最近总觉得自己记忆力太好，明明已经是几十年前的事了，她却几乎记得所有细节。眼前这个十八岁的方游谦明明还不是她的丈夫，可他模棱两可的话都能让她回忆起过去。

乔宝琳有些恍惚，眼前的男孩年轻又青涩，带着十八岁独有的青春气息，和她那个沉稳的丈夫并不一样，可她却总是在无意间将他带入她丈夫的角色中。

惊觉自己这种想法是不对的，她制止了涣散开的思绪。

他是方游谦，他只是方游谦，不是她的丈夫，也不是方知扬的父亲。她重来一次，也只想做乔宝琳，不会再成为方游谦的妻子和方知扬的母亲。

收拾好自己的情绪后,她随口说道:"也不是每天都那么聊,朋友嘛,合得来就多聊些。"

方游谦抬眼看她,几秒之后又垂眸转开眼神,拉上书包拉链,背起包:"走吧。"

乔宝琳跟在他身后,看着他高挺的背影,总觉得他们俩之间的气氛又变得古怪了。

她好像无法和方游谦成为那种非常坦诚的朋友,因为两人都有不能说的秘密。

她是因为上辈子两人过于亲密的关系,总是在不自觉中将他带入到自己丈夫的身份,清醒之后就会变得别扭。

而方游谦……她也不知他为何总是对她沉默,为什么总是在愉悦的时候倏然拉下嘴角,为什么什么都不说,只是静静地用一种悲伤的眼神看着她。

时间过得很快,乔宝琳在补习机构的上班时间一下就结束了。但"下岗"的只有她一人,方游谦和余衍晴之后还需要继续在机构里给学弟学妹补习,听说是那些学生很喜欢他们,强烈建议把他们留下。

乔宝琳一点都不嫉妒,因为她来机构只是为了接近余衍晴而已,如今目标已经达到。

她已经拿到了余衍晴的联系方式,两人也已经算得上是朋友了。

不过她在机构也有一些意料之外的收获,比如一些姐姐们的喜爱。她嘴甜,长得漂亮,活了快七十岁,情商更是显得高,每次都把姐姐们夸得笑得合不拢嘴。

姐姐们很喜欢她,每次有好吃好喝的都会给她带上一份,甚至还在她"下岗"的这天晚上给她准备了欢送宴。

乔宝琳自然答应下来,顺便问了余衍晴和方游谦要不要一起。

她打算一次性和两个朋友增进感情,最后两个人都答应了。

欢送宴的地点就在机构后的菜馆里,这些姐姐平时经常在这里吃饭,跟菜馆的老板娘也熟。

姐姐们把他们当小孩儿,一开始在餐桌上对他们嘘寒问暖,关心他们的高考成绩、同学关系,还有校园生活,吃到一半就开始慢慢聊开,问他们恋爱问题，第一个自然是逮着乔宝琳调侃。

"宝琳高中恋爱过吗？"

话一落地，饭桌边的所有人都用灼灼的眼神盯着她。

乔宝琳被看得不自在，心跳加速，却还是游刃有余地回答："很认真地当学生。"

姐姐们不相信："你漂亮又活泼，肯定很多人追吧？"

乔宝琳抿唇，卖了个关子："……是有那么几个。"

大家起哄，笑着问她有几个。

乔宝琳的眼神扫过她们因激动而变得通红的脸颊，发现她的两位朋友也看向她。

余衍晴也露出颇有兴致的眼神，嘴角挂着淡淡的笑，而从落座后就一直没怎么说过话的方游谦也抬眼看过来，只是他面无表情，像个路人，好像对答案一点兴趣都没有。

乔宝琳觉得方游谦太过冷漠，胸口莫名有些闷。

她盯着方游谦，笑着把火引过去："肯定没有方老师多。"

05. 送你一支

其实机构里的那些姐姐是不怎么敢调侃方游谦的。方游谦平时一句话都不肯多说，虽然从没发过火，但看起来是有点脾气的，她们总担心一不小心触到他的逆鳞。

可乔宝琳开了个头，她们便壮了胆，看向他："方老师有几个？"

见姐姐们的火力一下就被吸引走，乔宝琳沾沾自喜，有些挑衅地看向方游谦。

周围的人都看向方游谦，他就只是定定地看着乔宝琳，眼神也变得深沉，就像是只有他们俩的战场，他们用眼神对峙着。

乔宝琳的心跳莫名开始变乱。

几秒之后，方游谦挪开眼神，低声说："没几个……"

那些姐姐自然知道他是谦虚，又问乔宝琳："你说说，你见过几个？"

乔宝琳随口说道："两只手数不过来。"

她并不是瞎说的，其实她和方游谦不在一个班级，甚至离得很远，却还是能经常从女生嘴里听到他的名字。女孩儿大多数脸皮薄,像邱学姐那般大胆的是极少数,就算有,知道邱学姐被拒绝后,她们对方游谦也会望而却步。

方游谦听到乔宝琳的答案后,似乎觉得离谱,看着她皱起了眉。

乔宝琳耸耸肩。

姐姐们见方游谦似乎有点不开心,便没再逮着他薅消息了,继续揪着乔宝琳开涮,津津有味地听她讲男生追她的故事。

余衍晴在一旁听得嘴角勾起,方游谦却依旧臭着脸。

姐姐们聊得尽兴了,还找老板娘要了啤酒,知道他们都已经成年,姐姐们很"贴心"地给他们倒了满杯。

乔宝琳不爱喝,只抿了几口,方游谦和余衍晴则一口都没动。

反倒是那些姐姐喝得多了,顶着醉红的脸说了很多成年人的道理,比如"在大学是找不到靠谱对象的,你们还是试着在高中同学里找吧",还有"大学期间,你们该旷的课可以旷了,去做自己的事",以及"珍惜学生时光,工作了就太惨了"……

乔宝琳觉得很有道理,和她那接近七十年的生活经验没什么太大出入,只是这个年纪的学生不一定能够听进去。

乔宝琳听着姐姐们的叮嘱和祝福,看向对面的方游谦和余衍晴,两人似乎都在走神,根本就没把姐姐们的忠告听进耳朵里。她想起上辈子余衍晴的生活……

现在只是回想起来,她都会从心底里为余衍晴感到遗憾。

酒过三巡,时间也不早了,他们准备结束饭局。

姐姐们担心乔宝琳这个小富婆抢着付钱,几乎是跑着去结账的。快要分别的时候,姐姐们握着乔宝琳的手,让她之后一定常去机构玩。

乔宝琳答应下来。

和余衍晴告别之后,她和方游谦站在饭店门口,准备打车一起回去。等车期间,她收到韦泽森的消息。

看到消息,她才想起和他约好了在结束工作的这天见面。

网友急不可耐,邻居又闷闷不乐,乔宝琳斟酌一番,对方游谦说:"不然你先回去吧?"

方游谦侧头看她,微垂着眸子,眼神不解。

"我刚想起我还有个约……"乔宝琳的手机界面快速地跳动着,韦泽森在不停地给她发送消息。

方游谦略瞥过一眼,问:"网友?"

乔宝琳盯着他看,慢慢点头。

方游谦安静了一会儿,眉头始终皱着:"现在已经不早了,你还喝了酒……"

意思是她不应该在这个时候见陌生网友。

乔宝琳也知道啊,只是韦泽森这人较真,她今晚如果没见他,他可能会在聊天软件上骚扰她一晚上。

而且她知道跟韦泽森见面并不危险,但方游谦不知道。

她踌躇了一会儿:"那你跟我一起见?"

方游谦一愣,盯着她看了一会儿,点头。

韦泽森正好就在附近,乔宝琳跟他说时间很晚了,就先见一面,之后再细聊,韦泽森欣然答应下来。

很显然,韦泽森只是好奇这个和他一见如故的网友到底长什么样而已。但他这个人又有一些很莫名的癖好,之前乔宝琳说要跟他交换照片,他却不肯,硬要亲眼见她,说这样更有仪式感,更有庄重感。

乔宝琳和方游谦就在街边等着韦泽森。

街头偶尔有人经过,路灯有点暗,昏黄的光线落在两人的缝隙之间,两个影子看上去像是几乎叠在一起。

夏天的风吹过无言的两人,周围吵闹,他们却安静。

乔宝琳打了个嗝,带着点酒气,她着急忙慌地扭头看方游谦,担心在他面前丢脸,却发现他似乎不知道她打了个嗝。

他站直了身体,看着远方,一副一点都没注意她的样子。

乔宝琳狐疑地又看了他两眼,终于,他像是露出破绽一样,嘴角抽了抽。

乔宝琳恼羞成怒,正要发作,却发现方游谦朝着远方伸了伸脖子,她跟着看过去。

果然是韦泽森。

那人慢慢走过来,脸上还带着笑,个子高,并不清瘦,是最匀称强壮的身材,顶着最流行的发型,穿最招摇的潮牌,衣服要那种品牌

Logo 很大的,就在正中间的。

乔宝琳因即将见到旧友而心脏狂跳,可等韦泽森慢慢走近,她又想要捧腹大笑——之前聊天的时候,她随口提过一句她最喜欢的花朵是向日葵,也不知韦泽森是什么时候准备的,他一手抱着一束向日葵,一手提着一个她喜欢吃的蛋糕。

他像个送礼物的快递员,而送来的东西正好都是她的最爱。

其实乔宝琳并不惊讶韦泽森能记住这样的细节,因为韦泽森就是这么一个细腻的人。

可对女孩儿的细腻爱护和他的风流秉性并不冲突。

乔宝琳连走带跑地上前,边笑边喊他的网名。

韦泽森愣了一瞬,也喊她的网名。

两人突然一起大笑。

乔宝琳眼睛亮亮的,脸颊也红扑扑的,问他为什么买这些给她。

"见面礼。"韦泽森说完便绅士地将东西递给她,眼底浮着得意的笑意。

乔宝琳低头看了看怀里开得很好的向日葵,心情也跟着愉悦了。

她盯着许久不见的旧友看了很长时间,上辈子关于他的记忆又在顷刻间涌入脑内。她想了很久,最后只是对他说:"很高兴认识你。"

韦泽森笑得开心,脸侧的梨涡很深:"我也是,很高兴认识你,乔宝琳。"

方游谦站在乔宝琳的身后。

刚才他看着乔宝琳跑向韦泽森,脚步轻盈,脸上带笑,头发和衣尾被风吹得飘扬起来,它们似乎渴望留在原地,但是她不断地往前跑,不断地……远离他。

他看向不远处的两人,他们都笑脸盈盈,那里的气氛跟他这里是不同的,他们看起来实在般配。

乔宝琳怀里的向日葵艳丽夺目,却还是抵不上她的笑容,那是她从来没对他展开过的笑容,是发自内心的笑容,没有顾虑没有秘密,只是因为面前那个人而展开的笑容。

又来了,那种胸闷呼吸不上来的感觉突然又出现了。

方游谦被这样的感觉折磨了许多年——只是他需要她而已,她根本就不需要他。

其实最近这种感觉已经变淡了许多，可眼前的场景将他小心翼翼建立起的信心打碎，他猛然意识到那些可能都只是他的错觉——他比不了韦泽森，不管是性格还是其他的。

方游谦的目光滑过韦泽森的上衣，最后从他脚上那双昂贵的限量球鞋上收回眼神，垂眸，侧过头不去看他们。

但乔宝琳激动又喜悦的声音传到了他的耳中⋯⋯

时间已经很晚了，他却不想打断那两人的交谈。

他抬头看了看天，今晚似乎又会下雨。

过了不知多久，乔宝琳才走回他的身边。

他低头看她。

她表情愉悦，似乎没聊够的模样，笑容都忘了收起来。

"我们走吧？"乔宝琳提议。

方游谦点头。

在出租车上，方游谦很安静，虽然他平常也不怎么说话，可乔宝琳还是很敏锐地察觉到了他情绪的异样。

她大概能知道他是为什么不开心——方游谦可能真的无法接受她刚才想要独自一人见网友的想法，而且她刚才跟韦泽森聊得有些久了，回头的时候发现方游谦已经背对着她在看别处。

莫名地，她觉得方游谦那时的背影很孤单。

现在回忆起来，她还是感到愧疚。

怀里的向日葵花瓣还带着露珠，她看了他一眼，问："送你一枝？"

方游谦低头看了一眼她怀里的花，沉吟了一会儿："谢谢。"

车窗上落下细密的雨点，车外的地面被雨水染成深色。

乔宝琳低头选了一枝开得最好的向日葵送给他，递过去的时候还交代道："找个花瓶，装些水，放进去就能养活了。"

方游谦接过花朵，指腹变得潮湿，他捏着向日葵粗壮的枝干，哑声说："好。"

乔宝琳露出满意的笑容。

停车的时候，雨已经下得很大了，两人下了车后就跑回了各自的家里。

乔宝琳的衣服湿了一半,一到家就赶紧去浴室洗了个热水澡。酒气还没散完,她还是有些晕乎乎的,把向日葵理好之后,放到书桌前,感觉那里就像挂了几颗太阳。

发现窗户忘关了,雨水已经落到屋内,她走过去打算关窗,下意识地看了一眼方游谦家,突然,她心脏猛地一跳。

那里没有人在吞云吐雾,反倒有一枝漂亮的向日葵。

它生得笔直,孤零零的,比她桌上的那几枝更像一颗太阳,很漂亮,也被主人安置得很好。

乔宝琳心情愉悦,关上窗户后给方游谦发消息。

乔宝琳:养得不错!

方游谦没有立刻回她,她等了一会儿就去睡了。

屋外雨声淅沥,方游谦坐在客厅里,盯着窗台的那枝向日葵看。

放在桌上的手机亮着屏幕,上面是乔宝琳的消息。

不知过了多久,他摁下手中最后的一点红星,起身上楼休息。

桌上的小烟灰缸里堆着不少烟头。

第四章
所以，他不配

01. 她会永远被爱意包围

方游谦失眠了，在床上躺了许久才睡着，可他睡得并不安稳，中途醒过来好几次，伴着潮湿的空气和渐大的雨声再次入眠，最后，他做了一个梦。

在梦里，他还是个初中生。

是个噩梦，是他认知中的第一双捏碎他美好幻想的手。

他再一次体会到了那种绝望无奈，明明已经经历过一次了，可已经成年的他还是像以前那般窘迫难堪。当然，在梦中的他最终还是做了和那时一样的选择，一切都不会变，他还是那般怯懦……

在他的认知中，他们家的家境是很不错的。周围人的艳羡目光，还有从不短缺的吃穿住行，都能让他隐约知道自己的幸运。

他从小到大都是学校里最耀眼的那个人，尽管他不喜欢那些过于炙热的目光，但时间一久，他便能自若地看待。他的外貌、家境和成绩，都是他受到如此关注的原因，虽然他自己从没把这些东西放在心里，但他知道，这三样东西的确让他比其他人幸运许多。

尤其是家境的作用，他从来都不敢小觑，甚至多次在心底里感激它。就是因为殷实的家境，他才能和乔宝琳成为朋友。如果他不住在她隔壁，如果他们的父母没有因为商业结缘，那么他们这辈子都不会认识，乔宝琳也不可能和他做朋友。

他一直都知道自己和乔宝琳的差异过大，不管是性格还是爱好，他们都是背道而驰的。但他有得天独厚的条件——他们父母认识。

和乔宝琳青梅竹马的这个身份不知让他窃喜过几次，他也曾幻想过，说不定他们就会像许多电影里演的那样，从小认识，未来就能顺理成章地结为夫妻。

但现实却让他大受打击。他发现乔宝琳离自己越来越远了，发现她跟别人交往时总是很开心，发现她有更合得来的人，发现周围的人都喜欢她……这些发现让他感到恐惧和担忧，但他又时刻记得他们之间有着别人没有的纽带联系——他们是青梅竹马。

这样的认知让他稍微安定了一些，甚至还能在心中继续偷偷计算着他们最后修成正果的可能性。他本来理智冷静，将两人的可能性分析得精准，抓紧了他和她从小就认识的这唯一优势，给那青涩萌动的情感留了一丝可能性。

但这样的可能性，那么一点本就微弱的希望最后还是破碎了。

他们家破产了，在他初中的最后一年。

一直很会做生意的父亲因为投资失败，赔光了所有财产，卖了车，抵了公司，才勉强还清债务。

一夜之间，意气风发的父亲犹如丧家之犬，从未担心过经济的母亲也开始变得省吃俭用，他们家唯一剩下的只剩这套房子了。

起初，方游谦没意识到父亲破产这件事对他来说到底有多大影响，之后有一天他才真切体会到，他那唯一一条和乔宝琳连接的纽带似乎已经断了。

学校举办了冬令营活动，他知道乔宝琳是肯定会参加的，于是他也将那张宣传单带回家。母亲的笑容在看到价格的那一瞬间僵住，将宣传单折了起来，声音低哑："这活动对学习也没什么帮助吧？"

方游谦一愣，却也很快反应过来。

母亲坐着，他站着，垂眸就能看见母亲藏在黑发里的白丝。

他将那张宣传单从母亲手中拿回来，然后弯腰扔进垃圾桶里，说："那活动只是去玩的，去不去没差的。"

母亲露出苦涩的笑容："……那我们就不去了。"

方游谦点头："好。"

不久后乔宝琳发消息问他会不会参加冬令营活动，他斟酌半天，将对话框里的文字删删减减，最后只留了"不去"两个字。

当时的他和乔宝琳在一个高中学习，关系却很冷淡。

初中那三年，他们不在一个学校，他只是听说了乔宝琳在学校里吃得开、混得好，当时的他很渴望和她一个学校。他们好不容易在高中同校了，他却因为她过好的人缘而产生了莫名其妙的嫉妒情绪。青春期的那种骄傲情绪让他变得别扭，无数次见到乔宝琳和新朋友嬉笑打闹，他明明很不爽，嫉妒就像火焰一样烧得他口干舌燥、头脑发昏，可他面上淡淡的，只是安静地和她擦肩而过，装作没见到她的样子。

他发现自己以前总是在给自己上枷锁，将自己困在笼子里不让自己靠近她。可是那天晚上，他意识到他的脚真被锁住了，他连一场冬令营都没办法陪她一起去。

这就像是一场诅咒或者是报应，老天想让他知道自己以前有多么愚笨骄傲。

他总觉得自己愚蠢，有机会的时候不知道把握，等到那点关系都断了才开始懊悔。

可他又想，说不定这就是老天给他的指示，命运在质问他，他凭什么敢做那样的梦，他怎么可能配得上她？

他知道了，他真的知道了，于是狠下心将总是落到她身上的目光挪开，用其他事情麻痹自己。

他不再做梦，不再幻想，只是努力伸手抓住自己能触碰到的一切。

当然，乔宝琳并不在此范围内。

梦中窒息失落的情绪让他心悸彷徨，重重呼吸几趟后才从梦中苏醒过来。

天已经大亮，昨晚下了一整夜的雨，世界都被洗净了。

他洗漱完后下楼，走到窗台边，端详着那枝向日葵。

它淋了一夜的雨，嫩黄的花瓣上还挂着水珠，明亮又清新，他那阴郁的心情也被这抹亮色治愈。

方游谦将那枝向日葵送回屋里，就放在他的卧室里，放在起床、睡前都能看见的地方。

他准备去乔家吃饭，却正好收到了妈妈周如月寄来的快递，是那天她在电话里说给他买的衣服。

方游谦本打算吃完饭再拆,却又收到了妈妈的消息。

周如月:你赶紧试穿一下,我给你买了很多件,看起来都很适合。

方游谦答了一句"好",便拿着衣服上楼了。

十分钟后,妈妈又迫不及待发消息给他。

周如月:试穿得怎么样?

方游谦看着床上那些明显不合身的衣服,皱了皱眉。

方游谦:挺好的。你和爸怎么样了?

夫妻二人还没等到他高考就走了,说是外地有个朋友打算带着他们重新做生意。

父亲方赴宏天生是个生意人,自然不甘心就这样萧条一生,打算东山再起,决定破釜沉舟,从头开始。

方游谦并不知道父母在外地过得怎么样。

他们平时也忙,并没有多余的时间关心他,知道他让人省心,便也只是偶尔才发个消息问问他。

方游谦自然理解自己的父母,他也已经长大,知道成年人需要肩负的责任到底有多大,于是乖乖做个体贴懂事的孩子。

周如月:挺好的,你高考成绩出来了吗?

方游谦:快了,应该就在这几天。

周如月:好,到时候通知我们一声。

方游谦:嗯。

短暂的对话就这样结束。

方游谦低头收拾床上那些穿不下的衣服,陡然想起昨晚韦泽森那一身昂贵的装扮。

以前他也有那些衣服的,可是现在,没有了。

他一直都懂事沉稳,但偶尔也有些不懂事的时候,就比如现在,负面情绪总是来得猛烈,一下就能把他引以为傲的沉稳卷走。

他陷入了一个自卑的旋涡,他将自己和韦泽森进行比较,得出的答案是他比不上韦泽森,不管是哪个方面,他都没韦泽森有优势。

所以,他不配。

虽然已经接受了自己这样从云端跌下的命运,也知道父母的财富并不能决定他的未来,他会努力用自己的双手创造他应该拥有的一切,可是看到能够和乔宝琳比肩的韦泽森时,他还是会嫉妒。因为乔宝琳,他变得不够冷静,做出了许多自己从没想过的事,但他还是没办法朝她靠近一步。

他不止一次想过,如果他有钱就好了。他之前甚至想过和乔宝琳一起出国,也尝试着问了周如月,可周如月一口就拒绝了他。他不埋怨父母,却不可自拔地陷入浓浓的遗憾中。

可他也知道,他不只是经济方面比不上乔宝琳,还有和她几乎背道而驰的个性——她总说他闷,他多少次想改,但很难。

似乎除了很喜欢她,他没有一点拿得出手,但乔宝琳最不缺的就是很喜欢她的人。

她会永远被爱意包围,而他的那份爱意对她来说,应该是可有可无的。

他已经认清这个事实,也无数次亲手打破了那些不切实际的幻想,可就算知道他们没可能,他还是会不受控制地朝乔宝琳靠近,偷偷关注她,依旧会因为她对他说话而心跳加速。

他不知自己需要多久才能真正死心,也许需要几年,也许是一辈子……他真的不知道,无法强制干预,就只能把它交给虚无缥缈的时间,而他现在唯一能做的就是将这段时间偷偷冒出来的那点情愫重新压回去。

他打开和她的对话框,回复她昨晚的消息。

方游谦:随便找了个花瓶而已。

02. 忍耐着凑合着生活着

乔宝琳从机构"下岗"后,能看见方游谦的机会少了很多。

她起得晚,下楼吃早饭时,方游谦的碗都已经被收拾干净了。他们只有在吃晚饭的时候能见上一面,但方游谦最近明显是忘了她给他提的要求,别说一天十句话了,他一天都没瞧她十眼。

乔宝琳将他这种行为归咎于他平时上班太累,没有多余的精力完成她的要求,于是很大方地没提,只是在心里默默记着仇。

但见方游谦颓靡久了,她反倒开始担心,便私下问了余衍晴。

乔宝琳：方游谦最近情绪不太好，是不是被机构老师骂了？

余衍晴：没有这回事。是不是因为要出成绩了？

乔宝琳觉得余衍晴说得在理，虽然很多人都说方游谦游刃有余，但他很看重学习，对成绩也十分在意，可能真是在担心高考成绩而已。

不过她记得方游谦的高考成绩很好，也成功被他的第一志愿录取。

当天吃过晚饭后，方游谦洗过碗就回家了。

见他又恹恹的，乔宝琳在沙发上心不在焉地玩了一会儿手机后，还是起身往外面走。

付青问道："你去干吗？"

乔宝琳说："嘴馋了，吃点冰。"

可她出门后却是右转，轻车熟路地进了方家。

推开大门，客厅里依旧没人，到处都井井有条，却莫名让她感觉到空荡——这里并不像有人生存的地方。

目光随意地扫射过四周，最终停在客厅茶几上的小烟灰缸里。她眯眼看向那个烟头山，皱了眉，越发担心方游谦的状态。

二楼突然发出声响，她回过神，抬眼看过去。

方游谦就站在楼梯口，视线落在她眼前的烟灰缸上，但只是怔了两秒就反应过来，面无表情地下楼，比上次自若多了。

他看着她，低声问："怎么了？"然后若无其事地弯腰将那些不慎留下的把柄都倒到垃圾桶里。

乔宝琳垂眸看他，知道他其实在紧张，因为他握着烟灰缸边沿的手指微微收紧，睫毛都在颤动。

但她并没有要数落他的意思，当初让他戒烟是怕影响到孩子，现在的他只是个刚高考结束的学生，也已经成年，自然有权利去吸烟。

她只是在担心他的状态。她记忆中的方游谦不是有烟瘾的人，抽烟只是因为需要缓解压力。看这个烟头山，方游谦最近的压力似乎真的不小。

她看着他的侧脸，问："你是在担心高考成绩？"

方游谦听此身体一僵，似乎没想到她会专门跑过来问他这个问题。

他起身，手指沾了点烟灰，低头搓着指腹："不是。"

细碎的粉末从指腹掉落，落进黑色的垃圾桶里，他的视线也跟着掉进去。

"那你在苦恼什么？"乔宝琳可以力所能及地提供一些能够让他安心的信息，比如他的高考成绩以及他在大学里如鱼得水的辉煌事迹，虽然他不一定会信，但或许可以让他安心些。

方游谦侧头看她，发现她的眸子藏着隐隐的担忧。

他皱起眉："……我没在苦恼。"

乔宝琳知道他在嘴硬，可心中那郁闷的情绪只出现了一瞬就消失了，只剩下无奈。

她早就习惯了这样的方游谦，什么事都藏在心里，自己消化。

可他并不是无所不能的，如果他能说出来，事情也许会很好解决。但很明显，现在的方游谦并不懂得这个道理。

说实话，乔宝琳甚至不知道七十岁的方游谦懂不懂得这个道理。

他们俩似乎只是忍耐着，凑合着，生活着，等待着时间过去。

乔宝琳知道方游谦这嘴是怎么都撬不开的，就算他们成了夫妻，他也不肯说，如今的他怎么可能和她袒露心扉？

而且乔宝琳并不确定自己能否帮他解决问题，因为十八岁的方游谦比她想象中的更加深沉。

当时她和他结婚后一起生活的那几十年里，她没有问过他十八岁时在苦恼着什么，那段时间在她的脑中是空白的——他在国内，她在国外。她并没有了解过在这段他们没有交集的时间里她的丈夫在苦恼什么，只知道他最后应该是渡过难关了。

她回国的时候，方游谦已经是个事业有成的青年才俊。

这么回想一下，乔宝琳发觉她这个伴侣当得实在是不够合格，居然忘了问丈夫年轻时候的事。

但转念一想，就算她问了，方游谦这个闷葫芦也不一定会告诉她。

此刻，眼前的闷葫芦似乎是想要把"闷"这个字坐实了。

方游谦沉默地看着她，眸子微颤，似乎在担心又惹她生气。

乔宝琳只是重重吐了一口气，沉吟片刻："还是要少抽一点，我看那些老烟枪牙都黄了。"

她扯了扯嘴角，露出自己洁白的两排牙齿，意思是如果想要她这样健康的牙齿，他需要少抽点烟。

方游谦微愣，点点头："……嗯。"

抽烟的话题就这样轻飘飘地结束了，但乔宝琳并不想空手而归，还是想要知道方游谦的情绪为什么低落。

她一屁股坐到沙发上，方游谦站在她身边，似乎没有要陪她坐下的意思。

他低声问："喝水吗？"

乔宝琳咽了咽口水："要。"一副准备和他彻夜长谈的模样。

方游谦在厨房里折腾了一会儿才出来，出来的时候端了盘西瓜。

今晚的饭菜有些咸，乔宝琳总是觉得口渴，几乎要将西瓜吃完。

在她吃西瓜期间，方游谦没说话，只是低头玩手机，偶尔才抬头看她一眼。

乔宝琳其实不只在吃西瓜，她在用吃西瓜拖延时间，思考自己到底要从何谈起才能让他说出自己的苦恼。可西瓜吃完了，她还是没想到要怎么说。

只剩下最后一块了……乔宝琳抬眼看向方游谦："你吃吗？"

方游谦摇摇头："你吃吧。"

乔宝琳毫不客气地吃掉，然后又看向他。

他倚靠在沙发上，注意力都在手机上，一动不动的，很是专注。

"你……"乔宝琳斟酌半天，还是打算直接一点，可还没等她说话，方游谦却率先抛出了问题。

"你……确定要出国吗？"

他的视线从手机屏幕移到她的脸上，从眼神里几乎看不出他的情绪，似乎只是随口一问而已。

乔宝琳觉得方游谦这个问题问得过于主动了，不像是闷葫芦平时的作风，但也只是愣了一瞬而已，皱眉回答："没有啊。"

方游谦轻挑眉尾，像是没想到她回答得这般快速。前几次他听她父母问起这事，她都是一副徘徊不定的模样，而且她前几日还和那网友联系得密切，他以为她大概率会出国了，却没想到此刻竟然就这样否认了。

"那你和那网友……"

他的话只说一半，剩下的话要乔宝琳去猜，不过她和他一起生活了几十年，猜这些还是绰绰有余的。

"就是合得来而已，不是要和他一起出国，我觉得国内也挺好的。"

方游谦抿唇点头，没再说什么。

聊完这个话题，乔宝琳明显感觉到方游谦似乎轻松了许多。

知道他在心里还是珍惜她这个朋友的，她也变得愉悦，甚至体会到一种欣慰。

乔宝琳本想再和方游谦聊些，但刚才似乎吃多了西瓜，她开始闹肚子，脸色难看地说："我要走了。"

"怎么了？"

"没事，时间有点晚了，我该回去睡觉了。"

方游谦闭了嘴，没再说话，眉头轻轻锁着，还是很担心她的模样。

但乔宝琳是绝对不会告诉他，她急着回去上厕所。

第二天，乔宝琳睡到临近中午才起床，脸洗了一半，付青就冲进厕所，情绪激动地喊道："出成绩啦！"

乔宝琳瞥了一眼激动的付青，然后又淡定地把脸洗完："嗯，待会儿查。"

其实并不需要查，她连自己当年的高考排名都记得。

03. 提拉米苏

高考成绩跟记忆中的数字毫无差别。

付青和乔国阳还算满意，乔宝琳便跟他们说清楚了自己打算留在国内上学的事。

父母都表示支持，尤其是付青，嘴上数落着乔宝琳突然改了主意是因为不敢出国吃苦，脸上的笑意却怎么都掩不住，乐滋滋地问她晚上喝不喝排骨玉米汤。

乔宝琳看着付青难掩雀跃的背影，心中突然生出些酸涩的滋味。她转开眼神，正好和乔国阳对视上。

父亲的眼神温厚包容，像是知道她在想什么，他看着她挑眉微笑："国内好，可以经常回来看我和你妈，不然你妈该会想你的。"

他话一说完，厨房里就传出付青的反驳声："我才不会想她呢！"

乔宝琳哭笑不得，耸耸肩："……爱我在心口难开。"

确定留在国内后,她才有一种即将面对未知未来的实感——自此之后,她那些过去的记忆便没有什么大用处了。

她马上就要开启自己新的人生了。

没出国的她会去哪个城市上哪所大学呢?会遇到什么样的人呢?会拥有什么样的新人生呢?

这些她都不知道……

她满怀期待,也难免对未知产生恐惧,但她莫名觉得这样的人生一定也可以很精彩。

和朋友聊了一会儿,大家都对她留在国内的决定感到开心,甚至已经相约着以后的假期结伴去哪个城市游玩,他们憧憬着未来的生活,愉悦又自由。

乔宝琳在这时就已经体会到留在国内的好处了——可以被很多爱包围着。

亲情、友情,都是她留下来的原因。

她顺便问了余衍晴和方游谦的分数,两人的分数没差多少,甚至连想报考的大学都是一样的,这跟她记忆中的并无出入。

他们也问起乔宝琳的志愿,乔宝琳讪讪地说自己还没看。

两人知道她之前是打算出国的,都表示理解。

乔宝琳忽然觉得自己上辈子似乎错过了许多美好的情谊,但好在她有机会能够去重新体会。

余衍晴问:"你想去哪个城市?"

乔宝琳脑中冒出的第一个城市就是余衍晴和方游谦大学所在的那个城市,于是也不假思索地说:"跟你一起。"

说出口之后,乔宝琳才发现自己下意识地想要和余衍晴待在一起,还有方游谦……

虽然她总是说自己要过和以前不一样的人生,但还是想要和他们待在一起,想要和过去最好的姐妹和从前的枕边人创造出属于他们的新的记忆。

方游谦也问过她想去哪个城市。

乔宝琳:想和余衍晴一起。

方游谦:F市?

乔宝琳：嗯。

方游谦没再回话。过了没多久，他就发了几个学校的信息给她，说是帮她找的学校。

乔宝琳倒是没想到他会这么积极，都不用她开口。

不过她很相信方游谦的能力，粗略一看，那些学校正是她的最佳选择。

虽然他们不在一个学校，但都在一个大学城里，学校之间只隔了一条街。

比普通高考毕业生多活了几十年，乔宝琳很清楚自己的优势是什么，也知道自己适合做些什么，她又花了点时间选了专业，然后就敲定了。

父母被乔宝琳的行动力震惊到了。

付青本想多说些什么，但乔宝琳一句话就让她闭了嘴。

"方游谦的学校就在隔壁。"

付青挑眉，恍然大悟："行，就这个吧，我听说这学校不错，专业也还行。"

乔国阳也连连点头。

乔宝琳已经摸清二老的满意开关，只要按下"方游谦"这个开关，他们就会放心安心。

不过她活了两辈子，依旧不知道方游谦到底给她的父母灌了什么迷魂药。

乔宝琳在家里宅了几天，填志愿的那天和朋友约了一起吃下午茶。地方就在学校附近，和朋友聊了一个下午，分开的时候正好是傍晚。乔宝琳想起今天余衍晴在机构是有课的，便在甜品店里打包一份提拉米苏，打算带给余衍晴尝尝。

她把甜品提了一路，到了机构却没看见余衍晴。

方游谦正好下班，见到她风尘仆仆的模样，愣住，视线滑向她手里的蛋糕。

他微微皱眉，正想说些什么，乔宝琳先开了口："余衍晴呢？"

方游谦松开眉头："接了一通电话，提早走了。"

乔宝琳狐疑:"电话?"

方游谦点头:"好像有人找她,她还挺着急的。"

乔宝琳遗憾叹气,提起手里的蛋糕,问:"你吃吗?提拉米苏。"

方游谦静静地看了她两秒,低声说:"吃。"

乔宝琳没想到他会这么回答,她只是客气问问,却没想到他真的答应了。

而且,在她的印象中,方游谦是不爱吃甜食的,难道是他今天心情好?

她不懂,但问都问了,这提拉米苏还是要给他的。

她扯扯嘴角:"回去再吃吧。是我爸来接你吗?我跟你一起回吧。"

她"下岗"之后,方游谦便没让乔国阳接送他了,但偶尔乔国阳顺路还是会在机构楼下等他。

方游谦摇头:"坐公交车回去,还是打车?"

乔宝琳觉得时间也不是很晚,没必要急着回去:"公交车吧,好久没坐公交车了。"

方游谦点头,正要往楼下走,却又顿住,扭头看着乔宝琳提着的那个蛋糕,伸出手。

乔宝琳一愣,然后看向他的手腕。黑色电子表的表带今天很干净,没有粉笔灰的痕迹,再顺着手腕滑向他的手指,指尖似乎因为她的注视而抖了抖。

她觉得方游谦今天的心情肯定不错。

她将蛋糕递给他,在他接过以后,问道:"发工资了?"

方游谦动作微顿,然后摇头。

乔宝琳看着他的侧脸,嗯……依旧是一张臭脸,只是眼睛很闪,嘴角也有一点上扬的弧度。

"中彩票了?"

方游谦说:"没有。"

莫名其妙的……总不能是因为她请他吃提拉米苏,所以开心吧?

04. 周临

两人朝着公交车站走过去,方游谦走在前面,乔宝琳跟在他身后。

他们一前一后，心照不宣地隔着半米的距离。

乔宝琳抬头才发现远处的天际布满彩霞，是一天之中最美的景象。

眼前是橙红的炽烈，吹来的风却十分温柔，不燥人，将身体里残留的那一点热意都吹散了。

乔宝琳心情愉悦，看向方游谦的后脑勺，突然也觉得他的背影养眼，甚至在心里庆幸两人刚才没打车，否则就无法欣赏这样的美景了。

他们绕过一条弯弯曲曲的小巷，窄窄的羊肠小道豁然开朗，可还没走出去，方游谦突然停下脚步。

乔宝琳也跟着停下，发现他正直勾勾盯着前面。

乔宝琳上前，然后看到了意料之外的人。

余衍晴和一个男生正在路边说话，准确来说是纠缠，或者说是吵架，是情侣之间最常见的那种争吵——

男人抓着余衍晴的手，余衍晴冷着脸甩开，男人无赖一样又抓住，余衍晴厌恶地再甩开。见此，男人直接将余衍晴抱进怀里，男女之间力量悬殊，男人抱得很紧，余衍晴挣扎了两下，然后就偃旗息鼓了。

方游谦本来要上前帮余衍晴，但见她在那男人怀中渐渐平复情绪，他又迟疑地停在了原地——明眼人都看得出来这两人的关系不一般。

方游谦扭头看了一眼乔宝琳，向她求助。

乔宝琳却没看他，只是一直盯着那男人看。确定男人的身份后，她脑中一片空白，不知该作何反应。

她不知周临竟会在这时出现，脑中那些关于余衍晴的记忆顷刻涌了出来。

作为余衍晴的闺蜜，乔宝琳在过去几十年里都在遗憾一件事——没有阻止余衍晴和周临在一起。

余衍晴这般优秀的女孩根本就不应该和周临在一起，周临用所谓的"爱情"几乎毁了余衍晴的一生。

余衍晴本应熠熠发光的人生被周临拖累，自私的男人用爱情拴住她的手脚，让她本能如珍珠一般闪耀的一生变得平庸且苦涩。

上辈子乔宝琳和余衍晴认识的时候，余衍晴一个人带着小孩。认识了一段时间后，乔宝琳才从方游谦口中得知孩子的爸爸已经消失好几年了，只留下余衍晴和一个出生不久的孩子独自生活。

乔宝琳当时只觉得心疼，和余衍晴相熟之后，又得知余衍晴和那男人纠缠许久，分分合合好几次，在大三的时候怀孕了。为了生育，她决定休学，可是孩子生下来没多久，孩子他爸突然失踪。

余衍晴并没有和周临结婚，谈恋爱和怀孕也都是瞒着父母的。担心家人不接受这个孩子，她只能一边照顾孩子，一边学习之前落下的课程。听说当时方游谦帮了她不少，之后余衍晴的母亲也接受了这个孩子，余衍晴才能专心学习。

毕业后，因为优异的能力，余衍晴收到了一份很好的 offer，却因为不想离开孩子，考虑几天后又拒绝了。

乔宝琳只觉得痛心，明明已经过去好几年了，余衍晴的孩子也长大了，可她看着余衍晴已经不再年轻的脸，还是觉得无法释怀。

她替余衍晴觉得不值。

当时的余衍晴将近三十，虽然孩子很懂事，可余衍晴早就沾染上了同龄人没有的疲惫。她的生活除了孩子就是工作，基本没有自我的时间，上班赚钱是为了养孩子，下班后就辅导孩子的功课，周末出来和乔宝琳喝茶看电影也要带着孩子。

乔宝琳也问过她很多次，后不后悔将孩子生下来，后不后悔和那个男人纠缠。

余衍晴从不回答这个问题，却很戏剧性地在一次酒后和乔宝琳坦诚："不后悔，再来一次，我也会这样选择。"

乔宝琳不知说什么才好，虽然知道余衍晴是有能力为自己的人生负责的，但依旧无法理解。

她看着余衍晴微醺的脸庞和湿润的眸子，心脏一阵阵地瑟缩着。

本以为她们母子的生活就这样继续平淡下去，可在孩子八岁生日那天，消失将近八年的周临却突然出现了。

乔宝琳不理解这么个抛妻弃子的男人为何会这般厚脸皮地重新出现。当时她还开玩笑地和方游谦说，如果周临是下海经商八年，变成了大富翁，来找自己继承人了，那她同意余衍晴重新接受他，毕竟没有人会跟钱过不去。

但三十岁的周临不是个大富翁，而是个身无分文的穷光蛋，又老又穷，除了一副还算养眼的皮囊。

乔宝琳觉得他跟路上的乞丐并没有什么区别。

孩子的八岁生日时，乔宝琳一家三口也在，他们当时已经吃过晚饭，四岁的方知扬闹着要关灯，八岁的余桓廷站得笔直，对着插着八根蜡烛的蛋糕许愿，几秒之后，他睁开眼睛吹灭蜡烛。

方知扬又闹着要开灯，岂料灯一亮，门就被叩响。余衍晴以为是快递，走过去开门，却直接僵在原地。

一米八几的周临站在门口，手里提着一个蛋糕。

乔宝琳摸不清情况，以为是方游谦叫的另外一个蛋糕，却被方游谦提醒门口这男人就是余桓廷的爸爸。

乔宝琳当时愣了，但她的反应比余衍晴快，上前越过余衍晴，将门"啪"地一下关上。

她看向余衍晴，余衍晴面无表情，眼里却盛满湿润。

乔宝琳全身发麻，伸手将门上锁。

两个小朋友见气氛不对，也不敢说话，方游谦给他们切了蛋糕作为安抚。

乔宝琳和余衍晴就站在门前，两人只是对视着，并不说话，门外也没了动静，但她们都知道门口那人没离开。

她们在无声地对峙，谁都没有轻易动弹。

过了好久，两个小朋友把蛋糕吃完了，她们都还没想好如何解决问题。

余桓廷跑过来拉着余衍晴让她吃蛋糕，方知扬学着哥哥也过来拉乔宝琳，两人这才从门口移动到饭桌前，听儿子的话慢慢吃着蛋糕。

方游谦走到门边透过猫眼看门外，对两人说："走了。"

乔宝琳这才放心，看余衍晴一眼，见她没什么大起伏，而且余桓廷也到了懂事的年纪，便没多说什么。

方知扬和余桓廷又玩了一会儿，到了休息的时间，方知扬没什么精神了，抱着乔宝琳的胳膊说困。

余衍晴正收拾着桌面，回头看了夫妻一眼，让他们赶紧回去。

乔宝琳本想今晚留下来陪余衍晴的，可是方知扬黏着她，不肯让她留下，无奈之下，夫妻二人只能带着方知扬回去睡觉了。

临走的时候，乔宝琳交代余衍晴，有任何事都要联系他们，见余衍晴点头，夫妻二人这才开门离开。

站在走廊里等电梯的时候，乔宝琳觉得那男人不会这么轻易放过余衍晴，甚至可能到现在都没离开，就在小区楼下蹲伏着。

方游谦见她担心，一手抱着方知扬，一手揽住她的肩："没事。"

车里，乔宝琳跟方游谦商量："我们一定要保护好余衍晴母子，必要时还要寻求法律帮助。"

方游谦答应下来："但也要问问余衍晴的意思。"

"我就担心她一个人斗不过，这男人要是来抢孩子怎么办？"

方游谦沉默了一会儿，然后说："我们两个人，他抢不过的。"是开玩笑的语气，故意说来宽慰乔宝琳的，可乔宝琳脸色依旧严肃。

之后的事实证明，乔宝琳当时的直觉没错。

周临并没有离开，等他们一家三口走后，就又进了门，也不知给余衍晴灌了什么迷魂汤，余衍晴居然重新和他在一起了。

乔宝琳愤然不已，也觉得遗憾，可那始终是别人的家事。

说来也奇怪，余桓廷八年来从没见过周临，却很快就接受了周临的存在。

乔宝琳经常会去看他们，从来不给周临好脸色看，却也不得不承认，余桓廷十分喜欢这个突然出现的父亲，两人玩得来，周临总把余桓廷逗得开心。

这样父慈子孝的场面她不爱多看，只是关心余衍晴一番后就离开。

说实话，一开始，她们闺蜜的关系的确因为周临的出现变得尴尬，但后来乔宝琳见他们一家三口生活得和和美美，便没有多说什么，她和余衍晴的关系也慢慢恢复，只是依旧不大待见周临。

虽然最后余衍晴过得不错，可乔宝琳依旧为她那段混乱艰苦的青春感到遗憾。

看着余衍晴独自拉扯余桓廷，乔宝琳无数次在脑中想象，如果没有这个孩子，如果余衍晴没遇上周临，余衍晴的人生会多么精彩呢？

如今真的重来一次，她却忘了这茬。

她看着眼前浓情蜜意抱在一起的情侣，觉得似乎晚了些，但也没到不可挽回的地步。

乔宝琳想了想，壮了胆子，扯着方游谦走上前，大大方方地来到余衍晴面前。

抱在一起的情侣一下分开了。

此时的周临十分风流,不是那副丧家犬的模样,嘴角带着笑,看起来比他们都游刃有余,但也很容易看出他和他们的区别。

他们三人都带着在学校里熏陶出来的书生气,而周临就是一副混混模样。

事实也是这样的。

听余衍晴说,他们本来是初中同学,但周临家境不好,学习也差,初中毕业后就没再上学了,跟着邻居哥哥到外地打工谋生,什么活都干过,之后消失的那几年好像也是去哪里打拼了。

见到二人突然出现,余衍晴的脸上难得地露出些慌乱,略紧张地看向乔宝琳。

乔宝琳松开抓着方游谦胳膊的手,盯着周临看,问道:"你们是情侣?"

05. 众叛亲离

周临见眼前这女孩语气不善,皱了眉,却在下一秒笑着牵起余衍晴的手。

无声胜有声,像在挑衅。

乔宝琳呼吸加重,觉得年轻的周临实在是倒胃口。

余衍晴愣了一秒后快速甩开周临的手。

看了一眼周临带着玩味笑容的脸,她皱着眉转开视线,牵起乔宝琳:"陪我回去吧。"

乔宝琳微怔,这是余衍晴第一次向她提出这样的要求。

她装作熟练的样子:"好啊。"说这话的时候,她还对着周临翻了个白眼,趾高气扬地拉着余衍晴的手离开了。

站在一边一直没说话的方游谦也跟着她们走了。

三人走了没多远,听见身后周临的声音:"明天见。"

乔宝琳直翻白眼,阴阳怪气地喃喃:"有病……谁要见他啊……"

余衍晴没回答周临,走得越来越快,乔宝琳和方游谦也只能跟着加快步伐。

乔宝琳侧头看余衍晴,风将她的头发吹散,那份坚毅和冷漠却没被吹散。

她虽然走得很快,但她的脊背一直都是挺直的,依旧是一副淡然冷静的模样,仿佛刚才那个在周临怀中示弱的人不是她。

乔宝琳一直都知道周临就是能改变余衍晴的那个人,他能让她脱下冷酷的外壳露出最真实柔软的情绪,但她实在被他害得太惨。

这次重新来过,乔宝琳也想尽力让余衍晴过上不一样的人生。

将周临甩开后,余衍晴就松开了乔宝琳的手。

乔宝琳看向余衍晴,眼前的女孩依旧冷静,情绪也没有太大起伏。

余衍晴说:"谢谢,你们也回去吧。"

"……不让我陪你回去吗?"乔宝琳疑惑。

余衍晴嘴角抽了抽:"骗他的。"说着,她压低声音解释,"我不想让他跟着我。"

"你要是被骚扰了,我们可以帮你。方老师虽然不是很壮,但也是有这个担当去帮助你的。"说着,乔宝琳看向方游谦。

方游谦微微挑眉,似乎没想到乔宝琳会扯到他,但他还是很配合地"嗯"了一声。

余衍晴看着她,思考片刻,说:"宝琳……我和他就是情侣。"

她明明已经很坦诚,但乔宝琳却像听不懂一样:"你不愿意那就是骚扰,我们方老师可以上场的。"

余衍晴忍不住笑了,眼睛微弯,表情也难得明朗。

站在一边的方游谦似乎也觉得无奈,眨了眨眼睛,却没反驳。

"我和他只是吵架而已。"余衍晴把话说得更加清楚了些。

乔宝琳听懂了,担心余衍晴嫌她多管闲事,便没再胡搅蛮缠,只是拉着余衍晴说小话:"但我觉得那男人流里流气的,你要谨慎,有什么需要帮忙的都可以找我。"

余衍晴答应下来:"好。"

乔宝琳就在这时接到付青的电话,她解释自己来找方游谦所以耽误了一点时间。

付青说:"你们赶紧回家,你爸又钓了几条大鱼,晚上炖了鱼汤,再不回来,鱼汤都要被你爸喝完了。"

乔宝琳急急应道："马上回去。"

最后两人为了鱼汤还是打了出租车。

回去的时候，鱼汤正炖好。

乔宝琳美美地吃完一顿，正准备上楼休息的时候，发现不远处的方游谦正盯着她看。

她回望过去，挑挑眉，意思是问他为什么这么看她。

方游谦没说话，举了举手上的蛋糕。

乔宝琳这才想起她的提拉米苏。

晚饭虽然吃饱了，但还是有空间塞进一点甜品的。她走过去，打开了袋子。

想起最初买蛋糕的原因，她恍然大悟道："哎呀，刚才就应该把这蛋糕给余衍晴。"

方游谦低着头没说话，帮忙拆蛋糕的动作却僵了一瞬。

他递给她一个叉子，两人就坐在沙发上一口一口地挖着蛋糕。

付青经过，见两人之间的气氛难得和谐，没有多打扰，笑着去厨房收拾了。

乔宝琳吃着提拉米苏，又想起周临那张带着坏笑的脸，对方游谦提出疑问："你不觉得周临笑起来的时候嘴好像是歪的吗？"

方游谦一愣："周临是谁？"

乔宝琳："纠缠余衍晴的那个男人啊。"

方游谦没有回答她的问题，又低头挖了一点蛋糕，却没吃，端详了好一会儿才轻飘飘地问了个问题："你怎么知道他叫周临？"

乔宝琳被问住，随口胡诌道："……我认识他。"

没撒谎，她上辈子认识他。

方游谦又问："初中同学？"

乔宝琳担心这个谎越兜越大，马上敷衍道："不是啦，就是听说过他……"

方游谦吃掉叉子上的蛋糕，过了一会儿才"嗯"了一声。

"嗯什么？"

"他笑的时候嘴是歪的。"方游谦淡淡地说。

他这样正经的语气让乔宝琳忍俊不禁:"对吧?真的很欠揍。"

方游谦抬眼看她:"你很讨厌他?"

乔宝琳用力点头:"非常。"

"所以我也不喜欢余衍晴和他在一起,但是……"她耸了耸肩,"没办法。"

方游谦又"嗯"了一声:"这是她的选择。"

乔宝琳闷闷地吃了一口蛋糕:"但他们肯定分分合合,只要余衍晴在分手的时候遇到个新的真命天子,那男人就永远没有机会了。"

方游谦点头表示赞同。

乔宝琳想起什么,舔舔唇,斟酌一番后,放下叉子,认真地看向方游谦:"你有喜欢的人吗?"

方游谦没想到她会突然抛出这么一个问题,呼吸都慌乱了,他强装镇定,可眸子还是缩了缩。

他看着她,目光灼灼:"……怎么这么问?"

"我就是想,你能不能当这个真命天子。"乔宝琳不假思索地将心中的话说出来,但话一说出口她就后悔了——不止是因为方游谦的表情变了,她自己也觉得有些别扭。

但她还没摸清楚自己为什么别扭,就听见了方游谦冷冷的声音:"不能。"

斩钉截铁,甚至带着不满的情绪。

这两个字莫名让乔宝琳的心发慌。

她看着方游谦毫无表情的脸,张了张嘴,但没说出话来。

方游谦低下头,挖了一大勺提拉米苏,再一声不吭地吃掉。

乔宝琳皱皱眉,踌躇半天,低声解释:"……我不是那个意思,就是……我没有要开你们的玩笑,只是脑子一热,随口说说而已……"

方游谦终于掀起眸子看她,眼神复杂,但又很快平静下来,用平日里惯用的冷淡语气说:"没事。"

乔宝琳小心翼翼地观察着他的脸色,确定他的情绪好转之后才松了口气。

没一会儿,方游谦就起身,说是要回去休息,说完就要离开。

乔宝琳没有多想,伸手拉住他的衣角。

方游谦顿住，垂眸看她。

乔宝琳眨眨眼："你生气了？"声音很小，没什么底气。

方游谦下意识皱眉，看向她抓着他衣角的手，低声说："没有。"他自己也说不清楚他这是不是在生气。

明明觉得郁闷，可是在看见她下意识挽留他的时候，又切身体会到一股泉涌般的欢喜。

"那你干吗走？"

"……休息。"

"不准去。"乔宝琳在不知不觉间又从恳求姿态转换到命令姿态。

方游谦说不出话来。

似乎是被喜悦冲昏了头脑，他愣愣的，如同一个进了水的机器人，想了半天只憋出一句："为什么？"

乔宝琳扯着他的衣服让他坐下，指了指桌上还剩下大半的提拉米苏："吃完才能走。"

方游谦又愣了几秒，然后就像接受了命令的机器人，乖乖地吃着蛋糕。

乔宝琳坐在一边监督，看着方游谦安静的模样，突然有些后怕。

她觉得自己真是疯了，怎么会想要把方游谦和余衍晴凑一对？如果被上辈子的两人知道，她可能会落下个众叛亲离的下场——跟老公冷战，养老院的闺蜜不会再和她玩。

第五章
有些人坦白了秘密

01. 撬都撬不开

填完志愿没多久，韦泽森就要出国了。

知道乔宝琳不打算出国后，韦泽森很失望，又开始和她软磨硬泡，整日在她耳边说着国外有趣的地方。

但乔宝琳已经去过一次了，这次软硬都不吃。她很了解他的秉性，只用一句"少来了"便让他闭了嘴。

韦泽森见她坚定，也只能含怨和她告别。

出发的那天，他兴致勃勃，一副要去远方探险的期待模样。

乔宝琳见他这样也跟着开心，亲自到机场送他离开。

登机前，她留给他一句箴言："不要玩太疯了，注意身体。"

韦泽森笑着问："什么意思啊？"他明明知道乔宝琳在说什么，却硬要装傻。

乔宝琳懒得跟他兜圈子，如他所愿，将话说得清楚："不要乱搞男女关系。"

韦泽森调侃："乔宝琳，你是不是暗恋我啊？要是这么不放心我，跟着我一起去不就好了？"

乔宝琳拉下脸来，绝情地说："再见，祝你自由。"

她话刚说完，广播里就传来登机的消息，韦泽森依依不舍地和她告别，一步三回头。

· 090 ·

乔宝琳倒是利落，扭头就走，忽略了他黏在她背后的视线。

花花世界迷人眼，韦泽森没两天就会把她这朋友忘在脑后，重复上辈子那样逍遥洒脱的人生。

对于韦泽森，乔宝琳并没有那种强烈想要改变他人生的欲望，因为她很清楚，韦泽森就适合那样的生活，他到最后都不后悔，也获得了快乐。

她自然不会按住他的翅膀掠夺他快乐的权利。

但余衍晴不一样，周临不是顶好的男人，余衍晴因为他吃了许多苦，只要和他分开，余衍晴是可以避过那些苦难的。

她能预知未来，自然希望余衍晴能够过得更好。

但即使乔宝琳想要干涉的欲望强烈，可余衍晴和周临的感情却很好，根本没有乔宝琳发挥的余地。

虽然这对情侣经常吵架，但甜蜜的时刻更多。

余衍晴对周临真是特殊的，她一接到他的电话就会收敛起冷酷，变得温柔，甚至会在不自觉间流露出笑容。

乔宝琳在一边看得郁闷，却也不敢去泼冷水。

她目前的计划是等待机会，等到他们吵架的时候煽风点火，怂恿余衍晴彻底和他断了。

本以为要等很久才能实施计划，却没想到机会来得这般快。

高考录取结果出来了，乔宝琳录上了第一志愿，她打电话给余衍晴报喜。

可余衍晴接了电话却没发出声音，乔宝琳"喂"了半天，余衍晴才出声。

只一个音节，乔宝琳就听出余衍晴哭过了。她着急问怎么回事，跟余衍晴磨了半天才知道余衍晴又和周临吵架了。

原因是方游谦和余衍晴被录取到了同一个大学，周临吃醋了。

余衍晴觉得周临有些无理取闹，周临便以为余衍晴是看不起他成绩不好，两人大吵一架，不欢而散。

乔宝琳听完之后，只觉得周临果然是个靠不住的，没本事，心眼小，还爱瞎吃醋。

091

她发出感叹:"他有病吧,怎么把你和方游谦扯在一起啊?"她选择性地遗忘了自己也这样胡乱拉郎过,还惹了方游谦生气。

余衍晴没有多说:"我待会儿还要上课。"

乔宝琳替她郁闷:"别因为他扫兴,恭喜你考上心仪的大学。"

余衍晴轻轻"嗯"了一声:"谢谢。"

挂了电话后,乔宝琳开始琢磨着如何安慰余衍晴,最后决定等她下班后跟她去吃顿好的。

方游谦自然不知道这火会烧到他身上。

下班后,他和余衍晴在楼梯口碰见,两人并排下楼,他还顺手帮她扫掉了落在书包上的落叶。

偏偏这样的情景正好被周临撞见。

更巧的是,乔宝琳也在现场。

几乎是修罗场的程度,乔宝琳看着周临不悦的眼神,很担心他会冲上去揍方游谦一顿。

不过大家都是文明人,周临好歹是忍住了。

他只是铁青着脸,用眼神剜着方游谦。

余衍晴注意到站在不远处的周临,本想装作没看见扭头离开,却在看清他手里捧着的花后又迟疑了。

方游谦没注意到周临,反倒是一眼就看见了站在对面的乔宝琳。

见那两人似乎都还没意识到问题的严重性,乔宝琳赶紧跑过去镇场面。

她站在方游谦身前,看着周临一步步朝他们这里走过来,小声对余衍晴说:"他不会揍人吧?"

还没等余衍晴回答,周临就到了他们面前,乔宝琳顷刻噤声,心都提到了嗓子眼。

周临没揍人,只是把漂亮的花束递到余衍晴面前,用极低的声音说:"恭喜你成功录取。"

他的姿态别扭,也不是恭喜的语气。

余衍晴自然不肯接,冷冷看他一眼:"我不要。"

乔宝琳见机会来了,殷勤地问余衍晴:"走吧,我们吃顿好的,恭喜我们三人都录取上第一志愿!"

话里话外都在戳周临的肺管子。

他们三个人都有大学上,只有他是个局外人。

她话一说完,周临的表情果然更加难看了。

可他脸皮厚,最后还是硬上了出租车,还硬要挤在余衍晴身边。

后座可以坐三人,余衍晴第一个上车,周临紧随其后,乔宝琳本想跟进去,却被方游谦抢先一步。

他动作有点大,一屁股坐在周临身边,抬眼看她:"你坐前面。"

乔宝琳思忖几秒,还是将嘴边那句"我担心周临打你"咽了下去,乖乖坐到副驾驶座上。

周临若有所思地看了看方游谦,又将眼神移到乔宝琳的后脑勺上,一言不发。

乔宝琳总担心后座会发生什么事故,但好在一路上并没有出什么差错,只是气氛实在是过于诡异,司机也是个话少的,车里安静得只剩下呼吸声和导航偶尔发出的提示声。

吵架的情侣一句话不说,乔宝琳和方游谦也识相地没开口。

好不容易到了吃饭的地方,周临这个厚脸皮又黏着余衍晴坐。

乔宝琳赶不走他,只能板着脸坐在方游谦身边。

方游谦看她一眼,又转开眼神,什么话都没说。

他们来的是一家海鲜自助店。

坐下没多久,他们就分头去拿吃的。

乔宝琳跟着余衍晴转了一圈后回到座位上,发现方游谦和周临正面对面坐着。

乔宝琳一愣,心又提起来了,定睛一看,才发现他们之间并不是剑拔弩张的气氛,反而有些和谐。

怎么回事?

两人低着头往小锅里放东西,方游谦还会顺手帮周临把那出逃的螃蟹按回锅里。

她和余衍晴都觉得奇怪,面面相觑。

一顿饭吃完,周临表现得还不错,帮余衍晴剥虾、倒饮料,殷勤极了。

乔宝琳在一边看得直皱眉，侧头看一眼方游谦，发现他没什么表情，似乎已经对周临没什么意见了。

她很不满，在方游谦去厕所的时候跟上去，问他："你跟周临和好了？"

方游谦疑惑地皱眉："我和他吵架了？"

"他把你当情敌啊！"

方游谦的眉头皱得更深了："没有吧……"

乔宝琳觉得奇怪，端详着方游谦的表情，敏锐地察觉到他应该是撒谎了，他和周临肯定达成了什么秘密交易，但她不知该怎么问。

思忖几秒之后，她叹了口气，转身去冰激凌柜那边了。

方游谦站在原地看着她的背影。

他真不知道周临把他当情敌，不过刚才只有他俩在餐桌上的时候，周临笑着问他是不是喜欢乔宝琳。

奇怪的是，他当时没否认，只是静静地盯着周临："怎么了？"

周临摸摸鼻子，继续笑着说："你们俩蛮般配的，你还在追呢？"

方游谦觉得周临管太多，并没有说话，低头往锅里放东西。

周临懂他的意思："啊……还在暗恋？"

方游谦冷冷瞥他一眼："你先管好自己吧。"意思是让周临先处理好自己和余衍晴吵架的事后再来他这里当情感大师。

周临不以为意，继续笑道："不过，我看你们是要折腾一阵的，你这嘴，撬都撬不开吧？"

方游谦没说话。

周临觉得自讨没趣，但还是说了句："有需要的话，我可以帮忙，大家都是朋友……"

方游谦头都没抬，似乎对此不屑，却还是在周临锅里螃蟹爬出来的时候帮了他一把。

02. 不后悔

吃过这顿饭后，有些人解开了心结，有些人坦白了秘密，只有乔宝琳一人闷闷不乐——周临黏余衍晴黏得太紧，乔宝琳依旧找不到机会在余衍晴耳边煽风点火。

终于，余衍晴起身，周临也要跟上。

余衍晴冷冷瞥他一眼："我去厕所。"

周临只能讪讪坐下。

乔宝琳等的就是这个机会，跟着余衍晴进了厕所。

余衍晴在洗手台前洗手。

乔宝琳看着镜子里余衍晴那张和往常一样毫无表情的脸，轻声问道："你们要和好了？"

余衍晴没回答这个问题，只是在镜子里和乔宝琳对视："你是不是不喜欢周临？"

声音轻轻的，是温柔的询问。

乔宝琳没想到她会这么问，短暂地思考后，实话实说："嗯。"

余衍晴微微皱眉："为什么？"

"我觉得他条件不好……而且跟你也不是一个世界的，你们最后能够修成正果的概率很小。"乔宝琳尽量把话说得委婉，也在小心翼翼地观察着余衍晴的表情，担心自己的话说得过重会适得其反。

好在余衍晴并没有不开心，她只是静静地看着乔宝琳，似乎已经预料到乔宝琳会这么说了。

"但是我很喜欢他。"余衍晴将水龙头关上，扭头看向乔宝琳。

这好像是余衍晴第一次向别人承认自己对周临的感觉，或许也是第一次说出"喜欢"这两个字。她一直都是冷淡的，对所有人的态度都是疏离的，他们反馈给她的态度也是同样冷淡的。只有周临不一样，他虽然幼稚且无赖，却是第一个义无反顾朝她跑过来的人，无视她的冷脸，一次次用自己的热情感染融化她。

不知不觉间，周临已经占据了她心中很重要的地位。她喜欢他，真的很喜欢他。

余衍晴说出"喜欢"后，突然发现将藏在内心深处的秘密袒露出来并不像她想象中的那般难堪。

她看着乔宝琳微微怔住的脸，继续说："可是我也很喜欢你。"

一下说了两次"喜欢"，余衍晴的心跳开始加速，她有点紧张，可是身体里却翻涌着一股喜悦的情绪。

乔宝琳看着眼前的余衍晴，脑中却莫名浮现出中年的余衍晴。

明明是两张不一样的脸,饱满和疲惫,年轻和衰老,但她们眼里浓厚炽烈的情感却是一样的。

那时的周临已经消失几年,余衍晴在清醒时从不说他,只有在醉了的时候会提起他,而且每次念出他的名字,余衍晴的眼睛总是发光的,带着温柔的光。

乔宝琳知道,余衍晴只有在幸福的时候才会露出那样的表情——提起周临的时候,余衍晴总是幸福的。

当时的乔宝琳就知道余衍晴很难走出来了。

周临最后能重新出现,应该是不幸中的万幸。

乔宝琳意识到此刻的余衍晴和那时的余衍晴似乎是一样的,都是那样喜欢周临。

那时的余衍晴都不肯放弃周临,现在的余衍晴又怎么可能轻易离开周临呢?

乔宝琳发现自己低估了他们俩之间的感情,那碗迷魂汤似乎早在现在就已经灌下去了。

乔宝琳心中泛起酸涩,纠结是否还要那样坚定地拆开他们。

此刻的余衍晴是这么喜欢周临,虽然未来是苦涩艰难的,但是此刻他们之间还是青涩美好,她真的要破坏吗?

余衍晴静静看着乔宝琳:"其实周临人挺好的,就是嘴坏而已。"

乔宝琳心软了。

因为余衍晴眼底藏不住的喜悦,乔宝琳心软了。

重来一次,她原本想让余衍晴获得更好的人生,但目前看来,余衍晴的人生似乎无法缺少"周临",没了他,余衍晴的人生一定会留下遗憾。

乔宝琳想,之后的事之后再去忧虑吧。

"就这么喜欢吗?"乔宝琳问。

余衍晴一愣,然后扭头抽纸:"没有啊。"

后知后觉的嘴硬、别扭的否认,却也是最具有青春气息的反应。

乔宝琳逗她:"不喜欢就分手。"

余衍晴将纸巾递给乔宝琳,语气带着点俏皮:"不要。"

乔宝琳无语,白她一眼。

饭吃完，吵架的情侣解开误会了，甜甜蜜蜜地走在一起，出了商城就迫不及待地要去过二人世界，很快就只剩下乔宝琳和方游谦了。

乔宝琳吃得肚子撑，几乎直不起腰来。

方游谦见她撑得厉害，问要不要走走。

乔宝琳正好想吹吹风，便提议在商场附近的公园转转。

今晚的风很凉爽，乔宝琳吃得饱，走得慢。

方游谦看得出她有心事，没出声，只是安静地跟在她身边。

乔宝琳还是在想余衍晴的事，她依旧觉得矛盾，思考了一会儿，出声问方游谦："如果你知道一个人的结局不怎么好，重来一次，你会去改变她的人生吗？"

她皱着眉头，很认真的模样。

方游谦一愣，但很快就开始思考问题："会。"

"但是这人现在并不知道以后会发生什么，她现在正在享受的，以后可能会带给她苦痛。"乔宝琳淡淡地陈述着事实。

方游谦边走边思考，沉吟了片刻，问她："什么样的苦痛呢？"

"一团糟的生活，所有应得的光芒都被掠夺，无法实现自己人生的价值，被柴米油盐困住。"乔宝琳说着，想到余衍晴那孤独又辛苦的几年，她又觉得心酸，甚至气得走不动路，站在原地，侧头看向方游谦。

他们站在没什么人的商业街里，路灯微弱的光线勉强照亮了两人的脸。

方游谦就着昏暗的光线看她，声音轻轻的："你确定这些对她来说……是不可承受的痛苦吗？"

乔宝琳被问得愣住，顷刻之间，她又想起醉了的余衍晴湿着眼睛说"不后悔"的样子。

"可是……"她突然说不出话了。

她把自己的想法强加到才刚十八岁的余衍晴身上了。

她知道未来会发生什么，自顾自地做出对余衍晴更好的计划，甚至还想插手改变余衍晴的人生，但这人生是余衍晴自己的，只有余衍晴自己能决定。

乔宝琳知道，如果能够重启人生的是余衍晴，她也会继续和周临在一起。

乔宝琳突然意识到，这就是自己和余衍晴的差别——

重来一次，她想要不一样的人生，绝不步后尘，余衍晴却会为周临做出一样的选择。

或许这就是爱情的力量？

她不懂。

乔宝琳回过神，看着方游谦温柔又冷静的眉眼，心莫名有些发痒。

眼前这男人就是她上辈子最亲近的人，她明明说着要活出不一样的模样，可为什么她还是和他这样亲密呢？她到底有没有在照着计划走呢？她之后的人生到底会变成什么样呢？

脑子突然发烫，她快速挪开眼神，低下头，声音沙哑："走吧。"

方游谦一愣："好。"

走了没多久，方游谦又问："为什么好好的这么问？"

乔宝琳胡诌："在写小说。"

"什么样的小说？"

"就是重生小说，我在思考它的内核。"

"……你之后要当作家？"

乔宝琳看他一眼："说不定呢。"

方游谦点头："挺好的，很适合。"

乔宝琳想笑：合适？方游谦也会胡说了？

"哪里合适？"

方游谦说不出个所以然来。

"发饭晕了？"

身边的男孩儿嘴笨，吹在脸上的风却极度舒适。

03. 补钙去了

乔宝琳吃完那顿饭后便不打算再棒打鸳鸯了。

余衍晴这么喜欢周临，就让他们先谈着吧，她这辈子会陪在余衍晴身边，绝对不会让周临再抛妻弃子了。

如果他还是跑了，她也会做余衍晴的支柱，陪着余衍晴一起渡过难关。

毕竟姐妹同心，其利断金。

但是她一定会在周临回来的第一时间冲上去给他一个大耳光。

时间就这么不紧不慢地过去，方游谦和余衍晴在不久之后都"下岗"了，但热恋的人每日都见不着人影，用功学习的人也整日宅在家里，乔宝琳依旧没怎么和他们出去玩。

付青和乔国阳见她整日无所事事，提议让她去考个驾照。

乔宝琳一口拒绝："太累了。"

而且上辈子的她也没学会开车，还不是好好活到了七十岁。细想一下也并没有什么不方便的地方，在国外的时候，她一般坐公共交通，回国之后都是方游谦开车送她的——她需要出门的时候只要通知他一声，无论他在哪里都会立刻回家来送她。

因此，她并不觉得开车是一项必须要学会的技能。

乔国阳知道她不想做，谁也勉强不了，便没有多说什么。

倒是付青，淡淡瞥她一眼："以后你就知道会开车有多重要了。"

乔宝琳问："有多重要？"

付青看一眼乔国阳："以后你跟你老公吵架了要回娘家怎么办？你要是会开车，钥匙一拿，门一关，直接就走了，连个影子都不给他留下。如果你不会开车，磨磨蹭蹭地又要在客厅里等网约车，气势都输了一大半。"

听付青这么讲，乔宝琳倒是回忆起上辈子自己和方游谦吵架的情景了。

就像妈妈说的这样，他们总是大半夜吵架，她每次都要气得离家出走，可气势汹汹地准备出门却发现自己叫的车还有一段时间才能来，于是只能坐在沙发上等。而方游谦就会利用这个时间来向她道歉，大多数时候她是会熄火的，所以她被气回娘家的次数很少，付青和乔国阳也总以为他们相处得不错……

这就是没学车的坏处。

这么一考虑，乔宝琳又开始斟酌学车这件事了。

她想这事想到半夜，见那些高考一结束就报考的同学已经拿到驾照了，她也脑子一热，和付青说了自己要考驾照的事。

第二天一早就有人给她打电话，一接，竟然是驾校的教练——付青行动力极强地帮她报了名。

这些驾校的教练更是热情，第一天就喊她去练车。

乔宝琳这次是箭在弦上不得不发了。

露天驾校几乎是个火炉，尽管她每日都全副武装，可是练了几天后还是晒黑了不少。

这天吃晚饭的时候，在餐桌上碰见皮肤白皙的方游谦，乔宝琳忍不住露出些羡慕嫉妒的神情。

乔国阳问方游谦最近在忙什么，方游谦说在自学大学的专业课。

乔宝琳听得耳朵发痒，瞅方游谦红润的面色，明白知识就是他的滋补品。

他们果然是不同世界的人……

方游谦也问过乔宝琳在驾校怎么样，她累得话都不想说，只是抬起晒黑的胳膊给他看："补钙去了。"

方游谦觉得奇怪："我还以为你不会去学。"

乔宝琳瞥他一眼，咬牙切齿愤愤道："还不是因为能容易跑回娘家点？"

方游谦没听清，又或者是没听懂："什么意思？"

乔宝琳改口："学一项技能总是没错的。到时候你当大老板了，我还可以给你开车，怎么样？"

她笑得谄媚殷勤，按照方游谦这个上进程度，他之后的财富比起上辈子应该会只多不少。

她记得他以前聘请过一个司机，工资比余衍晴的高……

方游谦的眼底浮起笑意，却不为这个无厘头的提议买单，并没有直接答应。

"你不答应啊？"乔宝琳问。

方游谦认真地说："首先，我不一定会变成大老板；第二，你之后肯定也不只会这项技能……而且，我不会让你给我开车的。"

"不信我的车技？"

方游谦沉吟了一会儿："……嗯。"

"拉倒！"

时间过得很快,毕业生的暑假即将结束。

乔宝琳这驾照是考不完了,打算寒假回来再继续。方游谦的专业书几乎啃完了,余衍晴和周临吵了几次,但也没说过分手,每次和好后都会更爱对方一点。

让乔宝琳感到奇怪的是,吃过那顿自助餐之后,周临和方游谦竟然相处得不错,两人甚至私下约着出去打过几次篮球。

她仔细回忆了一下,想起上辈子的方游谦似乎也瞒着她在私底下和周临联系过。

果然……上辈子合得来的人,这辈子依旧会成为朋友。

不过现在的乔宝琳已经不想去搅和破坏任何一段关系了,也许是因为此刻的周临还不是那个抛妻弃子的渣男,他虽然油滑风流,却也只是个还不到二十岁的男孩而已。

而且余衍晴那么喜欢他,她只能说服自己爱屋及乌了。

启程去大学的前几天,周临说是要给他们三个准大学生践行,打算约他们出门野营。

周临不受乔宝琳待见,和她没说过几句话,邀请她的任务自然落不到他头上,但他用来邀请方游谦的理由是乔宝琳会去。

方游谦很快就答应了。

知道方游谦答应后,余衍晴也急忙叫了乔宝琳。

乔宝琳最爱的就是上山下海,一听说要野营,还要在营地里过夜,兴奋得立刻答应下来。

野营的装备都是周临准备的。

出发前,周临说他们三人只要去享受就好了,可是到了营地,吃的东西都是方游谦准备的,周临就只顾黏着余衍晴,情侣二人扯了两张小马扎坐在小溪边谈情说爱。

乔宝琳看了一眼他们靠在一起的脑袋和牵着的手,发出不满的叹息声,转头又看见方游谦正安静地整理着食材,不免对这个任劳任怨的冤大头产生了同情心理。

今天方游谦穿的是最简单的白T恤和黑色短裤,也许知道是要露营,他还穿了一双不大正经的洞洞鞋。

还是盛夏，但是这营地在山上，周围草木多，倒也阴凉，而且时不时有山风吹过。周围的空地上也有一些人在露营，带着家人和宠物，坐在小桌边喝酒聊天，好不惬意。

桌子被方游谦征用去摆弄食材了，乔宝琳便铺了一块布坐在树下，感受到山风的沁凉，她索性直接躺在布上，闭目养神。

尽管环境有些喧闹，可清新的空气和微凉的风还是让她感到舒适，不知不觉间，她竟然小憩了一会儿。

睁开眼时，她人有点蒙，猛地从地上爬起来。

小溪边的马扎空了，方游谦倒还在那个位置摆弄着食材，都处理好了，已经烤好了一盘。

她抬头看天，发现天色都有些沉了，像是遮上了一层幕布，树木都成了黑压压的一团。周围那些露营的人甚至已经拉起了灯条，烧起了火，将整个营地装饰得极有氛围感。

方游谦见乔宝琳醒了，抬眼看过来，一半的脸掩在黑暗里，另一半被不远处的火光照亮，他瞳孔很黑，嘴角的笑意很明显。

他向还在迷糊的乔宝琳招手："吃茄子吗？"

乔宝琳问："蒜蓉的吗？"

"嗯。"

"要！"

04. 像棵树一样

方游谦虽然之前也没怎么下过厨，但他学习能力强，对着手机学了一会儿就掌握了将蒜蓉茄子做得好吃的方法。

乔宝琳拿着勺子一点点挖着吃，不自觉地露出满意的神情。方游谦还在一边忙活，她看他一眼，问："你不吃吗？"

"你先吃吧。"方游谦的声音很轻，都被山风吹得有些散了。

乔宝琳又想起消失的那对情侣："他们人呢？"

方游谦面不改色地继续着手上的活："忘记买饮料了，跑去山下买了。"

"为什么跑去山下？营地那里不就有商店吗？"乔宝琳提出疑问。

方游谦看她一眼，又低下头："不知道。"

其实他刚才也是这么和周临说的，周临却立刻皱起了眉头："傻吧你，我们一走，就剩你们俩了，我在给你们创造独处条件呢。"

余衍晴没过来，两人的谈话算是秘密。

方游谦淡淡瞥了一眼周临："不需要。"

他觉得周临多管闲事。

周临自顾自地笑："那不管，我和我女朋友要独处，我们会晚一点再上来的。但你别只顾着谈情说爱，忘了准备吃的。"

于是方游谦就这样"被迫"获得了和乔宝琳单独相处的时间，他虽然嘴上说着不需要，却在他们走后不由自主地紧张起来。

不过乔宝琳实在是睡得太久了，他为她准备的那些烧烤几乎都快凉透，他只能将它们放在旁边备着，等她醒了之后再加热。

天色刚暗下来的时候，方游谦也休息了一会儿，他从椅子上起来，慢慢踱到那棵树下，盯着乔宝琳看了一会儿，但她没有醒来，睡得恬静。

周围突然静下来，风吹过的时候，树叶发出沙沙的声响。

心脏和那树叶一样不安地躁动着。

桌上的橙子被风吹动，滚到地上，他这才回过神来，回到自己应该在的地方。

"他们去多久了？"乔宝琳问。

方游谦回道："有一段时间了。"

乔宝琳不屑地"啧啧"两声："说是给我们饯行，还不是丢下我们这两颗电灯泡出去恩爱了。"

方游谦察觉到她的不悦，心中莫名冒出些失落的情绪。

他闷闷"嗯"了一声。

乔宝琳没再说话，将那盘蒜蓉茄子吃完后，扭头看向隔壁那群人——他们好几个人围在篝火边，喝酒聊天。对比之下，他们两人实在是过于安静。

也许是余衍晴不在，也可能她睡得有些久了，此刻竟提不起什么精神。

她敲了敲筷子，感叹道："好无聊。"

方游谦坐在她身边，闻言身体微微一僵，看她一眼后又转回视线，继续摆弄着食材。

乔宝琳只是随口一说，并没想到方游谦会多想。

没多久，那对情侣终于回来了。

乔宝琳故意臭着脸，余衍晴果然过来哄她，还带着她喜欢喝的可可牛奶。

她喝了两口就懒得和余衍晴闹脾气了："你刚才去哪儿了？"

"买饮料。"

"少来，约会就约会，怎么不承认？"

余衍晴闹不过她，承认："……就是在山脚下走了走。"

"早知道就不来了，耽误你俩约会。"

"你别胡说。"

可乔宝琳最擅长的偏偏就是胡说，正打算带着方游谦一起抗议的时候，发现一直在烧烤摊忙碌的方游谦消失了，甚至连周临也不见了。

余衍晴环顾四周："可能是去厕所了吧？"

"两个男人结伴一起去？"

"就可能凑巧一起。"

乔宝琳觉得他们肯定不是去上厕所的，但男生之间的秘密，她也不好去探究。

方游谦和周临本来是去大本营借帐篷的，回去的时候，方游谦却让周临先走。

周临见他脸色不好，猜测道："吵架了？"

方游谦没回答这个问题，只是摸了摸口袋，然后皱起眉头问周临："你有吗？"

周临一愣："什么？"

"烟。"

周临不知该摆什么表情，捏着自己的口袋："你不是好学生吗？也有这嗜好？"

方游谦看向他的口袋，那里鼓鼓的，的确像是藏着东西："给我一支？"

周临露出无奈的笑容，看向方游谦的眼神也带了点玩味和探究："她不让我抽，我为了解馋，只带了一支。"

"给我吧。"方游谦觉得周临并用不到，此刻的自己却急需尼古丁的安抚。

"我就一支。"

周临虽然嘴上百般不愿意，但还是小心翼翼地从口袋里掏出东西——一支用面巾纸包了好几层的香烟。

方游谦瞅他一眼："火？"

"没有啊！"周临真没有。

方游谦扭头朝着不远处正在烤火的人群走过去，得到许可后，他拿着那支烟对着篝火取火。

周临站在原地看着帐篷。

一分钟后，方游谦走过来，让周临先回去。

"这么愁呢？"周临不理解，"真吵架了？"

方游谦摇头，只是闷闷地不说话。

周临不知道为什么学习好、长得好、家里条件也好的三好学生抽起烟来会这么娴熟。

"兄弟，说说呗，我帮你理一理。"他自觉对于女孩儿心思的理解还是很有见地的。

之前，他也几乎是把铜墙铁壁凿烂才走进余衍晴的心里，论如何追爱，他还是颇有心得的。

又一阵风吹过来，烟味窜得到处都是，周临立刻跳了三米远："待会儿以为是我抽的。"

方游谦皱着眉看他："说是大本营的人抽的。"

"你还算聪明。"

方游谦不觉得这样的提议称得上聪明。沉默了一会儿，他动动唇，转头问正在整理帐篷的周临："我无聊吗？"

周临一愣："啊？"

方游谦不愿再说，转过头当作什么事都没发生。

但周临一猜就知道他的意思："她说你无聊啊？"

方游谦不回话，甚至逃避一样不去看周临，只顾着将烟从口中一股股地送出去。

周临瞧他这失意郁闷的模样就想笑，忍不住摆出点老大哥的姿态安慰道："你的确有点无聊，但也有很多别人没有的优点……你扬长避短就好了。"

方游谦淡淡看周临一眼,清冽的眼神透过烟雾,添了几分忧愁的味道。

"就比如说,你长得帅,身材好,在她面前耍耍帅,刷刷颜值,好感不就上来了吗?"

方游谦觉得周临说的话并不靠谱,他和乔宝琳已经认识十几年了,他这张脸她也看了十几年了,要是耍帅有用的话,他们早就不是这样的关系了。

而且,他也不是想要和她有什么关系,他只是……再一次对自己感到失望。

虽然并未妄想过什么,可是在她说出那样的话时,他心里还是很不好受。

他了然自己和她天生就应该是这样"合不来的",但还是会失落和遗憾,也怀揣着自己会变得越来越有趣的希望,可事实好像不是这样的。

"没事啦,只要你用心喜欢她,迟早会追到的,现在追不到没关系,说不定二十五岁就行了,三十岁也不晚嘛。"周临安慰道。

周临并不觉得眼前的男孩儿会在短时间内移情别恋,就算乔宝琳不知道,方游谦也会默默爱着她,可能是爱五年,甚至十年。

也许就是因为方游谦沉闷的性格,周临一眼就能看到他的未来——像棵树一样守护在闹腾的乔宝琳身边,安静地等过四季变化,叶子绿了又黄,花谢了又开,不挪开一点脚步,也不发出一点声音,只是默默地守护着。

这么想着,周临顿时又觉得郁闷了。

这和他的恋爱观背道而驰,喜欢一个人,怎么可能只是在一边默默看着呢?

方游谦一直没说话,也没换过姿势,等到一支烟抽完,他才走到垃圾桶边将烟头丢了,再默默回到周临身边:"走吧。"

05. 我脚扭了

乔宝琳也不知他们是什么时候回来的,注意到他们的时候,他们已经在她们身后搭上帐篷了。

管理营地的人亮起了周边的大灯,将搭帐篷的这块地方照得大亮,这虽然让昏暗的夜少了几分旖旎的情调,却让搭帐篷的人方便不少。

四人围坐在一起吃方游谦烤的东西,偶尔聊几句,看起来并不热络,但也算是和谐。

可他们都心怀鬼胎——乔宝琳对周临还是心存芥蒂,余衍晴需要花心思去平衡乔宝琳和周临的关系,方游谦依旧对那句"好无聊"耿耿于怀,周临则是关注着方游谦的反应,还总是忍不住想要偷笑……

吃饱喝足之后,乔宝琳和余衍晴去帐篷那里整理床褥。

本来余衍晴是不想过夜的,但乔宝琳强烈建议在营地睡一晚:"在大自然里睡一夜才不算白来!"

余衍晴只能答应。

过于谨慎的性格让她很少去尝试自己从未做过的事,但男友和朋友都是那种闲不住的人,她也在不知不觉间被改变,虽然初衷只是不想让他们失望,可最后获得的乐趣却是自己一开始没想过的。

有时候,放弃瞻前顾后的谨慎心态,似乎也能得到意料之外的收获。

至少今天就是。

她对即将到来的别离感到失落。她舍不得周临,但山中的美景的确抚慰了她躁郁的心情,山风清新微湿,吹走萦绕在她心头的苦闷。

刚才她和周临在山下走了好久,一直牵着手,周临对她说着他之后的规划,确信两人之后会走得长久。

她听这些话的时候没什么表情,心湖却泛起了涟漪。

脑中迷茫的未来似乎因为周临这粗糙又幼稚的构想而变得清晰了一些,她握紧他的手,说:"嗯,那就等等你吧。"

这句话是余衍晴对周临的一个承诺——她会等他,等他变好,等他过来牵她的手。

她以前可是从来不会对感情做出承诺的。

周临听了这句话后笑了:"谢谢你啊。"

即将成为大人的他们终于认定了对方,他们虚妄缥缈的青春爱恋终于在一次次争吵试探中变得稳定。

余衍晴手脚麻利,利落干脆地将被褥铺好了。

乔宝琳找了个舒服的姿势躺着,正经地问余衍晴:"你晚上应该是和我睡一个帐篷吧?"

余衍晴面无表情,耳根却开始发热,快速瞥了乔宝琳一眼:"不然呢?"

"难说呢,你们这对情侣这么腻歪,烦人……"乔宝琳虽然是在开玩笑,但也是借此来试探余衍晴的反应,因为她记得余桓廷的到来也是个意外。

她能理解年轻人血气方刚,但是为了避免余桓廷来打乱余衍晴本该顺坦的人生,她还是决定提醒一下余衍晴,但她不可能一上来就让余衍晴注意避孕,而是打算循序渐进。

"你想过要孩子吗?"

余衍晴一愣,皱着眉头看乔宝琳,觉得她这问题问得太过奇怪了:"没有。"

"你喜欢孩子吗?"

余衍晴摇头:"不喜欢。"

乔宝琳有些惊讶,此刻的余衍晴和她印象中那个肯为余桓廷放弃未来的母亲大相径庭。

"那万一你怀孕了呢?"

余衍晴往乔宝琳身上扔了个枕头:"胡说什么。"

乔宝琳嬉皮笑脸的:"我说的是万一。"

"没想过。"

"你会生下来吗?"乔宝琳追问道。

"没想过。"余衍晴重复。

"你现在想一想。"乔宝琳咄咄逼人。

见乔宝琳如此认真,余衍晴只能妥协,盯着乔宝琳看了一会儿,认真想着这件事。

可是过了好一会儿,最后她还是说:"……不知道。"

见她认真思考后还是给出这样的答案,乔宝琳倏然意识到很多事是无法预知的,意外真正发生后的决定也不能提前预知。

当时的余衍晴做出那个决定一定考虑过后果的,但她还是那么决定了。

虽然知道提出这些假设性的问题没有什么意义，可乔宝琳还是想问一问生下孩子的余衍晴，如果知道周临会消失那么久，是否还会决定生下孩子。

但显然，此刻的余衍晴并不会回答她这样的问题。

气氛因为乔宝琳突然的问题而变得古怪，两人都在这片寂静中思考着未来。

其实这个问题对她们来说有些遥远和缥缈，但此刻的气氛和山中安静的环境很容易就让她们陷入对未来的幻想中。

两人在帐篷里待了一会儿，静得只剩呼吸声。

又过了一会儿，她们隐约听到周临兴奋的笑声。

乔宝琳再仔细听了听，还听到了方游谦的声音。

方游谦没周临激动，也没笑，低声斥责周临："离我远点！"

乔宝琳本能地嗅到点有趣的气息，拉着余衍晴急匆匆出了帐篷，发现周临居然拉着方游谦去水边打水仗了，徒手水仗。

目前具体的战况就是周临扯着方游谦下水，赤膊捞起溪水再朝方游谦洒过去，不过这招是伤敌一千自损八百，这么一捞水，周临自己也湿了一半。

方游谦明显不爱打水仗，觉得这样的活动除了把自己和对方搞得一团糟外，并不会获得任何乐趣。

可周临实在是太疯了，一个劲儿地惹方游谦，甚至在方游谦往回走的时候，弯腰用自己的帽子装满了水，再趁方游谦不注意的时候兜头而下。

方游谦从头到脚都湿了。

周临发出得逞的笑声，乔宝琳在一边看得直拍手，余衍晴也忍不住露出笑容。

方游谦站在原地愣了一秒，然后转身，正式和周临进行"决斗"。

在处心积虑淋湿对方的过程中，他们都在不经意间迸发出喜悦的声音。

方游谦明白了，不是打水仗没意思，而是被人淋湿没意思，淋别人是一件挺有意思的事。

乔宝琳和余衍晴在一边优哉游哉看戏，其实乔宝琳也想下水，但晚上山里气温低，担心明天感冒，便按捺住了一起玩水的欲望。

岸边两人本看得津津有味，水里的二人也玩得尽兴，可突然周临大叫一声，伴随着一句脏话，他跌坐在了溪水里。

方游谦全身都已经湿透了，以为这人又要玩阴的，继续往他身上泼水。

周临急了，大喊："我脚扭了！"

方游谦这才顿住，把下一个攻击收回，问周临："真扭了？"

周临疼得说不出话来。

乔宝琳还没反应过来，身边的余衍晴就已经飞奔过去了。

06. 至少核心还是有点"型"的

当他们看到周临肿得老大的脚踝时才相信他是真扭到了。

平时很是镇定的余衍晴此刻也有点慌了，求助一般看向方游谦。方游谦倒是冷静，拿着手电筒看了看周临的脚踝，扶着周临上岸。

此刻的周临无法独立行走，又不可能让余衍晴背他，于是他能依靠的也只有方游谦了。

乔宝琳看着方游谦搀扶着周临慢慢往岸上走，不由得在心中感叹方游谦这身板虽然看起来瘦弱，但实际上还是颇有力量的，他这么搀着周临，背影看起来却不是很吃力。

方游谦把周临扶到帐篷里，余衍晴跑去翻包里的云南白药，乔宝琳叉着腰站在一边看周临痛苦呻吟。

倒不是乔宝琳冷血，只是她实在插不上手，余衍晴这女朋友做得尽职，她甚至怀疑自己站在这里会碍手碍脚。

她想了想，问周临："真有这么疼？你们平时打篮球不也经常崴脚吗？你眼角都湿了。"

周临本来是紧皱着眉头的，听到她的话，立刻绷起一张脸，伸手去摸自己的眼角，然后反驳："这是水，不是眼泪！"

乔宝琳扯了扯嘴角，一言难尽地点点头，不打算跟伤者顶嘴。

余衍晴一来，这个狭小的帐篷就容不下乔宝琳和方游谦了。

两人很识相地退出帐篷，方游谦还很贴心地交代余衍晴："有问题就喊我们。"

乔宝琳小声说:"需要用纸擦眼泪的时候也可以说。"

周临像是被踩了尾巴,瞪大眼睛:"不需要了,感谢。"

乔宝琳偷笑着和方游谦一起走了。

他们没地方去,只能坐在树下的椅子上喂蚊子。

方游谦见乔宝琳不停跺脚,伸手从包里拿出一瓶驱蚊喷雾,递到她面前。

乔宝琳接过驱蚊喷雾,在心中称赞方游谦的严谨和细腻,低头猛喷了几下,余光瞥到他那正在往下滴水的短裤边沿。

刚才光线不好,周临又崴脚了,她便没注意到方游谦的一身狼狈,此刻被大灯照着,她才发现他浑身没一处干的地方——上衣尾也湿漉漉的,正往下滴水,轻薄的布料贴着他紧实的腰际,皮肉的颜色都隐隐约约地透露出来。

她一直都觉得方游谦很瘦,可是现在看来,应该是她小看他了……至少核心还是有点"型"的。

猛地一下,乔宝琳突然意识到自己此刻的行为像是犯罪一样。

大脑发热,她不敢再多看,强自镇定下来,将眼神挪到方游谦的脸上。

他没在看她,而是盯着不远处的空地出神。

可是乔宝琳却觉得他的耳朵诡异地红了起来,担心这是要发烧的迹象,她问道:"怎么不去换衣服?坐在这里干吗?"

方游谦收回眼神,如梦初醒一般起身:"现在去。"

"有什么不舒服的地方吗?"乔宝琳担心地问。

"没有。"他侧过身去拿包里的衣服。

因为伸手去拿衣服的动作幅度有些大,紧黏在他身上的衣服也被拉得往上缩,露出刚才被衣服遮掩的皮肉。

乔宝琳不受控制地看向那一小截暴露出来的腰,刚冷静下来的大脑又开始发麻、变热。

方游谦起身朝厕所走过去,她的眼神也跟了过去。

乔宝琳眨了眨眼,仗着他背对着她,便有些肆无忌惮地端详着他的身躯。

个高、匀称,看起来瘦削却强壮,最关键的是刚才那么粗略一看,他似乎是有点腹肌的,臀部看起来也很翘。

方游谦慢慢走远了,并不知道乔宝琳正在对他的身材进行评估。

乔宝琳看着他逐渐远去的背影,大脑被刚才的那点皮肉刺激得回忆起过去。

那是记忆中她第一次观察方游谦的身体,并且发现方游谦的客观条件很不错,她跟他结婚的确是捡到宝了……

乔宝琳记得那时候她怀孕五个月,两人虽然有些交流,没有刚开始那般尴尬了,但依旧存在隔阂。

方游谦这丈夫和准爸爸当得很合格,很多事不需要乔宝琳说,他都能未雨绸缪地准备好,但他明显不是一个好的伴侣。说起伴侣,他更像是她孕期生活中的男保姆,将一切都安排得井井有条,完美得让她挑不出刺来。

但他也仅限于是一个保姆了。

对于方游谦,乔宝琳会毫不客气地向他提出生活上的需求,却对一些隐秘的生理需求三缄其口。

她在孕期时生理需求比平时强烈许多,她也觉得奇怪,为此她还偷偷问过医生,得知是激素的原因之后才松了一口气。

可原因知道了,她还是得解决这个问题,医生建议可以适当进行性生活,但那时的她怎么可能对方游谦提出这样的需求?于是她在网上买了玩具,打算自己解决。

其实她在国外也买过,但她平时的需求并不算大,便没带回国内。

可不知是不是太久没用了,她在网站上挑选的时候居然有些面红耳赤。

那时候方游谦虽然每日都上班,但一下班就会回家陪她。两人互不干扰,却始终生活在一个空间里,欲望昼伏夜出,白天他不在的时候她没感觉,天一黑,欲望来袭,他也回来了,于是私密快递都到了几天,她总是找不到合适的时机拆开试用。

终于,有一日他说要出差一天。

她心里乐开了花,面上却淡淡的:"去吧,阿姨也在家里,不用担心。"

方游谦看着她，欲言又止，最后还是走了。

夜幕降临，她兴致勃勃地打开手机，预热一番后，从自己的保险柜里拿出私密快递，去厕所里洗干净后，爬回床上，正准备大展身手取悦自我的时候，屋外又传来动静。

她吓得心脏都差点骤停，脉搏快速跳动着。

她将东西藏在被褥里，趴在门口听了听声音，确定是方游谦回来后，郁闷极了。

她还没反应过来，卧室的门就要从外面被打开，但她刚才反锁了，这才有时间来整理现场。

她挺着五个月的大肚子急得像是无头苍蝇："等等。"

她先是把手机的页面退出了，再将放舒缓音乐的音响关了，又跑过去将保险柜锁好，可保险柜锁上后她才想起最关键的东西还被她藏在被窝里。

肯定是来不及再开保险箱了。

门口那人似乎觉得等得久了，轻轻地叩了叩门，问："好了？"

乔宝琳索性将东西藏在她那侧的床头柜里，做完一切后，她重重喘息，等心跳缓下来才过去开门。

门外的方游谦风尘仆仆，一脸倦容，像是赶路回来的。

乔宝琳不大自然地问："不是说要出差吗？怎么又回来了？"

"提早回来了。"方游谦进屋，脱下外套的时候，扭头问她，"刚才在睡觉吗？"

他是在疑惑她为什么这么晚才来开门。

乔宝琳心脏一缩，却装作淡然："嗯……"

"以为我今晚不会回来所以才锁门吗？"他又问她，平时她并没有锁门的习惯。

乔宝琳没和他进行视线交流，脱了鞋后躺到床上，背对着他："嗯……不说了，我要睡了。"

她知道方游谦聪明，隐瞒的最好办法就是赶紧跳过翻页，说多错多，她可不想被他揭穿。

方游谦说："好。"

乔宝琳嘴上说着要睡,可意识却无比清醒,听觉也十分灵敏。

她听到身后的动静,知道他脱了衣服后去浴室洗澡了。

浴室洗澡……浴室……等等!

她刚才洗玩具的时候似乎把包装袋落在浴室里了!

大脑猛地发热,她赶紧从床上爬起来,在卧室里搜寻着包装盒。

两分钟后,她烦躁地抓了抓脑袋,知道自己今晚的行动大概率已经暴露了。

其实若是对象换成韦泽森,她都不会这样担忧恐惧——所处的环境让他们不会谈"性"色变,要是韦泽森问起来,她甚至会大大方方地亮给他看。

但方游谦不一样,因为她不了解他。两人除了幼时相处过一段时间,长大出国之后几乎没联系过,她不知他被塑造成什么样,不知他是否像外表那样禁欲古板。

怀孕已经足够让她疲惫了,她可不想再和他讨论这些行为的合理性。

她站在原地思考了一会儿,期间卧室里的水声并没有停下。

她叹了口气,爬回床上,最终决定下来的应对策略是先装傻,然后走一步看一步,必要的时候她也要学他一样,什么话都不说,或者掉掉眼泪让他闭嘴。

时间一点一滴过去,浴室里的声音也终于停下。

她僵着身体听着方游谦慢慢靠近的脚步声,紧张得连呼吸都急促起来。

他终于掀开被子躺上床。

乔宝琳等待宣判一般等待着他的反应。

但过了很久,他都没说话,只是像往常一样安静地躺在她身边。

他不会以为她睡了吧?

乔宝琳并不打算将这件事拖到明天解决,于是伸手拿起手机,装模作样地滑了两下,只是为了告诉他,她还没睡,有话可以赶紧说。

果然,他出声问:"睡不着?"

装什么?

乔宝琳闷闷应道:"嗯。"

方游谦又不说话了,过了好久,他才翻身贴过来,像往常一样。

他喜欢靠着她睡。

就在乔宝琳以为他会装作什么都没发生的时候,他伸手环住她的肚子,问:"怎么出这么多汗?"

乔宝琳神经一紧,没说话。

他在她耳后又问:"音响怎么也拿出来了?"

乔宝琳疯了,意识到他什么都知道了,并且不打算装作什么都不知道一样翻页。

她突然又觉得委屈,开始懊悔自己为什么要生孩子,为什么要和方游谦结婚。如果她还是单身,根本就不需要这样小心翼翼地躲着藏着,而是可以做任何自己想做的事。

她用力闭了闭眼睛,眼眶已经沁出湿热。

思绪转了好几个圈,她觉得自己没有做错任何事情,打算破罐子破摔。

于是她抓住他的手腕,扭头看他:"想说什么就直说。"

被泪水盈湿的眼睛明明很可怜,却也带着凌厉。

可当她对上方游谦柔和的眼神时,又突然熄了火——他并没有调侃的意思,甚至比平常都温柔。

方游谦见乔宝琳哭明显慌了,伸手拿纸却被她拦住。

她用枕头擦了擦眼泪,镇定地问:"浴室里的东西你看到了?"

方游谦眸光一闪,声音沙哑:"嗯。"

乔宝琳在昏暗的光线中盯着他的眸子,认真道:"我这是正常的,怀孕都这样。"

方游谦说:"嗯,我知道。"

乔宝琳心里紧绷的那根弦猛地一松。

她看着他的脸,突然觉得这样的气氛过于严肃,好像是她太过风声鹤唳了。

她讪讪收回眼神:"你知道就好,那我要睡了。"

话说完,她就转过身,方游谦没说话,她只能听见他的呼吸声。

过了一会儿,等她完全放松快要进入睡眠的时候,他突然又伸手环住她,趴在她耳后问:"很难受吗?"

乔宝琳一愣，知道他在问刚才那件事，昏沉的大脑突然又立刻清醒了。

可根本就说不上难受，欲望时有时无，她只是想要让自己舒服一点而已。

她低声说："不难受。"

方游谦像是没听见，吻她的耳朵，湿热的气息喷洒在她最柔软的皮肤上："东西呢？"

乔宝琳觉得身后这个人真是疯了，她不想说话，可他黏腻得几乎要钻进她身体里的吻让她不得不发出声音："做什么？"

方游谦难得强势地将她的身体翻过来，伸手将她散落在脸侧的头发梳理好，靠近她的脸，对着她的眼睛，小声重复问道："东西呢？"

乔宝琳有些颤抖，欲望又被勾了出来。她思忖片刻，最后妥协了："抽屉里。"

他压在她身上，伸手摸到她的床头柜，打开抽屉，拿出东西。

"你会用吗？"乔宝琳狐疑。

"不难的。"他摸着她的脸，小声说。

他往下摸索，又直起身子把衣服脱了，"有点热。"

乔宝琳都不会说话了……

之后，她大汗淋漓，像张被火烧的纸慢慢缩起四肢，酥麻的感觉遍布全身。

她在迷蒙间低头看向方游谦，瞧见了他精壮的肩膀和布满薄汗的脸庞。

他的眼睛极亮，唇极红，眼神锁着她，认真地问："好了吗？"

乔宝琳的声音都要碎掉了："……好了。"

她将这段起因尴尬结局又很完美的经历记得很清楚，印象最深刻的是他在黑暗中几乎能发光的眸子、那覆盖着薄汗的皮肉，以及那一句"好了吗"。

她虽然没有细细思索过，但觉得方游谦这种体贴的服务意识实在是到位——他对她总是包容，除了话少，几乎符合她心目中好丈夫的所有标准。

就像付青说过的那样，乔宝琳这个人其实并不好相处，幸亏和她结婚的人是方游谦,不然家估计都会被拆过好几回了。

回忆像是被这一阵阵凉爽的山风吹来的一样,又一阵风吹过,乔宝琳陡然从回忆中抽身,回过神来的时候,方游谦已经换好衣服,正从不远处的厕所走过来了。

乔宝琳的呼吸突然加速,低头不去看他。

直到他坐到她身边的椅子上时,她也没抬头。

余衍晴帮周临处理完后走出帐篷,发现不远处的场面有点莫名的诡异——虽然方游谦像以前一样安静,可总是闲不住的乔宝琳竟也沉默了。

以为两人又闹矛盾了,她走上前去缓和气氛:"药我已经给他涂好了。"她看向方游谦,"你今晚别压到他了。"

方游谦点头:"我会小心的。"

余衍晴又上前拍了拍乔宝琳的肩膀:"我们也去休息吧?"

乔宝琳抬头看余衍晴:"好。"

她起身跟着余衍晴一起走,可是走了两步后又忍不住往后看了一眼,竟又直直撞上方游谦的眼神。

他也在看她。

为什么看她啊?

她猛地一慌,匆匆扭过头,装作什么都没看到,跟着余衍晴进帐篷了。

第六章
那一夜并不太平

01. 回头见

不知是不是因为睡前胡思乱想太久,乔宝琳的梦中也都是那些乱七八糟的事,她睡得很不踏实,中途还醒过来几次。

起床的时候,她一脸倦容,眼睛都差点睁不开。

余衍晴反倒是精神,轻声问道:"没睡好?"

乔宝琳点了点头,听见余衍晴低声嘀咕着:"出来遭什么罪,脚崴了,觉也没睡好。"

乔宝琳觉得余衍晴说得并不是没有道理,这场野营对她来说实在是太过虚无了。

她只记得她在树下睡了一觉,随便吃了点烧烤后就开始被过去的记忆攻击……

怎么一晃眼,时间就过去了?

回去的路上,四人都没了刚来时的兴奋情绪,气氛甚至有些阴郁——周临病恹恹的,乔宝琳因为睡眠不足而头疼,余衍晴和方游谦的话本来就不多。

方游谦和乔宝琳在家门口分开,他们都很默契地没说什么。

快要进屋前,乔宝琳没忍住,扭头看了他一眼,发现他进屋进得利索。她翻了个白眼,加快速度进屋,还故意将门摔得很大声。

在客厅里刷手机的付青被吓了一跳:"你是不是欠收拾?"

· 118 ·

乔宝琳臭着一张脸："失手！"说完就上楼补觉去了。

她在睡前祈祷自己不要再梦见什么奇怪的东西了，好在这一觉睡得还算舒坦。她到下午才起来，可睁眼的那一刻，脑中还是方游谦的脸和身体。

她好像病入膏肓了……

其实之前也会回忆起这样的画面，但她在第二天就能将它们忘记。但这次似乎是因为画面冲击性太强了，缓了好一会儿，她也无法像过去一样将它们都忘记，一旦想起方游谦，就会想起那些昏暗又湿热的画面。

不过这样的症状几天就有所好转，只是她见到他的时候，心情还是古怪，也心虚地不敢和他对视，仿佛一对上视线，他就能看清她脑中那些隐晦又旖旎的记忆。

很快暑假就到了尾声，他们即将步入大学生活。

方游谦的父母一个假期都在外地，一直到方游谦开学的那天他们都没回来。

乔宝琳听付青说周阿姨经常打电话给她询问方游谦的情况，说方游谦这孩子嘴硬话又少，担心他有什么不方便的地方却又不肯说。

因此付青总是担心委屈了这么个好孩子。

乔宝琳总觉得方游谦既成熟又幼稚——他已经成熟到可以吞咽下那些数不清的愁绪，却也幼稚到需要母亲这样关心他。

临近开学的那几天，周如月有次和付青联系，希望她帮忙给方游谦准备些开学物品。

乔宝琳在一边听着忍不住笑出声来，付青瞪她一眼，她又讪讪收了声。

挂了电话后，付青问她笑什么。

乔宝琳："笑你们怎么还把他当作小学生一样。"

付青冷笑了一声："你们就算七十岁了，在我们眼里都是需要照顾的。"

乔宝琳噤声，心脏一阵一阵缩紧，忍不住露出柔软的姿态，不大自然地靠在付青的肩膀上，轻声说："妈妈，我爱你。"

119

付青吓了一跳，推着她的脑袋让她正常点。

乔宝琳在眼眶里打转的泪水顷刻又收了回去。

入学报到那天，天气很热，高速路边的草木都被炙烤得萎靡，乔宝琳和方游谦坐在乔国阳的车后座上，也被高温蒸得没什么精力。

乔国阳时不时和他们说话："你们俩学校离得近，之后可以经常聚一聚。"

说完又从后视镜里捕捉到乔宝琳不耐烦的脸，他皱了眉头："人家学校里可都是精英，你要是有时间，也可以去认识认识他们学校的人，多向人家学习学习。"

乔宝琳下意识侧头看一眼方游谦，他正好也悠悠将眼神转了过来。在视线即将撞上的那一瞬间，她猛地扭头，对着乔国阳敷衍道："嗯嗯……如果有时间的话。"

余光瞥到方游谦落在她脸上的视线，她的心开始发痒。

可只是一会儿，他又别回了脸，乔宝琳在他看不见的地方轻轻吐了口气。

她侧头看向窗外，乔国阳不说话了，车里很安静，她在不自觉中陷入思考。

从那次露营后她就觉得自己有点问题，可能是因为那段不合时宜的回忆，她对方游谦的所有举动都很关注，甚至到了风声鹤唳的程度。

只要他看她，她就忍不住胡思乱想，脑中一会儿是和她结婚后的方游谦，一会儿又是现在的方游谦，两张脸虽然有些差距，但会从眼神开始慢慢重叠，最后合在一起……

每当这时，她的大脑都会莫名发热。

她很恐惧这样的变化，于是开始躲避他，可她明明是在躲避，却还是会偷偷观察他。

这样的认知让她更加不自在。

不过暑假好歹是结束了，开学后她便不会再天天碰见他。

她只能寄希望于时间和距离，想着大学开始后，她便没有多余的精力胡思乱想了，这种奇怪的反应也应该会消失。

乔国阳将两人送到大学城门口就回去了，乔宝琳和方游谦在岔路口准备分开。

太阳很刺眼,乔宝琳扶着额头,瞧见他在看自己。

她压下心头那股躁动,说:"加油啊,回头见。"

方游谦轻声说:"好。"

乔宝琳扯了扯嘴角,转身走了,走了百米远,那频率不正常的心跳才稍微恢复了些。

走了大概十分钟才到她的学校,一进门就有热情的学长过来接她的行李。

她也不扭捏,笑嘻嘻地感谢他们,还说下次要请他们喝饮料,把这几个学长逗得精力加倍。

到宿舍后,乔宝琳发现三位舍友都已经到了,还有几位家长,他们似乎是放心不下自己的孩子,便一起跟到宿舍来了。

几个家长坐在逼仄的宿舍里寒暄,她们这些同龄人没有长辈那么圆滑,刚见面都有些生疏,礼貌性地问了一下家乡之后就开始忙着收拾行李了。

乔宝琳收拾完,已经是下午了。

正好是吃晚饭的时间,几个舍友都跟自己的父母去吃饭了,只有乔宝琳一人孤零零的。

乔宝琳正好想起余衍晴,余衍晴便给她打来了电话,两人约在学生街的一家饭店吃饭。

她们边吃边聊,乔宝琳这才知道余衍晴和方游谦还是一个学院的,平时的大课都在一起上。

其实此刻的她很敏感又矛盾,甚至不想听见"方游谦"这三个字,但只要这三个字一出现,她就会打起八百倍精神。

她装作不在意的模样,随意地敷衍几声。

余衍晴问:"他晚上吃的什么?"

乔宝琳一愣,倏然又觉得有些离谱,莫名其妙道:"他吃什么,我怎么知道?"

余衍晴偷着笑:"我就随口一问。"

乔宝琳神色认真:"我真不知道。"

121

余衍晴点点头:"我们今天中午开了个小班会,他们班就在我们班隔壁。"

乔宝琳低头吃饭,却竖起耳朵等她说下去。

"班会结束后我们还聊了两句。"

乔宝琳用筷子戳了戳碗底,继续等着她说话。

"他说之后我们可以一起出去玩。"

"我们?"

余衍晴看她:"对,就是我们。"

乔宝琳装作没听见,用筷子挑起碗里飘着的香菜,过了一会儿才问余衍晴:"你答应了?"

余衍晴语气带笑:"不然我拒绝吗?"

乔宝琳不说话了,放下筷子:"走吧,去周围逛一逛。"

晚上气温不高,偶尔吹过的夏风也舒服。

也许因为今天是开学第一天,学生街上的人很多,大多数应该都是跟她们一样的新生。大家带着对环境的新鲜感,用探究的眼神观察着周围的草木和建筑。

三三两两结伴出来的人应该是刚认识的舍友,都腼腆地保持着一点距离。

乔宝琳内心已经一把年纪了,还是喜欢往年轻人聚拢的地方钻,那种朝气蓬勃的气息永远吸引着她,所以比起周围的环境,她更热衷于观察路边经过的人。

两人走了一会儿,经过一家奶茶店,都忍不住进去点了杯饮料。

在等饮料完成的期间,透过奶茶店擦得干净的玻璃,乔宝琳看到了一群人从奶茶店门口经过,七八个人,应该是一起的,有男有女,有说有笑,方游谦就在其中。

她的心猛地一缩,正打算躲开视线的时候,又瞧见了走在前面的张茵月。

这回她便忘了躲了,只是怔怔地盯着张茵月看。

02. 我就想吻你

其实乔宝琳跟张茵月并不熟,她们甚至没见过几面,但乔宝琳将她记得清楚,说起来也是那种老套的原因。

张茵月和方游谦是大学同学,听说两人当初郎才女貌,在大学里暧昧了四年。

但也不知是什么原因,两人相处了四年最后却没成。

他们的同班同学其实一直猜测他们是在搞地下恋,大学毕业后就会公开,或者是在某天开快车直接爆出两人要结婚的消息。

说起来,他们的确预测到了,方游谦毫无预兆地要结婚了,但对象却不是他们想象中的那个人……

当然这些都是后话了。

乔宝琳只知道在方游谦那枯燥乏味的人生中,张茵月是其中浓墨重彩的一笔。

两人举办婚礼的那天,方游谦邀请了他的大学同学,张茵月也来了。大学同学坐在一桌,神情有些奇怪,很新奇地观察着乔宝琳。乔宝琳大方地上前社交,聊了几句后,气氛变得融洽,大家嘻嘻哈哈地抖出不少方游谦在大学干的蠢事。

可是酒过三巡,就有人把不住嘴了,拿着酒到新人面前开玩笑。

那人喝得有些醉,整张脸都是酒醉后的红色,笑着打趣方游谦:"我们整个宿舍的人都以为你是在和张茵月地下恋呢!没想到你偷偷搞这出呢。"

方游谦一听也有点愣了,不自然地看了一眼乔宝琳,发现她面上依旧带笑,以为她并不在意,却没想到她眨了眨眼,洗耳恭听的模样,顺着那人的话问下去:"地下恋啊?"

喝醉的人见新娘感兴趣,一上头,就把方游谦和张茵月在大学的那些事全部抖了出去,比如说两人经常一起约着去图书馆复习,还撞见过两人一起在学生街上散步,在方游谦生日的那天张茵月送了自己亲手做的蛋糕……

"诸如此类的事数不胜数,所以我们当时总觉得他们只是嘴硬而已,没想到啊……哈哈……"

乔宝琳嘴上的笑已经挂不住了,其实一开始她真只是想要听听八卦凑个热闹的,可是醉了的人是看不懂脸色的,神经被酒精麻痹,都不知自己说了什么,自然也看不出她愈加虚假的笑容。

而且这个故事本来就不够动人,其中一个主人公还是她的丈夫,她真是有点笑不出来了。

其间方游谦一直想要让那人闭嘴,可那人酒精上头,乔宝琳也绷不住面子一样让那人继续说下去,于是最后便一发不可收拾了。

那人讲得口干舌燥,好不容易才停下。

乔宝琳进行收尾工作:"如果真是这样的话,那也不怪你们会误会了。"

"就是啊!不过你看,张茵月今天也来了,就坐在那桌呢。"

那人伸手一指,乔宝琳一望,就看到了故事的另一位主人公。

刚才乔宝琳只知道那桌坐了个温婉美人,也没仔细观察过,此刻定睛一看,也忍不住感叹是真的很美。

清纯又柔软的美。

头发黑浓,脸蛋白净,五官大方,尤其是那双眼睛,充满柔情,像是含着一汪柔柔的春水。

凑巧,张茵月也朝乔宝琳这里看过来,撞上视线的那一瞬间,两人皆是一愣,但也同时在下一秒对对方露出友好的笑容。

美女的这个笑容几乎赶走了乔宝琳心头的阴霾,她被美得晕乎乎的,但还是在对上方游谦的眼神时冷下脸来——她可以给美女面子,但是方游谦……还是省省吧。

整场婚礼,乔宝琳跟张茵月都没说上话,只是在好几次对视的时候递给对方一个笑容。

乔宝琳是没办法对美女甩脸色的,就算心里硌硬,也只会找方游谦麻烦。而且那时候刚结婚,她其实并不在意方游谦的过去,自己和他的结合也只是一场意外而已。她并不想插手管教他的过去的,那些暧昧旖旎的事她听了也当作八卦,笑笑就过去了,没在私底下和方游谦探究过。

只是在结婚的几年后,两人一起去参加方游谦大学同学的婚礼,在婚礼现场又碰见了张茵月。

乔宝琳当时已经是一位母亲了,张茵月却和几年前一样美,花朵一般清纯柔软。

她跟张茵月没说上话,却在上厕所回来后看见张茵月坐在她的座位上对着方游谦温柔地笑,两人似乎在聊些有趣的话题。

她站定脚步,盯着二人看了一会儿后,突然明白了方游谦的舍友为什么会把这两人组成一对。

他们郎才女貌,看起来都很安静温婉,也都是聪明人的模样,甚至连笑起来时嘴角的弧度都是一样的……

乔宝琳突然觉得上前破坏这和谐的画面是一件不大厚道的事,在原地站了一会儿,打算等张茵月走了再上前,但方游谦突然抬起头,像是找人一样四周环顾。

就这样,她这副呆愣愣的模样撞进了他的眼里。

他看向她,见她只是站在原地,疑惑地皱了皱眉。

乔宝琳只能装作什么事都没发生一样地靠近。

张茵月见她来了便起身,对她露出一个温柔的笑容后就离开了。

可乔宝琳这次却没之前那般无所谓。她坐到椅子上,张茵月上一秒才刚离开,她觉得不大舒服,鼻尖也萦绕着一股张茵月的香味,虽然清淡,却让人无法忽视。

她扭头看了看方游谦,他依旧是那副平静的模样。

他瞥她一眼,问:"喝点汤吗?"

乔宝琳摇摇头,什么话都没说。

本以为这个闷葫芦不会发现乔宝琳别扭的情绪,可当天晚上在她关了灯准备睡觉的时候,方游谦却站在床边低声问:"怎么了?"

乔宝琳翻了个身,不想看他,装傻道:"什么?"

"……因为张茵月吗?"

乔宝琳没想到方游谦会一言点出问题的关键,可她还是嘴硬:"没有啊,说什么呢?"

方游谦在她身后轻轻叹了口气。

乔宝琳此刻情绪敏感,五官都变得十分敏锐。她的脑中是张茵月柔软美丽的笑容,鼻尖是张茵月那股勾人的清香,耳边又是方游谦无奈的叹息声,陡然,身体里那股火燃了起来。

她起身问他:"叹什么气?"

方游谦静静看着她,并不说话。

乔宝琳最恨他这样，总是将她的火挑起来后却又冷处理，什么话都不说。

"为什么叹气？觉得我无理取闹？"她像机关枪一样往外吐出尖锐的话，"见到老同学了，又心动了？"

方游谦一愣，总是波澜不惊的眼神也在此刻晃得厉害。

乔宝琳正在气头上，见他被她说得动容，语气更不友善了："想要离婚？你说出来就行，你说出来，我不会打扰你追求新生活的！"

乔宝琳说得脸都红了，就是要逼着他说话。

她瞪着方游谦，见他的眉头紧紧皱起，靠近他："你说啊，你到底在想什么？"

方游谦看着她，呼吸越发沉重。

乔宝琳几乎崩溃："你说话啊！"

这句话说完，他低头猛地靠近她，黑亮的眸子一下子撞进了她的眼里。

方游谦的声音哑得可怕："我在想，你能不能别说了……"

乔宝琳见他突然靠近，心脏霎时间缩紧，却没想到等来的是这么一句话，那股火烧得更旺了。她正要发作的时候，方游谦却伸手握住她的下巴，重重地吻了下来。

他很少这般强势主动，微凉的唇却不容拒绝，真像是要用这个吻封住她的嘴。

乔宝琳大脑彻底宕机，连身体都在这一瞬间愣住。反应过来后，她用力地推方游谦想要逃脱，可他追得紧，她一撤退他就凑上来，最后还搂着她的腰不让她再动。

方游谦亲得又凶又狠，一副恨不得将她吞下去的模样。

乔宝琳被他吻得全身酥软，眼眶不知不觉间盈湿，慢慢失去了反抗的力气。

不知过了多久，她愤怒的情绪终于消歇，方游谦攻势强悍的吻也软了下来。

他舔着她湿润的唇，用脸蹭过她湿润的眼角，声音轻轻的："我没想什么，就想吻你。"

03. 占有欲

乔宝琳没被这样的甜言蜜语迷晕脑袋,也没被方游谦的美色所迷惑,心跳虽然有些快,但他们结婚几年了,她自然还是能在此刻把握住理智的——问题没有解决,她才不会被吻得晕乎乎的就当什么事都没发生过。

方游谦说话时也不放过她,他们的额头依旧抵在一起,湿热的气息洒在她的脸上,她痒极了,也觉得热,可他揽着她的腰不让她逃。

她索性不再折腾,看着他的眼睛,依旧刻薄地问:"是不想让我再说了,所以这样堵我的嘴吗?"

她声音很低,但两人都听得清楚。

方游谦已经习惯她这样的"挑刺"了,波澜不惊地应对——放在她背上的手慢慢往上爬,摸到她的脖颈,轻轻揉捏了一下。

"不是。"说着,他又亲了亲她那张柔软却又能吐出刻薄言语的唇。

乔宝琳看着他湿亮的眸子,故意戳着他的痛点:"不觉得我无理取闹吗?想离婚吗?"

他眸色一沉,低头咬她……呼吸交缠之间,乔宝琳听见了他的回答:"不想。"

她的心因为这两个字又变沉了一些。

最后两人分开的时候,身上都出了点汗。

这么"扭打"宣泄一番后,乔宝琳的心情有所好转,可看着身旁已经恢复平时那副死鱼样的方游谦,她还是忍不住调侃:"听说你们暧昧四年。"

她记仇,几年前听到的八卦现在又翻出来讲。

方游谦准备休息了,声音轻轻的:"他们乱说的。"

乔宝琳反驳:"说不定当局者迷呢。那可是四年,又不是四天。"

方游谦随口说道:"那我跟你都二十几年了。"

乔宝琳微微一怔,随后又嗤之以鼻:"少来,我跟你可没搞暧昧,要不是方知扬,我现在还指不定在哪里潇洒呢!"

方游谦转身关灯,沉默了一会儿才说:"但他就是出现了。"

而且现在正在隔壁儿童房睡得安稳。

黑暗中，乔宝琳感觉到方游谦已经躺下。

以为对话就这样结束了，可是空气安静了一会儿后，她又听见他低低的声音，像是在打着商量："我们就这样过下去吧。"

乔宝琳在昏暗中愣了一下，迟疑了一会儿，最后还是没给出回应。

但她明白，在自己的潜意识里，她已经将自己的余生和方游谦、方知扬捆绑了，已经接受甚至开始享受着这样平淡却又充斥着温馨的日常。

之后的事实证明，他们这一家虽然开始得莫名，相处得也不是很太平，可最后还是和和美美的，只是……老了之后的方游谦却还要最后气她一次，记得所有人，却忘了她。

当然，这也都是些后话。

回忆到这里，乔宝琳开始怀疑自己的记忆是否出现了偏差，其实两人之间也发生过许多有趣令人啼笑皆非的事，是否是因为最后闹得不够愉快，她才这样选择性地忘记了她和他那些甚至称得上是美好的过去？

窗外一行人并没看见她，继续往前走着。

夏天的风吹过他们，带起轻盈和柔软的少年气息，就只是这么看着，乔宝琳都能感觉到他们之间的和谐气氛。

余衍晴拿着饮料走过来，也看到了窗外的人，以为乔宝琳没发现，提醒道："方游谦。"

乔宝琳淡淡地说："看到了。"

余衍晴："不打个招呼？"

乔宝琳皱眉看向余衍晴："你不觉得有点尴尬吗？人家跟新同学一起吃饭，我们两个人挤过去凑什么热闹？"

余衍晴认真点头，嘴角却不合时宜地上扬。

乔宝琳觉得心累，不想说话了。

刚才这段回忆之旅让她心中五味杂陈，遥远的记忆和眼前的人对上号，她突然意识到，接下来的方游谦和张茵月应该会像他们同学说的那样，玩着不近不远的暧昧游戏。

虽然方游谦总是不承认，说那些都只是同学的错觉，可那些客观发生过的事肯定不是假的。

张茵月会继续在方游谦刻板寡淡的大学生活里画上浓墨重彩的一笔。

时间不早了,两人喝着奶茶又走了一段路就各回各的学校了。

乔宝琳回到宿舍后跟三位舍友聊了一会儿天,就准备睡了。

但可能是新环境的缘故,她没办法像往常一样躺下就睡了,半夜辗转反侧了许久都没睡着,一失眠就又爱胡思乱想,脑子里自动循环播放刚才在学生街见到的景象——张茵月侧头对着方游谦温柔地笑。

越想脑子就越发热,身体一热,便更加睡不着了。

夜已经深了,只有舍友均匀的呼吸声陪伴着她。

乔宝琳让自己冷静下来,接着就在安静的黑夜中分析自己这样焦躁的原因。她已经活了七十年,对于剖析自己这件事当然得心应手。

最后得出的结论是,她因为张茵月的存在而产生了危机感。

虽然重来了,她和方游谦还不是夫妻,方知扬也还未存在,可她还是下意识将他当作自己的丈夫,当作她的私有物,于是便生出这样浮躁焦虑。

虽然很不想承认,但事实就是她对方游谦有着并不算弱的占有欲。

她也不清楚是不是她还未将自己的身份转换过来,只是她的确会在意方游谦身边有了别的女性……

承认了这样不大光明的想法后,她反倒好受了一些。

他们因为一个新生命而缔结了最深的关系,跳过了许多步骤,直接到了最亲密的位置。他们都不知所措,但也在懵懂茫然中接受对方,两人的关系也因为方知扬的到来而缓和。

乔宝琳坚信他们之间有着浓厚的亲情,因为打打闹闹几十年,也没想过和对方分开……

但这并不是因为爱情,只是在履行婚姻的契约罢了。

在这段婚姻中,她是那个暴躁又无理的恶人,方游谦则温润又包容。她虽然总把离婚挂在嘴上,却从没考虑过这样的问题,而他却一言不发就把她忘了,还只忘了她。

这依旧是她不能忍受的。

04. 唯一败笔

也许是因为睡前想得太多，乔宝琳做梦都摆脱不了上辈子的记忆。她梦见了她和方游谦荒唐的那一夜。

说来离奇又老套，连现在的言情小说都不写这样的剧情了，可他们就是这样扯上关系的。

那时候乔宝琳刚从国外回来，担心她待在国外不再回来的付青和乔国阳一开始松了一大口气，可还没过多久，付青就开始催促她去找个对象。

"这都二十五岁了，可以先谈一个呀。"

"不是才二十五岁嘛。"

"你就先找个谈谈，我也没催你结婚生孩子什么的，这种事当然要循序渐进，你妈妈我懂得的……但你知道？妈妈有个朋友的女儿前几个月生了对龙凤胎。"付青嘴上说着循序渐进，话里话外却都在暗示。

乔宝琳自动过滤掉那些无用的信息，懒懒地反驳："这是说谈就能谈的？"

付青没忍住骂她："那你倒是出去找啊！整天在家里待着能找得到吗？"

"我就想缓一会儿，先吃吃国内甜甜的西瓜，看看电视。我这才回来几天啊，就从荣归故里的小公主变成没人要的懒鬼了？"

付青见她激动，担心惹起她的反叛心理，缓了语气："好好好，吃完该吃的西瓜，就多出去逛逛。你以前不是怎么都闲不住吗？现在怎么这么宅啊？"

乔宝琳烦躁地放下西瓜，上楼去了，还没走两步就又被付青喊住："瓜没吃完也要收拾啊！"

乔宝琳觉得付青就是被那些老太闺蜜逼急了，中年妇女总是闲着没事做，哪里都想要比较，以前爱比孩子，现在连孙子孙女都要拿出来比……

而且她还没考虑过恋爱的事，此时自由自在的状态很是舒服——她有些朋友谈了恋爱后总是被男友管束着，不能做这事不能做那事，嘴上冠冕堂皇说是在为她们考虑，却忽视了她们最基本的意愿，剥夺了她们的自由。

乔宝琳最恐惧的就是失去自由。

她答应付青会考虑找找也只是权宜之计。

不知是不是小时候童话故事看多了,她总觉得带着目的相处的感情绝对不可能会是真爱。她最憧憬的爱情形式是一见钟情,一眼就认定对方是生命中的王子,这样才能称得上是"真爱"。

可事实总是不如愿,她在国外的确对几个男生有过那种"一见钟情"的感觉,甚至也和几个男生继续接触过,但只要稍微一了解,她就会发现对方和她想象中的并不一样,最后她都会得出性格不合的结论。因此她对爱情的态度逐渐也从"憧憬渴望"变成"可有可无",再之后索性就很难心动了,连一见钟情的能力都几乎消失了。

本着"宁缺毋滥"的原则,她对此并不着急。

只是付青似乎看不下去她这副懒散的模样了。

有一天,乔宝琳的高中同学来家里找她叙旧,两人聊了一下午,最后那同学要走的时候提起过几天高中班级办同学聚会的事。

乔宝琳高考完就出国了,自然从没参加过高中同学聚会,除了高中时比较熟稔的那几人,其他的她几乎已经记不清了。

"我不去。"

"可以去看看嘛,叙叙旧,其实我们这几年也提起过你。"

"……省省吧,我们几个熟的私底下约约不就行了?你知道我年纪大了之后就没有以前那么多精力了,没办法像以前那么社交了。"

同学见乔宝琳执着,也没再说什么。

可在一旁偷听的付青却突然插进来说话:"去啊!"

乔宝琳皱眉看向付青,付青笑得温柔殷勤:"去呗,叙叙旧嘛,整天宅在家里做什么啊?"

乔宝琳担心付青接下来又给她摆脸色,只能先答应下来,反正和老同学吃个饭又不会少块肉。

聚会的地点在市里最高级的酒店,那晚乔宝琳稍微打扮了一番,在付青赞赏的眼光下出了门。

几十个人的聚会,班委开了五桌,乔宝琳和相熟的同学坐在一起,一个晚上下来，聊了不少，兴起的时候还总是喝酒。

一顿饭下来，她也不知道喝了多少。

付青打电话来的时候，她还算清醒，但有些疲累，就跟付青报备自己今晚可能就不回去了，打算直接在酒店里住一晚，明天再回。

付青让她少喝一点。

乔宝琳嗯嗯几声答应，然后在挂了电话后又抬头猛干一杯。

之后她就有些晕了，朋友将她送到酒店的房间后就离开了。

她躺下没一会儿，突然想起自己那个有些小贵的手包似乎丢在宴席上了，挣扎半天后，她又摇摇晃晃起来，下楼找到手包之后又上楼，到了房间门口却发现自己忘拿房卡出来了。

她没办法进门了。

想再下楼一趟，可脑袋又因为醉酒而隐隐作痛，最后她索性破罐子破摔，打算坐在房间门口休息一会儿，等舒服点了再去找酒店的人处理。

可没坐一会儿，她就睡着了。

这一层并没有什么人，周围环境安静，她睡着不久后又被冻醒了，只能起身去找前台。

夜已经很深了，她打算坐电梯下楼，电梯门一开，里面已经站着一个人了，那人西装革履，一副精英的模样。

她没看他的脸便低头进了电梯。

电梯运行期间，身边那人却似乎在频频看她。

她侧过一点头，也偷偷看了他一眼。这人戴着眼镜，身材挺拔，五官精致，气质也出众。

不知是不是因为喝了酒，她的神经处于兴奋的状态，这么看了一眼后，她竟又觉得自己一见钟情了。

心跳频率有些不同寻常。

她眯起眼睛，忍不住又多看了几眼，觉得这人真有些眼熟。

嗯……可能是上辈子见过？

还没等她继续发散思绪，那人却抓住她偷窥的眼神，踌躇片刻，喊道："乔宝琳？"

声音低低的，带着一股独有的淡漠之意。

男人一开口，乔宝琳就彻底想起来了。

这仪表堂堂的男人不就是她五彩斑斓的青春期中唯一的败笔方游谦吗？

05. 他诚恳地吻了她

"方游谦……"乔宝琳迟疑开口。

方游谦依旧是那副木头脸，轻轻地"嗯"了一声。

乔宝琳按了按自己的太阳穴："……好巧。"但她并没有和他叙旧的想法，这电梯又慢又闷，她难受得有些想吐了。

方游谦见她不舒服，唇动了动，刚想说些什么，电梯门就开了。

乔宝琳率先走出去，方游谦就跟在她身后，她边走边解释："我房卡落在房间里了。"

方游谦皱眉："你住哪一间？"

乔宝琳脚步一顿，站在原地缓了一会儿，回答："……忘了。"

方游谦盯着她看了一会儿，提议："我先给你重新开一间吧。"

脑袋里像是在抽筋，乔宝琳不想再折腾了："行，谢谢。"

她在旁边的沙发上坐了一会儿，坐着就有点困了，昏昏欲睡期间，她眯着眼睛，看到方游谦朝她走来，忍不住嘀咕了一声："好帅。"

不过这声赞叹是没被方游谦听见的。

电梯上升的时候，乔宝琳强撑着精神又和他聊了几句。

方游谦问："你什么时候回来的？"

"就前几周……你搬家了，所以不知道。"

方游谦一家在她出国的那几年里搬家了，她回来后随口问过付青，但付青只是随口带过。

说起来，付青之前还跟她提了一嘴方游谦——"游谦现在可出息了，公司开得很大，我上次和他碰过一面，真是一表人才……"

方游谦听此沉默了一会儿，淡淡说："嗯，我们是搬家了。"

两人稍显无趣的叙旧就这样结束，乔宝琳累得不行，没再说话。

方游谦把她送到酒店的卧室里后就出去了，她一沾上床就睡着了，可过了没多久，她又被尿憋醒。

从厕所出来后，她依旧晕乎乎的，觉得口渴，便赤着脚走出卧室，

133

可客厅的灯是开着的，书桌那里还坐着一个人。

那人似乎在工作，专心致志的，并没有发现她的存在。

此刻周围没有一点声响，空气似乎都慢了下来。

乔宝琳就这样安静地看着他的侧脸。

他眼镜的边框在灯下反射出冷光，她稍微眯了眯眼，那种口干舌燥的感觉越发明显，甚至连脑袋都有些发热了。

坐在不远处的人突然转头，就这样直直地撞上她的眼神，两人的呼吸都是一滞。

乔宝琳的眼神依旧柔软倾慕，方游谦的声音突然哑得不像话："怎么了？"

"热。"乔宝琳开口。

他起身走近，想进卧室，可她堵在门口，又不肯挪动身体，他微微一顿，稍微侧了个身才过去。

乔宝琳的意识正在被蒸烤，名为"理智"的神经正在慢慢融化，她盯着他的背影看，卧室里没开灯，微弱的灯光透进来，照亮他的轮廓。

他在昏暗中转身看她，声音轻轻的："我把温度调低了。"

乔宝琳并不知道自己到底想要做什么，只是想要靠近他，再靠他近一点，看清他的脸。

她的确也这么做了，不断地靠近方游谦，直到两人之间只剩下半米的距离。

她盯着他看，能感觉到他陡然紧张的情绪，可越是这样，她便越兴奋——她忘记眼前这个人是与她在青春期交恶的方游谦，只知道自己对他一见钟情了，只能感受到他对她极大的吸引力。

她在昏暗的光线下看他，发现他镜片下的眼睛又亮又湿，还晃得厉害。

心在这样无声却又极致暧昧的气氛中融化，跟着一起化成水的还有她的理智。

她眨眨眼，眼神挪到他的唇上。

那唇紧张得几乎抿成了一条线，落在她眼里，却十分有魅力，克制又性感。

她伸手去碰方游谦的脸，他僵住，并没有躲开，真像是一块木头一样站在那里。

终于贴上,她体会到了指腹下皮肉的颤动。

这像是兴奋剂一样刺激着她的神经,血液在身体里翻腾,恨不得立刻就将他占为己有。

但她忍住了,还礼貌地低声询问:"可以……再近些吗?"

男人几乎硬成木头,他伸手抓住她的手腕,一开始是轻轻柔柔的,却又在不自觉间忍不住加大了力度。

他温热的掌心让乔宝琳身体里的那团火烧得更旺,她抬眼看他,露出一点羞赧的笑意。

男人呼吸加快,神情变得古怪,内心在撕扯一样——他在犹豫。

乔宝琳这时候倒懂得看眼色,不想让他有考虑的机会,直接凑到他的怀里,用滚烫的脸蹭他裸露在空气中的皮肤。

湿热的唇擦过他的脖颈,看见他的喉结颤动,抬头又瞧见他晦暗却已经岌岌可危的眼神……

突然,他低头吻上她的眼睛。

微凉的唇盖在眼皮上,乔宝琳的心一沉。

她似乎听见了他不甚清晰的嘀咕声。

"我爱你。"

乔宝琳觉得在此情此景下,这样的情话的确能提高两人的兴致,于是也伸手捧着他的脸,像是在说什么秘密一样小声道:"我也是。"

男人有点僵硬地问:"……什么?"

"爱你。"其实她都很清楚他是谁了,只是觉得眼前的男人疯狂地吸引着她。

方游谦看着乔宝琳意乱情迷的绯红脸颊,慢慢地将唇往下挪——

他诚恳地吻了她。

乔宝琳那颗紧缩的心又慢慢舒展开,身心都得到了满足。

之后的事发生得理所当然,期间也有过许多插曲,她只记得那一夜并不太平,方游谦很笨拙。但具体发生过什么,她的记忆却有些模糊,可她清晰记得那副令她着迷的眼镜——

那东西贴在她的腿心,又硬又冰冷,她呜咽着踢了他一脚,他才后知后觉地将它脱了。

闹到后半夜,乔宝琳才睡去,但也没睡熟,只是浅浅睡着。

两人虽然刚做完最亲密的事,却也不习惯和对方贴在一起睡,不管是迷糊的人,还是清醒的人,都守着自己的一点阵地。

乔宝琳觉得有点冷,伸手想要去拿遥控器调温度,却被身边那人抓住手腕。

她迷迷糊糊睁眼看他。

床头灯开着,他脑后的光柔和得过分,他的眼神也朦朦胧胧的,和这样的夜晚很相配。

她嘤咛一声,让他松手。

他没松开,只是顺着手腕摸到她的手,握住。

"怎么了?"他的声音哑哑的,却不像睡着了的模样。

乔宝琳说:"有点冷。"

她的意思是让他把空调温度调高点,却没想到那人直接将她揽到了怀里。

她觉得不应该是这样的,却也懒得计较了。

因为这里的确挺暖和。

06. 你怎么翻垃圾桶啊!

第二天,乔宝琳一醒来,酸痛的身体就在告诉她,她昨晚的确经历了一场兵荒马乱。

迷迷糊糊睁眼看到身边睡着的那人的脸时,她又猛地清醒过来。

酒醒了之后,她不像昨晚那般脸盲,一眼就知道身边这人就是方游谦。

入眼皆是赤裸裸的皮肉。

她僵了一会儿,大概知道发生了些什么。

酒后乱性原来是真的。

她懊悔不已,闭上眼睛,却依稀记起昨晚心脏的悸动和皮肤的潮湿滚烫。

她逼着自己忘记这些余韵,开始思索处理方式。

说实话,如果对方是个陌生人,她应该都没有此刻彷徨。

谁能想到自己会跟青春期交恶的人上床啊?

而且她和方游谦已经好长一段时间没交流过了,她不知他还是不是以前那副古板的闷性子,如果还是的话……她可真是要头大了——她其实最担心的就是他醒来之后对她说出那些要对她负责的话。

她可以理解他的想法,却也最恐惧这样的捆绑。

睡了就睡了,她并不需要他负责,虽然这一场露水情缘会让两人本就不够和谐的关系更加奇怪,但都是成年人了,偶尔出格任性一次,也不是什么大罪过吧?

这么想着,她便觉得好受了些。

她起身准备找自己的衣服,却没在自己的那一侧找到,正打算扭过头再找的时候,眼前出现了一只手——

修长的手指挑着细细的内衣带子。

乔宝琳脸一热,伸手夺了回来,还不忘说一句"谢谢"。

匆匆穿好衣服之后,她才有空看向床上的人。

方游谦已经完全醒了,却依旧一句话都没说,只是静静地看着她。

乔宝琳下床,整理了一下自己的头发,确认自己已经足够正经之后才对他说:"昨晚麻烦了。"

方游谦依旧盯着她看,那张嘴就像是粘上了一样,什么话都不肯说,看起来倒像是她欺负了他。

乔宝琳挑挑眉,无奈地问:"你怎么想的?"

"你呢?"方游谦起身,终于说话了,声音有点哑。

乔宝琳等的就是他这句话。

他一说完,她就把刚才在心中演示了几遍的话吐了出来:"就是睡了一觉而已,不用说负责什么的。当时我们都同意了,就没事。"见方游谦没什么表情,她又添了一句,"这种事蛮常见的,我们享受当下就行了。"

方游谦盯着乔宝琳看了一会儿,在她以为他要反驳的时候,轻声说:"好。"

"那就当什么都没发生过,祝你事业有成。"说完这句话,乔宝琳走出卧室,临走前还记得拿走自己的昂贵手包。

酒店房间的门在身后关上,乔宝琳一直挺着的腰陡然塌下,瞬间没了刚才昂首挺胸的气魄。她重重吐了口气,懊恼地骂了句脏话后,

137

一边揉着自己的腰背,一边往前走了。

乔宝琳回去后,付青问她昨晚在哪里睡的。
她如临大敌,警惕地问:"问这个干吗?"
付青被她陡然提高的音量吓了一跳:"问问啊,昨晚不是说在酒店吗?"
"就是在酒店。"
"那就说在酒店好了,至于发这么大火啊?"
乔宝琳没再说话,又在心里狠狠骂了方游谦一顿。

不过方游谦倒是真的说到做到,真当什么都没发生过一样,之后的一段时间,乔宝琳除了偶尔听见父母谈起他,真的完全没再听过他的消息,让她觉得那夜就像没发生过一样。

他真没来打扰她,而且就像她祝福的那样,他的事业节节高了。
一开始,乔宝琳还会想起那夜的荒唐,但几周之后,方游谦在她脑中出现的频率大大降低,就在她几乎快要忘记这件事的时候,老天爷在她脑袋上狠狠敲了一棒——
她怀孕了。
肚子里的孩子并不怎么乖,乔宝琳那段时间吐得厉害,一开始只以为是肠胃问题,可是连带着月经都迟到后,她便开始思索"中奖"的可能性。
她虽然不记得那晚具体的小细节了,但她始终不相信方游谦那么正直古板的闷葫芦会不做措施。
他这个人虽然闷,但人品还是不错的。
于是她并没有对任何人声张自己的特殊情况,只是买了验孕棒,然后,验孕棒就在她的眼皮底下变成了两条杠……
活了二十五年,她的确没想过如果发生这种事应该怎么处理,脑子一下子变得空白,盯着那象征着生命的两条红线看了一会儿,又低头看向自己的肚子,明明平坦,却正在孕育着一个新生命。
意识到这一点之后,一种复杂的感觉袭上她的大脑,浑身都泛起阵阵酥麻。

可也只是一会儿,她就从孕育生命的这种奇妙感觉中脱离,回归现实,思索着应该怎么处理眼下的状况。

她从厕所出来的时候,正好被付青撞见。

付青见她脸色奇怪,问道:"你怎么了?"

乔宝琳皱眉,强自镇定:"没事啊。"

"最近在忙什么?不出门找对象就算了,怎么也不出去工作?"

乔宝琳恼得不行:"不是说几遍了吗?过几天就去我朋友的公司上班了。"

回国前她就找好了工作的地方,是朋友的一个公司,和她的专业正好匹配,她也觉得满意。她回来之后,这朋友还很体贴地给了她几个月的假期,想让她在国内适应适应再去上班。

她自然感激,也接受了这样的人性化安排,只是付青一直在她耳边念叨,急得厉害。

付青嘀嘀咕咕:"又发脾气……"

乔宝琳回房间后,预约了一个妇产科门诊,出门的时候,乔国阳又问她这是要去哪里。

乔宝琳很敏感,僵着身体:"约了朋友出门逛逛。"

付青在一边问:"不会是觉得我烦,所以出门避避吧?"

乔宝琳哼哼两声,出门了。

拿到报告的那一刻,乔宝琳说不上有多惊讶,只是那种奇妙的感觉再次出现,她也莫名觉得肚子里有动静。

医生见她出神地盯着肚子,笑着说:"不会这么快就有动静的,心理作用而已。"

乔宝琳扯扯嘴角,道谢后出去了。

她拿着报告,在走廊上茫然走着的时候,付青突然给她打电话。

她没心情接,可付青就继续打第二个,手机振个不停,她最终还是整理了心情,接起电话。

一接通,付青就在那头大喊:"你怀孕了?"

乔宝琳一愣:"你怎么翻垃圾桶啊?"

07. 装什么纯情少男啊!

付青也一愣,反驳道:"不是我翻的,你爸爸去倒垃圾的时候发现的,他差点以为我高龄怀二胎!"

乔宝琳笑不出来了,付青也安静了。

话题又回到孩子身上。

沉默了几秒之后,乔宝琳说:"意外。"

付青:"我就知道……你身边都没个异性,哪来的孩子?"

乔宝琳不知该说什么,只能轻轻叹气。

得知乔宝琳在医院后,付青很紧张,着急地喊她回来,似乎担心她当场就把孩子流了。

"这么大的事你都不用跟父母商量一下啊?先回来,我们好好聊一聊。"

乔宝琳哪能不知道付青打的算盘,这外孙来之不易,付青哪这么容易放过她?

但她也不可能在今天就直接把孩子打了。

她没那么冲动,对未来的规划尚不明确,而且她还在考虑要不要让方游谦知道这件事。

乔宝琳回家之后,付青和乔国阳都不敢惹她,见她臭着脸,两人甚至大气都不敢出。

等乔宝琳在沙发上坐好,准备长谈了,付青才出声问道:"怎么回事?"

乔宝琳把包里的检查报告拿出来:"就是意外怀孕了。"

"什么时候啊?"付青始终想不出乔宝琳能够怀孕的时间,她整天在家里待着,连朋友都很少见,哪有空去怀孕啊?

陡然,付青想起什么:"跟高中同学的?"

她这么一说,乔宝琳就又想起方游谦那张木头脸了,厌烦地开口:"这不是重点。"

"怎么不是?"付青反驳,"那你是怎么想的?"

乔宝琳说:"不是打掉就是留下来,但我更倾向于打掉。"

总是沉默的乔国阳也忍不住说话了:"为什么?"

"因为我才二十五,因为我下周就要去上班了,没人欢迎这个孩子,他的到来会打乱我的所有节奏。"乔宝琳冷冷地陈述着事实。

付青激动:"谁说没人欢迎这个孩子?我和你爸很欢迎啊,还有你的那些叔叔阿姨,哪一个不是盼着小孩出生的?还有啊,孩子的爸爸呢?你就知道他不欢迎这个孩子了?"

乔宝琳看着付青情绪高涨的模样,突然觉得可笑:"那你是要我跟孩子他爸结婚吗?"

"……如果是这样,当然最好。"

"他条件很差,又穷又丑,连话都不会好好说。"

付青一愣,沉默了。

乔宝琳突然体会到了点恶作剧的快乐,原来这样在方游谦背后说他坏话会让她这么开心。

"那也得约出来把话说清楚吧?"付青没了刚才激昂的模样。

"要是他缠着我呢?硬要让我跟他结婚呢?我的下半生不就完了?"乔宝琳毫不犹豫地说出能轻而易举就让付青恐惧的话。

付青果然沉默,乔国阳也没再说话。

最终,两人妥协了:"你怎么想的?"

乔宝琳情绪恹恹的:"还没想好,给我一点时间。"

父母不再说话了。

乔宝琳准备上楼休息了,上楼前,对他们说:"我已经是成年人,会决定好自己的事的。"

她不想让付青和乔国阳插手,虽然她在表面上十分抗拒,但父母的情绪的确会影响她,也会在无意识间左右她的想法。

她是想考虑清楚后独自做出决定,毕竟之后承受这个结果的人也只有她自己。

但好几天过去,她还是没想好要怎么处理肚子里的生命,也在纠结着要不要通知方游谦这件事。

虽然他有权利知道孩子的存在,而且她也想怒骂一顿他为什么不做措施,但是一想到她要和方游谦正经地聊这些事,她便觉得别扭惶恐。

她一直想逃避方游谦,老天爷却跟她开了这么一个玩笑。

付青整日都在观察乔宝琳，担心她一个冲动直接去医院流产。

乔宝琳有时也会被母亲这样小心翼翼的模样逗笑，正经地放下话："放心，如果我要流掉的话，一定会让你带我去的。"

她并没有勇气自己去完成这件事，甚至在脑中演练那样的过程时都会脚底发麻。

于是这件事就一直这样拖着，直到她去公司入职了，都没做出最终的决定。

朋友们自然不知道她怀孕了，给她安排了不少活。

乔宝琳虽然有这个能力，但因为肚子里的孩子并不安分，她时常会有乏力腿软的疲倦感，也时常在厕所里呕吐。

最终，在某一个夏日的午后，她没撑住，在工位上晕倒了。

被送去医院的途中，她迷迷糊糊醒来过一次，睁眼就是付青着急的脸。

她皱皱眉，哑声问付青："流掉了？"

付青说："你别胡思乱想，你平安就好。"

之后付青又碎碎叨叨了些什么，乔宝琳的意识又变得有些涣散，回了她几句以后就陷入了沉睡。

她醒来的时候，病房里除了她，还有一个意料之外的人。

那人依旧人模人样，只是上身的衬衫有点皱了，头发也有些乱，没戴眼镜，和高中的时候有点像。

他就坐在她床边的椅子上，见她醒了，紧张起来："怎么样？"

乔宝琳反问："你怎么在这里？"

方游谦："阿姨喊我来的。"

乔宝琳有点晕："为什么喊你来？她人呢？"

"和叔叔回去给你收拾东西了。"

乔宝琳依旧虚弱，想要问问孩子的事，却碍于他的存在而又闭口。

方游谦见她躲避的意思很明显，沉默了一会儿，哑着嗓子问："所以……孩子？"

乔宝琳吓了一跳，猛地想起了在来医院途中她和付青说的话。那时她有点迷糊了，竟然把孩子的爸爸都说了出来。

乔宝琳："让方游谦过来……"

付青一愣，着急道："干吗让他来啊？"

乔宝琳迷迷糊糊地嘟囔："是他的孩子。"

回过神，乔宝琳看向方游谦，想要从他的表情中悟出他的意思。但他没什么表情，除了一开始见她醒过来有点紧张，和平常没什么两样。

这么一对比，她便很生气。

郁闷的情绪在胸腔中发酵，多日来因精神压力和生理不适积攒的情绪在这一刻一起爆发。

她盯着方游谦："孩子？我还想问你呢，你怎么不做措施啊？你倒是轻轻松松，穿上裤子就走了，我呢？"

方游谦微怔，似乎是被她骂得说不出话来。

在这样严肃又充满火药味的氛围中，乔宝琳发现方游谦的耳朵不合时宜地变红了。

"装什么纯情少男啊！"她气得说话都不利索了，说完一句得咳好几声。

第七章
一步步朝他走近

01. 她通知的第一个人是方游谦

见乔宝琳咳嗽，方游谦急忙给她倒水。

乔宝琳才不会跟自己的身体过不去，不客气地接过杯子。

低头饮水的时候，她听见方游谦问："你不记得了？"

乔宝琳一口水都没喝完，又抬头看他："什么意思？我需要记着什么吗？"

方游谦微微皱眉，迟疑了一会儿才低声对她说："我做措施了。"像是不好意思一样，他将这句话说得很小声。

乔宝琳微微一愣："你确定？"

方游谦看了她几秒，之后一本正经地说："是你帮我……你不记得了？"

他的声音不大，甚至很严肃，一点不带旖旎的气氛，可乔宝琳还是觉得耳边似乎有炸弹炸开了。

她警觉地环顾四周，确定没人之后，咬咬牙："胡说什么呢？"

方游谦面不改色，静静地看着她："你不记得了……但是是真的。"

乔宝琳依旧觉得荒唐混乱，可就在他说完这样的话后，脑中便突然闪过昏暗模糊又暧昧潮湿的破碎片段，她甚至还想起她因为这事骂他的那一句"连这个都不会"……

他说的是真的，但……

"那他是怎么回事？"她看向自己的肚子。

方游谦也把视线投到她的小腹上："可能中间出了什么差错。"

"漏网之鱼？"她问。

方游谦眉头锁着："虽然概率很小，但的确有这种可能。"

两人并探究不出什么原因，最后只能将过错归咎于酒店里的避孕套上。

解决完孩子的来历之后，他们需要继续讨论孩子的未来。

空气很安静，两人都沉默着不说话。

方游谦难得先开口："怎么不跟我说？"

乔宝琳望向他，看着他依旧平静的双眸，老实交代："我还没考虑好，而且我担心你会缠着我。"

方游谦的心一紧，抿着唇，见她神情认真严肃，微微撇开自己的眼神。

"包括今天，我也不是故意要喊你来的，只不过正好被我妈知道了而已。"

乔宝琳顿了顿，继续说："但被她知道那个对象是你之后，我觉得会更加麻烦。"

她说完话，空气又安静下来。

方游谦低着头，微微弯着腰，一言不发。

乔宝琳也觉得郁闷，大脑更是混乱，就算方游谦在她面前，她还是没办法直接决定孩子的归宿。

她意识到，自己是舍不得孩子的，却也无法坚定地选择。

她自私又博爱，不断在这两者之间横跳。

"对不起。"方游谦终于抬头，看向她，"我不知道你在承受着这些，你说当没发生，我就没再找你……"

"孩子虽然是我们的，但你做什么选择我都会支持你。如果你不要他，我会一直照顾你，直到你身体恢复。"

"如果……如果你想要留下他，我也会尽到一个父亲的责任。"

说最后一句话时，他的声音明显变小，似乎也觉得这样的提议不可能被接受。

乔宝琳听完，觉得方游谦考虑得还算周到，给了她自由决定的权利，一点都不打算干涉她。

还没等她说话，他又补充了一句："我不会缠着你。"

乔宝琳一时语塞，觉得他似乎误会了，思忖片刻还是纠正道："我的意思不是你很迷恋我，我只是怕你思想古板，硬要把孩子留下，还想着对我负责之类的……这样我会很苦恼。"

但事实是，方游谦并不是这样的，而是将事情处理得完美，给了她比想象中更多的自由。

方游谦沉默了一会儿，最后说："不会的。"

乔宝琳毫不矫情地道歉："对不起，那是我误会你了。"

之后两人又安静地待了一会儿。

乔宝琳觉得方游谦在身边，她拘谨得无法动弹，便劝他先走："我爸妈快来了，你也别跟他们打招呼了，赶紧走，我嫌吵。"

方游谦很听话地起身，离开之前似乎在门口回头看了她几眼。

乔宝琳脑子乱，转了身，没跟他告别，只留了个冷酷的背影给他。

听到身后的门开了又关的声音后，她那颗心总算是安定下来。

她在床上躺了一会儿，突然有些嘴馋，想吃点甜的，担心付青来了之后不让她碰那些乱七八糟的零食，便行动力极强地起身。

可她一出门就看到了坐在走廊尽头长椅上的人。

方游谦没走，只是安静地坐在椅子上，佝偻着腰，低着头，看起来似乎十分苦恼。

他看起来很不开心。

但为什么呢？

他在苦恼什么？也为这个孩子的到来而彷徨惶恐吗？

站在原地看了一会儿方游谦的模样，乔宝琳嗜甜的欲望消退，将鞋底在地上蹭了两下后，又无声地转身回到病房。

付青和乔国阳来的时候，见病房里只剩她一个人，问她方游谦去哪里了。

乔宝琳轻描淡写道："我让他先走了。"

付青一凛："走了？"

她看了一眼乔宝琳的脸色之后，踌躇着问："你们商量出什么来没有？"

乔宝琳语气淡淡："还没有,他就是说看我,打掉他也没意见。"

付青脸色更加难看了："你们商量着要打掉啊？"

乔宝琳故意不说话,付青着急了："其实不着急打掉啊,妈妈觉得我们两家知根知底的,游谦各方面条件也都可以,人品,还有样貌,都是比较出众的。最关键的是……你们俩有缘分,你说这个孩子是个意外,那就是老天爷赐给你们的孩子。"

付青见乔宝琳的脸色越来越僵,声音渐渐放低："不然你们再考虑考虑？"

"考虑什么？把他生下来,然后我当单亲妈妈吗？"

付青声音一提："那怎么行？你们得结婚。"

乔宝琳彻底愣住了："什么馊主意！"

付青就知道乔宝琳会是这种反应,担心她抗拒会适得其反,只好说："反正我和你爸都是这么想的,结婚了之后,你有了家,孩子也可以顺利诞生,可以有爸有妈的,为什么要他做单亲家庭的孩子呢？"

乔宝琳依旧觉得这样的想法离谱,先不说她是嫁还是不嫁,方游谦也从没提起过这样的意愿。

一厢情愿的长辈让她觉得有些失语。

当然,她始终无法把自己和方游谦挂钩在一起,更无法想象两人结婚的这件事。

她铁青着脸,没有说话。

付青和乔国阳担心乔宝琳情绪有问题,便没再多说,将在家里做的营养粥和汤都盛出来给她喝。

在医院休息了两天之后,乔宝琳出院回家。

二老不敢再提这件事,可时间一天天过去,乔宝琳知道无法继续逃避,再这样荒废时间下去,她便没有选择的权利了。

公司的朋友知道她怀孕后都来关心她,有经验的同事还体贴地送上许多育儿方法、孕期食谱、胎教方法、月子中心,甚至还有月嫂的联系方式,她们都一齐发送给她。

老板很体谅地让她放心在家中休息,还通知她可以产后再回来上班,那个工位会一直给她留着。

乔宝琳疑惑，似乎周围的所有人都觉得她会把孩子生下来。

和相熟的朋友提起这样的疑虑后，朋友解释："你不觉得你周围的人都已经准备迎接孩子的到来了吗？工作方面、家庭方面，还有你的经济能力也足够，甚至你的年龄都是最适合生育的年纪。"

如果是刚怀上的时候听到这样的话，乔宝琳会觉得愤怒，也会毫不留情地质疑，提出为何没人注重她的意愿的疑问，但可能是因为和肚子里的人相处得久了，她将自己尖锐的刺收了起来，不再暴躁易怒。

而且，比起孩子的出生，朋友一定是更希望她能健康快乐。

其实朋友说的这些话，她也不止一次想过。

很多个无法入眠的夜晚，她都在纠结着。

但她夜里做下的决定会在白天被推翻，白天的想法又会在夜里被否认。

她矛盾又复杂，似乎是因为这个决定对她来说过于重大，涉及的也是一条鲜活的生命，她需要再严谨斟酌。

她甚至做梦都会梦见肚子里那未出生的孩子，冥冥之中，他们的牵绊越来越深了。她也从一开始无所谓的态度慢慢开始重视，意识到自己似乎已经在潜意识中接受了孩子的存在，那个天平也在不知不觉间往另一边倾斜了。

孕育生命的确是个奇妙的过程，她能感受到母子之间的羁绊，甚至已经舍不得去断开这样的联系了。

终于，在一个阳光柔和的午后，她做下了决定。

她通知的第一个人是方游谦。

02. 又老又闷

乔宝琳打开久违的聊天对话框，两人几年没通过互联网联系了，她甚至不知道方游谦是否还在使用这个微信号。

乔宝琳：有空聊聊吗？

将这句话成功发送出去后，她莫名变得紧张。

其实她一直踌躇的一部分原因是方游谦。在她的潜意识中，两人在青春期闹得并不好看，但他们并没有去解决这样的争端，只是将过往埋在土里，眼不见为净，好像不去联系、不去回忆，便想不起这样的事。

尽管过去好几年了,她依旧觉得别扭,甚至不自觉地想要去回避。

但如今,他们因为荒唐的一夜重新缔结关系,她必须硬着头皮去和他心平气和地讨论,她当然惶恐、纠结、担心。

她本以为方游谦需要过一段时间才能回复,但几乎是几秒之后,他就回消息同意了。

两人定了地点,决定半小时后碰面。

乔宝琳看着眼前的方游谦。

几日不见,他似乎憔悴不少,但依旧穿着得体,戴着眼镜,一丝不苟。

他问她:"身体怎么样?"

乔宝琳点点头:"在家里休息,还行。"

结束这个话题之后,两人又安静下来。

乔宝琳在思忖着如何说出自己的决定,方游谦则是惴惴不安地等着她的话。

乔宝琳尽量将语气放得轻松:"我决定顺其自然。"

对面的方游谦一动不动,听完这话也只是静静地看着她。

乔宝琳想从他的脸上看出他的情绪,最终在他的眼睛里找到了一点蛛丝马迹——他的眸子微微晃动,眉头也轻挑了一下,似乎是没想到她会做出这样的决定。

"嗯,就是通知你一下,然后希望你能像你说的那样,做好当一个父亲的准备,抚养孩子的一切费用我们都平摊。"

之后的交谈还算顺利,方游谦总是应和,乔宝琳慢慢没那么紧张后,方游谦却突然抛出一个炸弹。

他眼神紧紧锁在乔宝琳脸上,在无意间对她释放着淡淡的压迫气息,声音很低,语气严肃:"如果你觉得可以的话,我们结婚吧。"

乔宝琳觉得他疯了,却不知这是他第一次不顾一切的出格。

她皱着眉,不假思索地说:"可我们没有爱情。"

方游谦突然愣住,眼神也陡然不再凌厉,看了她几秒之后,声音变得沙哑:"婚姻并不一定需要爱情,我们……只是为了孩子。"

"但那样的关系对你我来说都是枷锁。"乔宝琳认真和他探讨着,"我不知道你会不会去考虑这样的问题,但以后如果你和我都碰见了心动的人,我们要怎么办?"

方游谦很快回答:"我不会。"

乔宝琳心一紧:"为什么这么肯定?"

方游谦想了想,认真地说:"我天生对此没有向往,并且,之后也不会,我的规划只有工作。"

尽管他说自己对爱情没有向往,之后也不会有这方面的考虑,乔宝琳却依旧觉得此刻的这些承诺并没有任何用处。

而且她只是自私地在考虑自己,她担心婚姻之后会成为她的枷锁。

她沉默着,一副为难的样子。

方游谦似乎看出了她的疑虑,继续说:"我会给你绝对的自由,随时随地,只要你想,我们就可以结束关系。"

乔宝琳一愣,思考之后觉得这笔买卖对于她来说只赚不赔。

她不怀疑方游谦的人品,相信他说出来的话一定能做到。

于是她说:"……我考虑考虑吧。"

方游谦望着她,点头:"好。"

回到家后,乔宝琳将留下孩子的决定告诉了父母,他们高兴得合不拢嘴。

付青喜气洋洋地跟乔国阳说:"上次经过的那家母婴店,那套宝宝服我当时就应该拿下来的!"

乔国阳则憧憬着未来:"我要培养我的宝贝外孙钓鱼。"

看着父母你一言我一语的开心模样,乔宝琳心想:这个决定真的值得这么多人开心吗?

解决完这件事后,她又开始考虑方游谦说的结婚的提议,思考了几天之后,她答应了。

付青知道这个消息后,惊喜得说不出话来,但也很快就镇定下来,和乔国阳对视了一眼之后,对乔宝琳认真地说:"放心,爸爸妈妈永远都是你的靠山,不管是孩子还是婚姻,我们都一直站在你的身后。"

乔宝琳听完这话,陡然觉得未知的未来似乎也不是那么可怕了。

亲情、友情，还有肚子里的小玩意儿，都会支撑着她走下去，她坚信自己会有同样精彩的人生。

只是……她需要和方游谦缔结婚姻关系。

不过他给她的自由，也足够她飞翔了。

她觉得自己很幸运，周围的所有人都在支持她，因此她少了许多烦恼，也能够全身心地准备孩子的降临。

一直到七十岁，她都不后悔当初做的决定，甚至在某些时刻庆幸自己勇敢了那么一次。

她的一生依旧如同想象那般自由多彩。

这期间唯一的变数只有一个——她本以为她和方游谦只是暂时地搭伙过日子，却没想到两人就这样迷迷糊糊地凑合了一辈子。

七十岁的时候回想起两人这段目的不够纯粹、始于契约、充斥着摩擦和争吵却又相安无事几十年的婚姻，她总会觉得奇妙。

时间就这么过去了，她的一生也即将这么过去，她居然一辈子都没碰见那个能让她当机立断抛弃婚姻的人。不过她也在心中暗自庆幸着，如果那个人真的出现了，她可能还是会舍不得丢下那个又老又闷的方游谦。

虽然她总说他们这对夫妻绝情又冷血，会毫不犹豫地选择对自己有利的选项，但在日复一日的相处中，他们之间已经产生了一种超乎爱情的关联，是亲情也是友情，更是一种心照不宣的陪伴。

她到晚年都没什么遗憾，平淡又轻松地等待着自己生命的结束。可方游谦就是这样倒胃口记仇，偏偏要在最后一刻才对她这些年来的刁钻和无理取闹做出反击——他记得所有人，却独独忘了她。

她也想理解方游谦，可她又想到他在清醒的时候总是沉默，闭着嘴一个人胡思乱想，只有在得了病的时候才会表露出自己的真实想法。

她已经七十岁了，并不想再和他和解，于是大咧咧地揣了包裹要逃离，谁知这一逃竟逃到十八岁来，重新碰见他，却还是忍不住将眼光放在他身上。

甚至在许多瞬间，她依旧将他当作自己的枕边人，她一开始是有意识地去避免这样的想法的，可是不知不觉间，她竟对他又存了些难以启齿的占有欲。

她愿意承认这样不光明的心思，也代表了她有去改变自己的想法——她相信自己会处理好这样奇怪的情绪。

03. 李曲

虽然这是乔宝琳第二次上大学了，但她的大学生活依旧繁忙，跟所有的大学生一样，忙着适应。

舍友知道她玩心重，出去玩什么都会叫上她一起，她每次都会欣然答应，将一天的时间安排得满满的。她像个陀螺一样在各种各样的环境里旋转着，班级班会、社团招聘、课外活动，以及各式各样的新鲜校外活动。

外向开朗的性格加上明艳的外貌，让她轻易就能吸引同学们的目光，她发挥着自己的社交能力，在开学的前几周就认识了不少有趣的新朋友。

社交圈被新的人填满，她沉溺在一种全新的丰沛的情感网中，觉得自己进入了一种新环境，周围的人和情感给了她一种新的体验。

她甚至在私底下庆幸自己没了多余的精力和心思去回忆和方游谦的那些陈年往事了。

虽然认识了很多新人，但她依旧跟旧朋友保持着联系，除了方游谦。不过她不找他，他也很识相地消失在她的生活中。

对于自己那难以启齿的占有欲，她纠结过几天，依旧无法说服自己去直接面对。她努力想要摆脱上辈子带给她的影响，此刻新生活已经在眼前了，她自然只能选择逃避。

可是乔宝琳每天跟余衍晴聊天的时候，余衍晴还是会无意地传递一些关于方游谦的事。乔宝琳每次听到他的名字就想打断，可是话到了嘴边却又说不出口，只能沉默着听余衍晴把话说完，然后不咸不淡地"哦"一声，以此来表示对他无聊生活的敷衍问候。

大一新生的生活都是忙碌的，乔宝琳这个"回锅肉"都有些手忙脚乱，余衍晴和方游谦更是。他俩没有那么多社交类的活动，而是将这些时间都用在了泡图书馆提高自己。就这样，脱离了高中老师高精度、高密度掌控的他们有了自己的时间，在宽松的大学新环境中探索着，逐渐找到了对自己重要的东西，并且将时间花在上面。

有人报复式地放纵玩耍，有人沉湎于交友或者爱好，也有人肩负着同龄人没有的责任，正为自己未来的平坦道路而努力。

乔宝琳只是为了开心。

重来一次，她的目的仅此而已。

时间就这样转瞬即逝，大一上学期过去一半了。

大概是期中的时候，乔宝琳约着余衍晴一起去学生街看一场滑板比赛。

余衍晴知道乔宝琳对滑板感兴趣，调侃地随口问了一句："你要参加啊？"

乔宝琳摇头："是我朋友。"

参加滑板比赛的是李曲。

两人一开始只是同班同学，后来乔宝琳在滑板社团的第一次见面会上也看见了李曲。

他个子高，滑板技术也高超，几乎能在板子上跳舞，腾空而起的时候，板子像粘在他的脚底一样，听话极了。

之后问了才知道，他之前参加过很多滑板比赛，还拿了许多奖回来，社团里的学长学姐也总爱跟他交流。

乔宝琳本以为李曲这样的人物该是很骄傲高冷的，但出乎意料的是，他对初学者们非常耐心，大家问什么问题，他都会认真地回答。

加上他人长得帅，滑板社还没聚会几次，乔宝琳便觉得周围都是女生偷偷讨论他的声音了，但他却像是习惯了，没什么表情。

乔宝琳跟李曲逐渐熟悉后，才发现他不像外表那么冷淡，而是对朋友很仗义，也会在自己熟悉的领域热心地为他人提供帮助。

她还发现他爱好广泛，平时喜欢出去运动锻炼，两人约了几次清晨去爬学校旁边的山，相处过程很融洽。

她从他的身上获得了不少能量，也学习到了许多。两人共同爱好多，相见恨晚一样，之后总是会约着一起去滑滑板或者爬山。

这次滑板比赛，李曲兴致勃勃地参加，还邀请乔宝琳到现场去看他拿金牌。

乔宝琳自然答应，顺便还喊上了埋头学习了两个月的余衍晴。

比赛的场地就在两所大学中间的学生街，人流量很大。

比赛方宣传力度很大，参加比赛的人多，来看热闹的观众更多，还没到比赛时间，比赛现场就被围得水泄不通。

乔宝琳拉着余衍晴在外圈站了好一会儿才勉强挤进前几排，幸运的是李曲正好在这时候上场。

余衍晴看不懂比赛规则，只是看完李曲行云流水的全程表演后，对乔宝琳说："你朋友这么厉害啊？"

乔宝琳耸耸肩："就是这么优秀。"

李曲下场的时候从她们面前走过，乔宝琳伸手给他递了一瓶水。

他看到她后很惊喜："刚才没看见你，以为你不来了。"

"你的观众太多，我们挤不进来。"乔宝琳拍起马屁很是熟练。

李曲像是已经习惯了，笑着应承下来，和余衍晴打过招呼后便先离开了。

余衍晴看着李曲逐渐远去的背影，问乔宝琳："你们很熟啊？"

"嗯，我们俩的爱好挺像的，他人也很好。"

余衍晴看了一眼乔宝琳，见乔宝琳没再将眼神停留在李曲身上后，也讪讪收回视线。

又看了几个人的表演之后，余衍晴状似无意地问乔宝琳："你这两个月有和方游谦联系吗？"

乍一听这三个字，乔宝琳的心猛地一跳，然后尘封了许久被她刻意忽略的一些情绪又从心房底部翻涌上来。她忽然觉得周围人太多，空气都有点稀薄了，大脑也像是忽然烧起来一样。

经历过这些反常的反应后，她躲开余衍晴的视线，冷静地说："没有啊。"

乔宝琳等着余衍晴接下来的话，可之后余衍晴又安静了，像只是兴起随口问了这么一句而已，并不打算继续说些关于方游谦的事。

乔宝琳过了好一会儿才扭头看余衍晴，她表情正常，根本就没意识到她刚才那随意的一句话让乔宝琳的心脏玩了一趟过山车。

乔宝琳忍了再忍，最后还是没忍住："怎么了？"

余衍晴疑惑。

"为什么好好的说起他？"

余衍晴挑挑眉："就是突然想起来。"

顿了顿之后，她又说："他可能也在这里呢，今晚这里这么热闹，我们班好多同学都来了。"

乔宝琳"嗯嗯"两声就敷衍了，装作不以为意，却还是时不时探头看看周围。找不到和方游谦高度相似的人之后，她失落又庆幸。

比赛很快就到了尾声，比赛结果是直接在现场宣布的，直接颁发前三名的奖牌和奖励。

乔宝琳不免替李曲感到紧张，她自然觉得他有拿第一名的实力，可是其他选手也不是吃素的，比赛结果还是会和评委的喜好有关系。

候选人在台上站成一排，乔宝琳拉着余衍晴挤到第一排，两边的LED大屏幕上正在进行直播，镜头扫过一个个选手紧张的脸。

观众的反应也能在侧面彰显出他们的人气和获奖的概率。

李曲是呼声最高的人，不知是因为他的长相，还是他杰出的技术，抑或两者都有。

评委似乎也懂得要听取观众的意见——冠军的确是李曲。

主持人在热烈的掌声中将金牌递给他，他对着台下鞠躬，然后突然跳下领奖台。

摄影机跟着他移动的身躯，两侧的屏幕上是他兴奋喜悦的侧脸。

观众看到他笑着将那个奖牌戴到了一个女孩儿的脱子上。

女孩五官明艳，笑起来的模样更是讨喜。

她惊喜地挑眉，然后给了冠军一个拥抱。

观众爆发出巨大的起哄声，引起了一小阵骚动。

没在看比赛的路人都被屏幕上的景象吸引，包括站在观众群外的方游谦。

04. 他们还没方知扬大

方游谦今晚本不想出门，舍友却硬把他拉了出来。

"今晚学生街有滑板比赛，听说有很多大神来参赛，我们这一片的学校有很多学生报名，我们学院也有几个，就去凑凑热闹呗。"

方游谦听到"这一片的学校"这几个字后才打起精神，沉默了一会儿后起身。

他本来打算直接出门的，却被舍友提醒："好不容易出去一趟，不穿得精神点？晚上肯定热闹，漂亮女孩也多。"

另外一个舍友打断："你管好自己吧！他长成这样，随便穿穿都能吸睛一片，你先把你这件破洞的T恤换下来行吗？"

"你懂什么啊？这是时尚。"

"再破一点，别人会以为你是乞丐。"

"欠揍是不是啊？"

方游谦看着他们吵，坐在椅子上沉吟了一会儿，还是起身去换了一件新衣服。

四个大男人一起出去，路程本就不近，一到学生街上，其中一个肚子饿得受不了先去吃饭了，一个急着去看滑板比赛，还有一个突然收到暧昧对象的短信赶紧赶往约会地点……

方游谦还没走两步，回头一看，人全不见了。

他有点蒙，都不知自己是怎么被骗到这里的。

今晚学生街上的人的确很多，周边的店铺里挤满了人，狭窄的路上也布满了小而精致的路边摊，成群结队的大学生们在小摊前挑选自己感兴趣的物品，窸窸窣窣地和朋友讨论着什么。

他站在原地，不断有人和他擦肩而过，鼻尖飘过一阵阵香气，欢声笑语从耳边迅速滑走。

他僵硬着，缓了一会儿才退到路边。

入学后，他一直在学习，大一的课程很满，公共课和专业课几乎占据了他全部的时间，每天都过得充实。他们只有周末的时候能做点自己感兴趣的事，有人忙着恋爱，有人去旅游，有人就只是躺着睡觉，他则喜欢和同学约着打几场游戏或者打打篮球流点汗。

自开学那天和班级同学一起出来吃过饭后，今天是他第一次出门逛街，而且是被人带出来的，可那几个人此刻没了影子。

滑板比赛的场地就在前面的广场，他抬头望过去，似乎已经到了高潮时刻。

将场地围得水泄不通的观众时不时爆发出一阵阵欢呼，主持人的声音传到他的耳边时已经有些模糊了，但他还是听清了"第一名"这样的词句，"李曲"两个字也传进他的耳朵里。

他抬眼看向屏幕，看清了第一名的长相——头发微长，五官凌厉，身材瘦削却有力。

李曲露出自在的笑容,对着观众鞠躬之后,又猛地从台上跳下来。

摄像头一转,屏幕上出现女孩儿的笑脸。

方游谦呼吸一滞,没想到乔宝琳会出现在这里,看到李曲将奖牌挂到她脖子上时,他那颗因为她的出现而狂跳的心脏又猛地缩了缩。

乔宝琳激动地拥抱了李曲,眉眼间都是喜悦。

方游谦站在原地,下意识地抬头去观众中寻找她,却无法从乌泱泱的人群中找到她。

他突然泛起一种强烈的无力感。

乔宝琳又有新的生活了。

她和她的新朋友站在聚光灯下,和所有人分享自己的愉悦。

而他只能在灯照不到的地方看着她的笑容。

主持人笑着调侃了两人几句,屏幕上的两人才后知后觉地察觉到羞赧的情绪。

余衍晴在一边看得眼睛都直了,李曲离开之后,她扭头看乔宝琳:"他把这送你了?"

"我们约定好了,他要是赢了就送我,但我没想到他让我出了这么大的风头。"乔宝琳的脸还是很红,不知是因为激动还是害羞,泛着喜悦的柔光。

她低头看着奖牌,爱不释手地抚摸着。

周围的观众也偷偷打量着乔宝琳,小声猜测:"女朋友啊?"

乔宝琳听到了,扭头笑着否认:"我和他只是朋友而已。"

比赛结束后,观众们三三两两散开。

那些相熟的比赛选手赛后是要聚餐的,李曲过来通知了乔宝琳一声就离开了。

余衍晴盯着他的背影看了好一会儿,被乔宝琳提醒才回过神。

"你一直看他,不是因为对他有意思吧?周临知道不得发疯?"

"胡说什么啊!我就是好奇而已。"

"好奇什么?"

"你跟他什么关系?"余衍晴认真地问。

"朋友啊。"

"……之后呢？"余衍晴有些迟疑。

"想什么呢你！"乔宝琳大概知道余衍晴的意思了，觉得余衍晴想多了。

"……我就随便问问。"余衍晴很快转开话题，"那你在大学没碰见喜欢的男生吗？"

乔宝琳不假思索地摇头。

她是真没这方面的想法，虽然的确有几位还不错的男生，但她已经七十岁了，对这些小毛孩根本提不起兴趣，觉得他们太过跳脱。她可以把他们当朋友，却绝对无法和他们一起度过余生。

他们还没方知扬大……

余衍晴见她摇头摇得快速，挑了挑眉，没再说什么。

两人又逛了一会儿，决定回去。

刚和余衍晴分开，乔宝琳就收到了李曲的消息，他说他聚会结束了，问乔宝琳要不要和他一起回学校。

她答应下来。

她在去找李曲的途中经过一家餐馆。比起周围的餐厅，这家餐馆人气低迷，室内没什么人，室外更是空荡。但偏偏有人就是喜欢这样安静的地方，甚至特地在室外找了个最角落的位置，昏暗又狭小。

方游谦静静地坐在那里，望着某一处出神，不知在想什么。

乔宝琳也觉得奇怪，她怎么能一眼就看到方游谦呢？

不过几个月没见，他比暑假的时候瘦了一些，虽然五官看起来更加明显了，却增添了几分萎靡的气质，看起来很是忧郁。偏偏他长得帅，虽然坐在昏暗的角落里，和这热闹喧嚣的街区格格不入，却又让人忍不住多看他几眼。

乔宝琳就看了这么一眼，的确走不动道了。

她也不知自己在想些什么，只是这脚是真的怎么都迈不出去了。

他们称不上久别重逢，最多只是两个月没联系，但她就是觉得身体里有一股气正慢慢涌上大脑。

像是几年没见一样，那种情绪汹涌又复杂。

虽然她很忙，但总会在忙碌的间隙想起方游谦，那种感觉并不好受,心痒痒的,大脑也会蓦然发热,等她反应过来着急想要去压下的时候,成效却不是很大。

奇怪的是,她做梦的时候总会想起上辈子的事,可在清醒时,脑中的方游谦却是年轻的,回忆的也都是重来之后的相处细节——他在机构给人讲题的模样、闷闷抽烟的模样,还有那枝她送他的向日葵,不知他最后将它放到哪里去了……

她的嘴角总是不由自主地上扬,然后便开始感慨,上辈子的她的确错过了太多和方游谦的回忆。

意识到这样的情绪后,她又会如临大敌一样压下自己的嘴角,兀自平缓心跳。

一开始只是回忆而已,但不久之后,她就会不由自主地去埋怨,气他忘了她。两人的学校离得这般近,他却从不来找她。如果是其他朋友的话,她可能会直接对对方表明自己的失落,甚至用一些不痛不痒的玩笑去调侃。

可对方是方游谦,她莫名说不出自己的真实想法,只想忍着,绷着心里的那条线,一点都不想低头。

但此刻,看着就在不远处的他,她突然觉得其实也没有必要和他计较。

他看起来这么落魄孤独,过得肯定没她好。

她心里很不是滋味。

于是她朝他走过去。

方游谦瞥见乔宝琳后,陡然收起了那副颓丧的姿态,身体僵硬得厉害,像是被吓到了。

乔宝琳露出点得逞的笑容,然后一步步朝他走近,最后坐到了他身边。

05.青梅竹马

方游谦看着突然在身边落座的乔宝琳,手脚都僵硬了。

干燥的唇动了动,他率先开口:"好巧。"

乔宝琳也觉得巧,轻轻答应了一声,上下打量了他一遍之后,问:"怎么样?"

问的是他在大学里过得如何。

方游谦不动声色地挺直腰背,低头看了看自己的模样,微微皱眉,说:"……还好。"

乔宝琳瘪瘪嘴,不怎么相信的样子。

两人之间的气氛古怪,但他们早已习惯了——他们一直都是这样奇怪的,横亘着并未解释清楚的矛盾,不是交心状态,可毕竟两人陪伴着对方一起长大,自然比普通朋友更亲近。

乔宝琳说:"可是你看起来瘦了很多。"

方游谦下意识地摸了摸自己的脸,没有说话。

乔宝琳又讪讪道:"我妈老是给我打电话,问我你怎么样了,我说……"她盯着方游谦的脸,"我说,方游谦又不跟我联系。"

都已经面对面了,她不想再憋着了,于是用这种迂回的方法表达自己的不满。

方游谦听懂了,但他明显不知该怎么招架,望向她的眼神晃了晃,抓着手机的手指都微微收紧。

两人沉默着对视了一会儿后,他说:"有点忙。"

他在撒谎,他只是不知道在乔宝琳没有允许的情况下,应该怎么走进她的生活。

他对所有人都是谨慎的,对她更是,担心自己的举动会惹得她不开心。

如果她没给他明确的指示,他便不会前进。

乔宝琳听完他这扯淡敷衍的理由,耸耸肩:"我也是。"

方游谦转开眼神,想起刚才看到的那幕,想了想,又抬眼看向她:"忙着学习吗?"

乔宝琳掰着手指数:"上课,交朋友,学技能,还有出去玩……"

他了然,她的生活如他想象般精彩,的确没有时间分给他。

可下一秒,他就听见她说:"但也是有时间和老朋友叙叙旧的。"

他看向她,她正用那双很亮的眼睛盯着他,眼神轻佻,带着淡淡的指责和调侃。

他在她这样的视线下变得紧张,一动不动,嗓子莫名发痒:"对不起……"

除了这样的话,他不知还能说些什么,可虽然两人聊的话题严肃,但他的情绪却因为她表达出来的"需要他"而愉悦。

他在她心里并不是那样轻飘飘毫无存在感的,她也想和他叙旧。

乔宝琳已经习惯了方游谦这样毫无怨言的道歉,而且……她的心情的确因为他这样一句道歉而好上许多。

他们看着对方,起初别扭又尖锐的情绪慢慢软化,堵在二人之间的那点矛盾似乎被刚才吹来的那阵风带走了。

周围那种发霉一般的陈旧空气都像是换过一遍,夏夜晚风吹走他们的忧虑,带来新的情绪。

就在这时,乔宝琳的手机突然振了起来。

她低头一看,是李曲的电话。她猛然想起刚才和李曲的约定,看了方游谦一眼后,她着急地接起。

方游谦也捕捉到了屏幕上的"李曲"二字,沉默着看向乔宝琳。

"啊,我刚才在路上碰见了朋友,就忘了这件事……嗯嗯,抱歉啊,不然你和你朋友回去吧?嗯……我自己回去……嗯嗯,拜拜。"

挂了电话之后,她看向方游谦,解释道:"是我朋友,刚才约了一起回去,碰见你就忘了这件事。"

方游谦看了一眼时间:"有点晚了,回去吧?"

乔宝琳点头,站起来后,盯着方游谦,提议道:"送我回去?"

方游谦微愣,之后又迅速反应道:"好。"

两人并肩走在路上的时候,方游谦似乎总是在低头看她挂在脖子上晃晃悠悠的奖牌。

乔宝琳直接拿给方游谦看,刚想介绍这是李曲给她的时候,方游谦率先说:"你朋友给的,我看到了。"

乔宝琳惊讶:"你在现场?"

"在屏幕上看到的,你朋友很厉害。"

乔宝琳自豪:"的确。"

"他把奖牌送你了?"

"嗯。"乔宝琳应完这声后才发现方游谦问的这话和刚才余衍晴问的没什么两样。

她侧头看他的脸。

虽然方游谦没在看她，脸上也没有余衍晴那样迟疑猜测的表情，可她还是想解释一下。

"但我跟他不是什么暧昧关系，就只是朋友而已。"

方游谦眉尾几不可见地抽搐一下，淡淡地"嗯"了一声。

两人有一搭没一搭地聊着，气氛称不上热络，但对他们来说也算是舒适。

上辈子两人结婚后的独处时间也差不多是这样的气氛，偶尔说一两句话，空气安静了也不会觉得尴尬。

终于到了校门口，乔宝琳正打算和方游谦告别，却碰见了自己的舍友。

王忻琦身穿睡衣，脚踩拖鞋，一手提着在门口切好的西瓜，一手拿着刚买的扫把，一双眼睛灵活地在乔宝琳和方游谦之间转悠。

其实王忻琦刚才远远就看到乔宝琳了，本想大声喊乔宝琳过来帮忙拿扫把，却在看到乔宝琳身边的男生时闭了嘴。

等乔宝琳慢慢走近，发现两人之间气氛暧昧之后更是不敢声张，她明显感觉到乔宝琳在面对这个男生时的不一样。

乔宝琳虽然有很多异性朋友，但面对那些朋友时的状态总是松弛的。乔宝琳只是喜欢和他们玩而已，甚至很多时候还会说那些朋友有些幼稚。

王忻琦能感觉到乔宝琳在面对眼前这个男生时身上散发出的那种不一样的气息，至少……乔宝琳没再仅仅把眼前的这个男生当作玩伴。

不远处两人的脸上都带着若隐若现的笑容，氛围是恰到好处的和谐暧昧。

王忻琦不敢去打断，只能拿着扫把和西瓜在一边偷偷看着，被蚊子叮了都不敢动手打死，担心发出动静惊了面前的这对璧人。

她本想再观察一会儿，但乔宝琳突然回头，一眼就看到了她。

她只能讪讪上前，把新买的扫把递给乔宝琳，装作凑巧碰见的模样："好巧啊，刚买的。"

乔宝琳接过扫把，和方游谦告别。

方游谦点点头，慢慢往后退了两步才转身离开。

· 162 ·

乔宝琳见王忻琦盯着方游谦的背影不肯挪开视线，着急地把她喊回神："想什么呢？"

"好帅啊！不是我们学校的？"王忻琦眼神暧昧。

"……不是。"乔宝琳拿着扫把，又看了看王忻琦提着的西瓜，下意识地转移话题，"哪里买的？"

"就门口啊。"王忻琦才没那么容易被忽悠，又将话题重新绕回到方游谦身上，"你们是朋友？怎么认识的？"

见王忻琦求知欲强烈，乔宝琳思索片刻，还是将能说的都主动交代了，当然……掩去了自己已经七十岁的事实。

"青梅竹马啊？"

乔宝琳轻声敷衍："嗯嗯……"

她懒得再澄清，而且这四个字用在他们俩身上似乎也没问题。

王忻琦低声嘟囔："怪不得看不上我们学校的……根本不是一个量级的。"

乔宝琳听清了王忻琦的话，直接拿着扫把往她屁股上拍了一下。

"啊！你发疯啊？"

"我看你才发疯啊！"

两人打打闹闹，回到宿舍的时候，身上都出了些汗。

乔宝琳刚在空调房里坐下，就看到手机收到了一条新消息。

她瞥过去，是方游谦。

心跳漏了一拍。

她打开手机。

方游谦：我到学校了。

算是在跟她报平安？

乔宝琳盯着那几个字看了一会儿，纠结一番后回复消息。

乔宝琳：我到宿舍了。

想了想，她又补充了一句。

乔宝琳：早点休息，晚安！

06. 承认吧

那天在学生街见过一面后，乔宝琳和方游谦的关系便缓和了许多，虽然依旧称不上亲近,但这就是两人的相处方式,不温不热,偶尔聊一两句,两人都对这样的距离感到满意。

期间,乔宝琳担心那两个书呆子只会读书,便举办过几次三人聚会,喊了两人出来吃饭,交流感情,确保两个书呆子状态健康之后再放他们回去。

她尤其关注方游谦的状况。

余衍晴还有个黏人的周临关心,方游谦性子闷,什么事都往心里藏,她真担心他这大学过得不够顺心,而且付青总是向她打听方游谦的情况。

经过一段时间观察,方游谦的情况并不差,变瘦似乎只是因为食堂的饭菜不够好吃。被乔宝琳说过几次后,他回去真的好好吃饭了,之后见面的时候看起来的确精神许多。

时间过得很快,在他们快要结束第一学期的时候,余衍晴和周临吵了一架,严重到差点分手的程度。

那几天正好是期末周,所有大学生都收起持续了几个月的懈怠状态,不认真的学生准备在这几天狠拼一把,认真的同学则想把绩点拉得再高些。

乔宝琳只知道那几天的余衍晴很忙,醒了就去图书馆占位置,回宿舍洗个澡后倒头就睡,似乎没有多余的时间去放松社交,于是乔宝琳也很识时务地没去打扰。

乔宝琳考试结束得比余衍晴早一些,她考完的时候余衍晴还剩下两科,于是她也忍着,想着等余衍晴结束后再去联系。

可那天晚上,她却收到了周临的消息,他说他和余衍晴吵了一架,现在余衍晴不接他的电话,他很想了解一下余衍晴现在的状况。

乔宝琳问周临是为什么吵架,他却沉默着避开话题。

察觉到事态严重,乔宝琳也顾不上逼问了,打了电话给余衍晴,可余衍晴并没有马上接通,在她着急地打第三个电话的时候,才听到对方压低的声音:"怎么了?"

乔宝琳一愣,问:"你在哪儿呢?"

余衍晴说:"图书馆。"

乔宝琳疑惑："你在那里干吗？"

余衍晴声音淡淡的："明天还有两科要考。"

乔宝琳担心打扰她就挂断了电话，以为是周临自作多情在发疯，便不打算管这件事。

可周临没过多久就又找来了，问现在余衍晴是什么状况。

乔宝琳：你们真吵架了？

周临：刚刚已经在闹分手了。

乔宝琳第一反应是窃喜，却也不敢表现出来。

她想着刚才余衍晴的反应，决定先稳住周临。

乔宝琳：你先闭嘴吧，别吵她了，给她一点冷静的空间行不行？

周临：我冷静不下来！

乔宝琳：心急吃不了热豆腐。你越烦她，她越讨厌你。

这一句话果然让周临闭了嘴。

乔宝琳整理着思绪，发觉余衍晴在面对这段恋情时其实是冷静的。她头脑清晰，把理智放在首位，没有因为和周临的矛盾而焦躁难耐，现在还在图书馆里用功苦读。

于是乔宝琳疑惑，这样镇定坚韧的余衍晴之后怎么会因为突如其来的意外而决意放弃学业呢？

两小时后，她明白了原因——

余衍晴打电话过来："你有没有时间出来走走？"

乔宝琳问："你明天不考试吗？"

余衍晴那边有呼呼的风声，她的声音依旧冷淡："考，但我学不下去了。"

她冰冷的声音听起来很脆弱，几乎要被风吹散。

乔宝琳听出余衍晴话中的无力和失落。

她这才知道，余衍晴刚才的那些镇定冷淡只是装出来的而已。余衍晴其实和周临一样焦躁，也因为这场争吵而苦恼着。

乔宝琳无声地叹了口气："等我。"

两人在学生街的一家咖啡馆里碰面。

余衍晴神色恹恹的，生理和心理似乎都到了疲惫的状态。

乔宝琳问了才知道，他们吵架只是因为余衍晴拒绝了周临明天见面的提议。

余衍晴并不想让周临的出现打乱自己的复习计划，而许久没和女友见面的周临敏感至极，觉得余衍晴这几日冷落他、不和他见面的原因是在大学里有了新的心仪对象。

周临也知道自己是在无理取闹，他想要以此来换取余衍晴的安慰，但余衍晴并没有那么多精力，周临便情绪激动地说出"分手"这样的字眼。

余衍晴只迟疑了一会儿，就像赌气一样答应了。

双方都知道这并不代表着他们关系的结束，却又都不肯低下头。

两人僵了一会儿之后，周临先着急了，疯狂给她发消息打电话。

可余衍晴乱得不行，脑子被搅得一团糟，根本不想再理他，也不知要跟他说些什么。

乔宝琳问："所以你烦他了？"

余衍晴摇头："我只是不知道该怎么办了。我当然清楚我和他不会就这样结束，我不理他，也只是想要让自己清静些，好好复习……可我还是被影响了。"她的思绪像是被火炙烤着，慢慢地烧干。她什么事都做不下去，浑浑噩噩，一个下午都看不进几个字。

乔宝琳觉得余衍晴的状况没比周临好多少，她思忖片刻，开口问道："所以你是……太爱他了？"

乔宝琳一直都觉得"爱"这个字过于沉重，不应该轻易说出来，在不对的时候说出来，甚至会让人感到滑稽，但此刻除了这个字，她也不知该说些什么了。

余衍晴抬眼看她，总是平静冷淡的眼神微微晃动，然后垂下眸子，算是默认了。

"那你怎么还不接他的电话？"

"……我想要静一静，他也需要静一静。"余衍晴几乎没了力气，声音都轻飘飘的，"我现在很乱，什么事都做不成。"

乔宝琳透过眼前的余衍晴，似乎看到了她未来的影子——为了周临和孩子放弃一切。

乔宝琳突然发现，分开这对情侣似乎已经是不可能完成的事了，余衍晴已经认定了周临，很难从这段感情中脱身。

她心中感慨却又疑惑。

结合自己最近的情况，有些话似乎已经到嘴边了。

她看着眼前女孩失落又烦躁的模样，脑中满是对"爱情"的思考。

片刻后，她还是对余衍晴提出了疑问："你是怎么知道自己爱他的呢？"

乔宝琳虽然已经活了大半辈子，却依旧无法完全理解"爱情"，也可能是因为她没亲身体验过，所以对这个词语理解得并不深刻。她上辈子没正经谈过恋爱，在国外的约会都是草草结束，也没碰见一见钟情的人，因为方知扬便和方游谦缔结了婚姻关系。

她自觉上辈子没体会到何为"爱情"，她和方游谦之间只是友情和亲情的结合，他们只是一起生活，陪伴着对方，共同养育着孩子，经营着一个家庭。偶尔她也见到十分恩爱的夫妻，却生不出艳羡，左右她并不渴望爱情，和方游谦倒也过得去。

她一直都是这么想的，然后就晕晕乎乎地和他过了几十年。

可这次重来，她却体会到一些不一样的情绪，她无法控制自己，大脑失控一般总是想着不该想的人。她似乎也无法继续自欺欺人地说服自己去忽视了，她其实摸到了些许痕迹，却又踌躇着不敢承认。

她知道自己对当时二十五岁的方游谦有占有欲，但眼前的方游谦和二十五岁的方游谦是不一样的，他们之间还没有那段乌龙，她不应该再将那种情绪转移。可是此刻的她已经搞不清楚自己是在对二十五岁的方游谦耿耿于怀，还是对十九岁的方游谦芳心荡漾了。

"就是那样感觉到了……总是想着他，想和他见面，跟他在一起的时候就很开心……"

乔宝琳安静地呼吸着，心却跳得很快，像是身体对她的一种嘲笑——在对她说，承认吧，你就是爱上方游谦了。

"我有个朋友，她有一个男性朋友，两人相处了很久都是平平淡淡的，但是发生了一场意外，她好像就慢慢对那个男性朋友有感觉了……这有可能吗？"

余衍晴皱眉："什么意外？"

乔宝琳不知怎么解释："……算了。"

167

"这我也不知道有没有可能,我觉得如果你爱上了一个人,自己肯定是会知道的,因为……你满脑子都是他。"

余衍晴平静地说着,乔宝琳却觉得自己的大脑在渐渐烧起来。

两人又聊了一会儿才分开。

余衍晴似乎想要等到考试结束后再跟周临和好,乔宝琳也安抚她让她先专心考试,自己会帮忙稳住周临的。

可是分开没多久,乔宝琳就收到了方游谦的消息。

他说周临现在正在他们学校后门的一家烧烤店里喝酒,怎么劝都不肯回去。

方游谦知道周临是来找余衍晴的,想给余衍晴打电话,周临却不肯让他打。

察觉到两人似乎在闹矛盾,方游谦发消息给乔宝琳是想问问他们之间发生了什么,知道原因之后应该会更好解决。

乔宝琳看到消息后,站定在路中间,重重叹了一口气,决定送佛送到西,给方游谦发了消息。

乔宝琳:等我,我过去吧。

第八章
一个装傻，一个充愣

01. 过于幼稚了

周临听了乔宝琳的话，虽然没给余衍晴打电话，却还是无法待在原地什么事都不做，于是他买了车票过来，到了学校附近又不敢打扰余衍晴，只得喊方游谦来接待他。

可是等方游谦来了，周临却又只字不提到底发生了什么，只是埋头喝酒。方游谦拦不住他，也撬不开他的嘴，只能静静陪他坐着。

可方游谦没想到周临的酒品不是很好——他明明醉了却怎么都不肯承认，方游谦想拉他回去休息，反而被他骂了一顿。

方游谦觉得自己搞不定，想联系余衍晴又被周临拦住，无奈之下才找了乔宝琳来解决问题。

乔宝琳来到现场，一眼就看到坐在最角落的桌子边的两人。周临已经喝趴下了，方游谦似乎也有点累了，背影都透着萎靡。

她走上前，用力拍了拍周临的背。周临一下跳起来，看清是乔宝琳后，又收起脸上惊讶的表情，软软地趴了回去。

乔宝琳扭头看方游谦，见他被周临折腾得够呛，问道："你都考完了？"

方游谦摇头。

"那你干吗陪这个疯子玩啊？"她又转头看向周临，骂起人来毫不留情，"让你别打电话给她，你就直接过来了？你这不是让人更加烦你吗？"

周临喝得眼睛都通红了，突然被骂得狗血淋头，他也呛声："我不是没打给她吗？我静悄悄过来不行吗？"

乔宝琳想起刚才余衍晴那失落的模样，心里很不是滋味，一下就戳穿了周临的心思："你这是静悄悄啊？专门跑人家学校后门喝酒，叫了方游谦，又骗了我过来，不就是想见余衍晴吗？就知道给人添麻烦。人没什么本事，心眼倒是挺多。"

乔宝琳活了几十年，骂起人来倒是一骂一个准，两三句话就能让对方面红耳赤。

周临喝了酒之后情绪亢奋，他本就委屈，偏偏乔宝琳说的这些话字字都在戳他的心窝，于是有些恼羞成怒，刚站起来想反驳乔宝琳，眼前就堵上了一座墙。

方游谦横亘在两人之间，往后护着乔宝琳，看向周临的眼神格外凌厉，似乎是在担心他会伤害乔宝琳。

周临见此更气了，情绪上头，憋红了脸，对两人说："你们自己整理清楚了再来管我和余衍晴！"

这话一落地，方游谦和乔宝琳都愣住了。

周临声音大得附近的人都能听见："明明看对眼了，一个装傻，一个充愣，时间是这么浪费的吗？"

乔宝琳站在方游谦身后，并不知道方游谦是什么表情，但看着他的后脑勺和脖颈，猜测他应该是僵住了。

她的心跳也很快，耳边是心脏鼓噪的跳动声，一股燥热从肩背火速蹿上来，整颗脑袋都像是烧起来了。

本来用来应对周临的尖锐眼神在刹那间突然慌乱，甚至不知应该将目光放到哪里。

空气如果安静下来，事情便会变得奇怪——乔宝琳的大脑在短时间内快速转动着，刚想随口说点什么打破这诡异的安静时，挡在她身前的男孩先说话了。

"胡说什么？发酒疯呢？"方游谦的声音中带着少见的愠怒。

周临对上方游谦的眼神，这才惊觉自己有些过分了，发热的大脑慢慢冷静下来。

可是话已经说出来了，而且他自己现在的情况也不是很好，没有精力和心情去解决了。

他望着眼前的两人，重重叹口气，道歉："是我胡说，对不起！"

空气再次安静下来，但气氛并没有好上多少，冰面下的波涛翻腾汹涌。

乔宝琳的背后都浮起虚汗，刚才那股想要捉弄周临替余衍晴出一口气的冲动已经消失得无影无踪，耳边只剩下周临说的那两句话。

三人冷静下来后，一言不发地坐下。

这气氛并不适合开口，于是三人都没动，周临闷闷喝酒，方游谦望着不远处发呆，乔宝琳装作低头玩手机。

等到桌上的酒都被喝完，周临起身："我回去了。"

方游谦回头："你去哪儿？"

"酒店。"周临又看向乔宝琳，"不用告诉她我过来了。"

乔宝琳瘪瘪嘴，她本来就没有这样的意思。

时间不早了，三人本要在路口分开的，可方游谦硬要送乔宝琳回宿舍。

乔宝琳的话和晚上的风一起吹进他的耳朵："不用啊，你不是还有考试吗？"

方游谦没说话，就着夜色看了她一眼后兀自往前走着："没事，不远。"

乔宝琳看着他的后脑勺，默默跟了上去。

两人并肩走着，像从前一样没怎么说话，却都察觉到了和从前不一样的情绪。

吹过的风都带着潮腻、躁动的气息。

他们都因为周临的两句话而别扭，没人提起那两句话，却也没人忘记。

安静地走了一段距离之后，乔宝琳忍不住出声："你觉得他说的装傻是谁？我吗？那你是充愣的？"

这明明是没头没脑的一个问题，方游谦却回答得很迅速："我不知道……"

顿了几秒之后,他又解释道:"他酒后说的胡话,你别放在心上。"

乔宝琳在他看不见的地方瘪嘴。

……很难不放在心上。

路上已经没什么人了,昏黄的路灯下,两人的影子几乎叠在一起,一高一低,同步前进着。

风将她的头发吹起,带来惬意和舒适,心在宁静的此刻极其躁动——只是和方游谦这么并肩走着,她便觉得浮躁兴奋。

经过今晚和余衍晴的谈心以及听到周临的口不择言后,乔宝琳突然觉得自己先前的逃避没有任何用处。

她总是想着先逃开试试,可是不管逃了多久,只要一碰见方游谦,那种憧憬期待却又让她彷徨的情绪就会卷土重来,一点都没淡下过,分毫都没消歇。

脸又在不自觉的时候微微发烫,她低头走着,忍不住将脚步放得再慢些。

不远处突然出现一对情侣,两人手牵着手,甜蜜恩爱。

乔宝琳心痒痒的,想了片刻,扭头看方游谦:"我有个问题。"

方游谦侧头看她一眼,意思是让她说。

乔宝琳:"……你之后会结婚吗?"

方游谦思忖了几秒:"会。"

……他的确会结婚。

"那你梦想中的妻子是什么样的?"问出这样的话,乔宝琳也觉得羞耻。可她就是有这样的好奇,想要听听十九岁的方游谦对未来妻子的憧憬。

可这个问题似乎并不是那么好回答,他皱皱眉:"没想好。"

乔宝琳紧追不舍:"你会奉子成婚吗?"

方游谦这次答得快速:"不会。"

乔宝琳皱眉:"那你会因为什么结婚?"

方游谦一愣,似乎是觉得这个问题问得古怪,给出了一个理所应当的答案:"因为爱情。"

又是爱情。

乔宝琳今晚听到两遍了,情绪也莫名变得像爱情一样柔软清澈。

她很想知道方游谦眼中的爱情是什么样的，但这样的问题并不好问，而且今晚接收了太多信息，脑子都有些晕乎乎的了。

可她又想起上辈子方游谦和她结婚的原因，十九岁的方游谦还是过于单纯了，他并没想到他之后并不是因为爱情结婚，而是因为一个因一夜情而出现的孩子。

"那如果你跟一个女人一夜情了，她怀孕了，你会娶她吗？"

乔宝琳突然发觉问这样的问题是很有趣的，她试图将二十五岁的方游谦和十九岁的方游谦对应上。

但实际上是有点困难的。

他回答："我不会一夜情……"

乔宝琳下意识辩驳："怎么不会啊？"

方游谦："就是不会。"

乔宝琳见他回答得肯定，心想十九岁的方游谦还是过于幼稚了。

02. 你不臭

本以为余衍晴和周临要吵上几天才能和好，乔宝琳正好想再多看看周临吃瘪的模样，可是第二天就听方游谦说两人已经和好了。

他们俩在网上聊天。

乔宝琳：嗯？

方游谦：我考完试准备去找周临，他让我别打扰他们的二人世界。

乔宝琳算了算时间，余衍晴应该考完了……

所以两人就和好了？那昨晚周临在那里要死要活个什么劲？

她不打算去打扰两人的二人世界——当事人爱得深沉投入，他们这些外人就算看不惯也不好过问。

结束这个话题之后，两人并没有停止聊天。

乔宝琳：你什么时候回家？方便的话我们可以搭个伴。

乔宝琳：我妈说我们俩一起回去路上可以互相照顾。

不知道方游谦有没有看穿这是下三烂的多余注脚，他回复得很快。

方游谦：我今天考完就能走了，我等你一起买票？

乔宝琳对着那行字挑了挑眉，答应下来。

乔宝琳：好，那我跟我爸说一声，让他去接我们。

方游谦：好。

隔天，和舍友告别后，乔宝琳拉着行李离开学校。

她和方游谦约在学生街前碰面。

正午的太阳依旧毒辣，乔宝琳担心被晒伤，于是忍着热将自己裹得严严实实，所以方游谦只能凭着她的身形和走路姿势来判断出前面那个将自己遮得只剩下一双眼睛的人是乔宝琳。

等她走近后，他递给她一瓶刚买的冰水。

乔宝琳接过水的瞬间便觉得身体里的那股燥热慢慢被压下了。

她迫不及待地想要牛饮几口，低头准备扭瓶盖，却意外发现瓶盖已经被拧开了。

她看向方游谦。

他像是知道她要问什么："刚才先拧开了，方便你喝。"

乔宝琳心口再次升起舒适的凉意："谢谢。"

方游谦轻勾唇，没说什么。

他明明热出了汗，表情却一点都不着急，眼神也像往日那般冷静，似乎他的身体和灵魂已经分开了——身体在接受着炼狱般的折磨，灵魂却依旧镇定自若。

乔宝琳当然羡慕方游谦这样的技能，不过沉稳好像是他的天赋。在她的记忆中，方游谦很少惊慌，眼神都很少荡起波澜，细想一下，似乎只有一句"离婚"能让他手足无措上几秒……

可在这样的烈日下陷入回忆明显是个不大正确的做法，她看着他黑亮的眼睛，问："打车了吗？"

他们要打车去车站。

方游谦适时抬头看向不远处缓缓驶来的车："车来了。"

他准备好了一切，她只需要跟着他就好了。

在车上，两人没怎么说话，下车后，他直接拉过她的行李往前走。

左手是他自己的黑色行李箱，右手是乔宝琳的粉色行李箱，两手兼顾，一点都不慌乱。

乔宝琳跟在他身后，看着阳光洒在他的肩上。白色布料将那耀眼的光芒反射到她的眼中，她的眼睛莫名泛酸，眯了眯眼，再看过去，发现他露出的皮肤上布满了细细密密的汗水。

他长得好，不单单是脸好看，而且腿长，肩也厚实宽广，看着他的背影就能感觉到安定。

以前她也喜欢跟在他身后，他去哪儿她就跟着去哪儿，她不需要带脑子，只需要跟着就行了。

可方游谦却总是喜欢走两步后就停下，站在原地回头看她，等她赶上来和他并肩后才会继续往前走。

刚开始结婚的时候，她跟他提过几次，让他走就行了，不用等她。他却难得没答应她这样的要求，也没说是什么原因，只是固执地回头看她，等她赶上来后才继续放慢脚步往前走。

乔宝琳正发呆想着过去，下一秒就撞上方游谦的眼神。

他隔着四五米的距离，停下来看她。

乔宝琳正好回忆着他的脸，又突然对上他这熟悉又陌生的眼神，有些没反应过来，愣怔在原地。

不知是不是被这燥热的天气点燃，她的心口突然翻滚着一阵情绪，火一样炙烤着她的心脏。

和他对视了一秒之后，她才猛地回过神，像从前一样走上前，跟他并肩。

她看他一眼，低头舔了舔干裂的唇，喉头也莫名有些发干。

见她跟上来了，他才开始往前走。

两人在动车上的位置是一起的，方游谦安置好行李后，乔宝琳先在靠窗的位置坐下，摘下帽子，抬头看见方游谦还站着。

他扭头往后看，乔宝琳好奇，也跟着看过去，还没看清他到底在看什么，他便抬脚走了。

他走到车厢末尾，帮一个阿姨搬行李。

阿姨一个人却拿了很多行李，上车期间车厢里人来人往，她拘谨地占了一个小角落，似乎是打算等人都坐下后再收拾自己的座位。

方游谦走过去问了两句后，就提起她的行李，走到一个空位边。东西很重，他费了点劲才将那一袋子东西抬到高处，稳妥地放进置物架里。

阿姨站在他身边一脸笑，不停地说着谢谢。

方游谦摆摆手后就回来了。

乔宝琳对他这种乐于助人的行为并不惊讶，因为他一直都是这样的人，只是……最近她看他的眼光变了，那问心无愧的姿态也变了，所以此刻便又察觉到和以往不一样的情绪。

她欣赏、崇敬，以及……爱慕他。

方游谦坐到乔宝琳身边的空位上，见乔宝琳盯着他看，有些不自在地看她一眼，问："怎么了？"

乔宝琳回过神，指了指他白色衣服上的脏印子："沾上了。"

是刚才帮阿姨搬行李时不小心蹭上的。

方游谦眸子一闪，低头看了一眼，沉吟片刻："……我小心一点，应该不会碰到你。"

乔宝琳皱眉："我不是这个意思！"

方游谦静静地看着她，等着她的下文，可眼前的女孩并不说话。

她的脸蛋被太阳晒得很红，鬓边的头发也被汗湿，贴在脸上，有些狼狈，可是眼睛却很亮，闪着湿润润的光。

她在他的视线下皱眉，抿唇，无声地叹了口气后又转开眼神。

似乎生气了。

方游谦心尖一缩，知道自己大概又说错话了。

他的呼吸微微急促起来，可又不敢说话，只能小心翼翼地将注意力放在身边人的身上，观察着她的呼吸和所有的小动作。

在他用余光瞥到她第四次看他的时候，她终于准备说话了。

方游谦扭头看过去。

乔宝琳说："我是觉得你刚才乐于助人，很好，这些印子是你荣誉的勋章，不是怕你碰到我，而且……我现在跟你一样臭。"

两人在太阳下走了一路，身上都是灰尘和臭汗。

方游谦皱皱眉，盯着她认真地说："你不臭。"

乔宝琳一愣，虽然不知道说些什么，可是方游谦这般认真的反驳的确让她受用了。

她挺了挺胸膛："嗯，你说得对，女孩子都是香的。"

方游谦轻"嗯"一声，就当作回应了。

两人没再说话，动车平稳地往前行驶，车厢内安安静静。

乔宝琳终于从兵荒马乱的状态中逃脱，镇定下来，有了心情去观察周围的风景。

不过她不记得动车外的景色了，只记得方游谦红得厉害的左耳朵。

03. 骨折了

乔宝琳回到家中只当了几天的"公主"就开始被厌烦了。

付青又开始挑剔她在家里慵懒的行为，有时也忍不住检讨自己对女儿的复杂感情：女儿不在家的时候，她怪想的，女儿回来后，她看几眼就又烦了。

虽然知道这样不好，甚至也开始怀疑自己是不是到了更年期，但看到乔宝琳每天跟个死人一样躺在沙发上的时候，她还是忍不住发火。

乔宝琳早就预知到自己会有这样的待遇，在家里待了几天之后就决定出门去继续考驾照了。

付青夸她上道。

乔国阳在家里每天听两人拌嘴耳朵都长茧了，自然也举双手同意，甚至主动提出每天要去接送乔宝琳。

乔宝琳虽然对父母这样迫不及待希望她滚出门的姿态很失望，却还是决定坚强，擦擦眼泪，准备练车了。

但乔宝琳最近似乎水逆了，刚到驾校就被一块石头绊得摔倒了。

幸亏她穿得厚，并没有磕出血来。

只是当教练站在她身边要扶她的时候，她却猛地大叫起来："好痛啊！"

教练大惊失色，急匆匆送她去医院。

付青和乔国阳赶到医院的时候，乔宝琳的左腿已经打上了石膏，一只手还拄着教练刚给她买的拐杖。

她眼睛红肿，冷冷看着自己的父母："嗯……你们再晚点来，伤口都要痊愈了。"

付青哭笑不得，不过看乔宝琳还能顶嘴的模样，知道问题应该不大，于是瞪了一眼乔宝琳之后就上前和教练了解情况。

乔宝琳莫名被瞪了一眼，气得差点晕过去。

好在乔国阳还记得她是他女儿，坐到她身边询问，知道她这腿可能需要一两个月才能完全恢复的时候，叹了口气："那怎么办？我和你妈下周还打算出去一趟……"说完,他又自顾自地回答,"不过,你应该可以自己照顾自己吧?"

乔宝琳面如土色,恨不得喊那个驾校教练做爸爸。

"你们真是狠心啊。"

付青了解情况后急忙跟教练道谢,乔国阳也上前感谢教练,还说之后要多介绍生意给教练。

教练有些不好意思:"举手之劳嘛,就是……她这个寒假估计不能来练车了。"

三人一起看向坐在椅子上泪眼汪汪的乔宝琳,乔宝琳尴尬地扯扯嘴角。

虽然付青在言语上没怎么关心她,却在回去的时候让乔国阳掉头去菜市场。

付青下车买菜,回来的时候手里提着炖排骨汤的材料:"给你补上几天,好得快一些。"

乔宝琳心中正感动呢,又听见付青说:"我下周要跟你爸出去,你得赶紧好,自己照顾自己。"

乔宝琳把眼泪憋回去,用正常的那条腿踹了踹车门:"干脆把我丢在路边吧!放我下车!"

折腾半天,一家三口终于到家。

付青和乔国阳一人架着乔宝琳的半边身子下车。

正当乔宝琳狼狈得不行的时候,一抬头就撞上了方游谦的目光。

他皱着眉,总是镇定的眼神在此刻也晃得厉害,似乎没想到她会落得这副模样。

乔宝琳觉得丢脸,但又没办法做出什么"独立自主"的反应,只能苦涩地笑了笑:"公主落难了。"

付青让她少说话,交代方游谦把门打开,方便三个人一起进门。

方游谦回过神来去开门。

等一家三口进门之后,他跟在他们身后,问道:"没事吧?"

"能有什么事,腿断了而已。"乔宝琳自嘲。

付青瞪她一眼:"骨折!"

乔宝琳擦了擦不存在的眼泪:"没见过这么骂病人的。"

付青哼哼两声："还不是自己不注意吗？"

乔宝琳没力气了，瘫在沙发上，看到对面神情担忧的方游谦，她悟到了——现场只有方游谦一人在乎她的生死。

想到这点，那饱经风霜正往外汩汩流血的心似乎好受了点。

她看向方游谦，觉得这张为她担心的俊脸怎么看怎么顺眼。

方游谦见乔宝琳盯着自己，感到惶恐："怎么了？要喝水吗？"

乔宝琳摆摆手，只是静静地看着他，看着他这张俊脸对她来说就算是在充电了。

方游谦是唯一让她感到慰藉的存在。

可心狠的母亲就是要夺走她的唯一慰藉。

付青喊方游谦去吃饭，扭头对乔宝琳说："你等等，汤正在炖，好了你再吃吧。"

"我不能吃今晚的饭吗？"

"菜有些辣，你还是别吃了。"

乔宝琳心死了，似乎看得到自己未来一个月的惨状了。

乔宝琳骨折后，拒绝了很多同学的邀约，只能被迫在家休养。

不过，她似乎从中体会到了骨折的一些好处。

她一直躺着，也不会被付青骂。付青总是会压着怒气，看着她那绑着石膏的腿，慢慢舒一口气，然后装作什么都没看见。

她偶尔有一些过分的要求，付青也会都答应，比如她躺在沙发上想要吃水果，只要喊一声，付青就会切好，放在干净的盘子里，端到她的面前。

她那因伤病而被禁锢的苦闷似乎有被稍微缓解了些。

但如果她能够做选择的话，自然还是会毫不犹豫地选择自由。

说起来，还有一件事值得一提。

方游谦那半年不见的父母终于在春节前夕回来了，这个总是寄宿在别人家的小孩终于吃上了自己母亲做的饭。

周如月和方赴宏回到家后的第一件事就是来乔家看望受伤的乔宝琳。

乔宝琳很慌张，眼前二人对她来说自然很熟悉，他们是她上辈子的公公和婆婆。

但细数起来，他们也已经快几十年没见了，突然见到年轻的公公婆婆，乔宝琳慌得不行，话都说得不利索。

周如月见乔宝琳不像以前那般开朗大方，以为她是因为躺久了变了性情，并没有多在意，转头跟付青交代养骨头的煲汤食谱。

方赴宏则是拿出一串手链要给乔宝琳戴上。

乔宝琳一惊："公……叔叔，这是干吗啊？"

方赴宏说道："上次和你阿姨去庙里求的，给你和方游谦都求了一条。知道你们这些年轻人不爱戴这些，也不用天天戴，只要出行的时候戴着就行，师傅说是有灵气的，保平安顺利。"

乔宝琳下意识地去看付青，见她点头了，才将那条手链收了起来。

方赴宏一家人走后，乔宝琳看着手腕上的链子。

每颗珠子都饱满圆滑，在灯光下散发着柔和光芒，很漂亮，还带着丝丝沁凉。

她又想起刚才叔叔说的话——方游谦和她各有一条。

乔宝琳的心中荡漾起涟漪。

04. 你为什么对我这么好？

自己的父母回家之后，方游谦就不需要再来乔家蹭饭了。周如月的饭做得比付青更好吃，而且母子许久不见，周如月将那些愧疚和思念都放到了饭菜里，每顿饭都做得丰盛，方游谦每天都需要吃得很饱才被允许离开饭桌。

这才放假没多久，乔宝琳便觉得方游谦的脸圆了一些，但他的颜值依旧没掉线，看起来更有福气了一点。

不过她能见到方游谦的概率不大，因为他又找了个家教兼职，早出晚归。她的腿脚也不方便，一天能躺在沙发上透过窗户远远望见他一眼都算是幸运的了。

以前几天不见也没什么感觉，现在一天没见到他都有了抓耳挠腮的不耐滋味。

两人没怎么见面，偶尔在网上聊几句。不过两人似乎并不适合网聊，对话总是很快就进行不下去。而且不知是不是乔宝琳心里有鬼的

· 180 ·

原因,她觉得两人的聊天记录有些尴尬,单看那些文字都能感觉到两人拘谨和扭捏的情绪。

虽然他们在现实中也是有点尴尬,不像朋友那般友善、无话不说,却一定比朋友更加亲密。

让两人关系陷入如此境地,并不只是因为乔宝琳,方游谦也有很大的功劳——他对她忽近忽远,一下对她好,一下又突然离开她。

他一声不吭地凑近又离远,似乎在自己的脑中演绎了一场大戏,而乔宝琳对此毫不知情,看着他走近又离开。过去的她自私地不想纵容他这种古怪伤人的行径,拍拍屁股就离去,可如今的她却忍不住驻足看着他、等着他,甚至愿意主动靠近他。

乔宝琳不知道方游谦为什么这么对她,但他的嘴是撬不开的,她也不想扫兴地去逼问。

至少现在还不是个翻旧账的好时机。

在家休养的这段时间里,她因为无聊,总是回忆起过去的事。

想她和方游谦在一起的四十多年,虽然没什么刻骨铭心的记忆,但顺着时间线一点点挖掘,还是会在不知不觉间露出笑容。

意识到嘴角的笑容后,她猛地发现自己现在对方游谦的态度和一开始完全不一样,甚至可以说是一百八十度的转变。

她一开始嫌弃埋怨他,现在却忍不住想他,甚至是爱慕他。

虽然很不可思议,但她觉得自己人生重来一次之后最大的成长便是能够大方承认自己的情绪了。纠结踌躇过无数次,最后还是决定承认,她是喜欢上他了,不知是什么时候开始的,也不知是为什么,但等她反应过来的时候,这个总是沉闷着不说话却对她好的人已经驻扎在她的脑海中了。

这种认知似乎来得有些晚,她和方游谦经历了四十几年的婚姻,如今重回十八岁才发现自己喜欢上他了。

她尝试着去思索那四十几年间对他的感觉,可已经过去太久,她细细回想,却依旧无法捕捉到当时的情愫,只记得那些年岁虽然不尽如人意,但也平稳心安,不比别人轰轰烈烈,却也细水长流。

她试着在记忆中捕捉些蛛丝马迹,想要寻出自己对方游谦的感觉,但也许是她开窍得太晚,又或者是那几十年的进度过快,孕育孩子、照顾孩子这样的琐事蒙蔽了她的视线,她竟说不出自己对他到底是什么感情。

亲情是一定有的,但爱情呢?

面对着那样的丈夫,她就一点都不爱慕他吗?

若是几个月前,她一定会斩钉截铁地说他们之间并无爱情。

可是此刻的她在迟疑。

她记忆中的方游谦似乎总是沉默着、没什么表情、小心翼翼担心她生气的模样。

她很少对他表露对爱情的看法,他则甚至从没向她提过"爱"这个字,两人只是陪伴着对方,将日子过下去。

回想起这些,乔宝琳蓦然觉得可惜,还有一些淡淡的埋怨。

如果……如果能重来就好了。

可是,如今真的重来了,她却也做不出什么能够弥补遗憾的事。

他和她之间没了一夜情的羁绊,虽然不再是剑拔弩张的关系,却也不冷不热,只有她一人在接受这样难耐的暗恋滋味。

她知道自己喜欢上了方游谦,却不知道方游谦对自己是什么感觉。

她发现不管是二十五岁、七十岁,还是十八岁的方游谦,对她来说都是难以捉摸的。

她并不知道那个毫不犹豫要和她结婚的男人当时对她是否含着一点爱慕之情,不知道已经年迈得了病却独独忘了妻子的丈夫是否在故意报复她,也不知道这个虽然寡言却对她很好的少年心中是否有她。

她都不知道,只知道此刻的自己陷入了对他的爱恋中。

过了几天,乔宝琳才知道原来付青与乔国阳口中的"出去一趟"是和方游谦的父母一起去隔壁省的一个寺庙烧香。

正值春节前夕,长辈们齐齐准备去寺庙祈福拜佛。

那座寺庙是出了名的灵验,而且寺庙所在的城市风景秀丽,长辈们便决定顺便在那里游玩几天。

上了年纪的人似乎都喜欢感受大自然,乔宝琳深有体会。

她年轻的时候总着迷于刺激的项目,上了年纪之后却喜欢去亲近山山水水。

四人原本一周前就要出发的,因为乔宝琳突然的伤情拖延了计划。眼看就要到年关了,正好乔宝琳恢复得不错,四人准备重新启程。

在付青愧疚地对乔宝琳说她和乔国阳要离家的时候,乔宝琳在心里窃喜。

其实乔宝琳已经习惯了这条绑着石膏的腿,也能熟练地使用拐杖了,自己上下楼并不成问题,甚至还能去院子里浇花除草。

因此,父母的离开并不会增加她的生活难度。而且长辈们都出去后,家中只剩下她和方游谦了,方游谦会主动担下照顾她的责任,那她便不需要每天眼巴巴等着透过那扇小窗看他出门回家的身影了。

他会自己出现在她面前。

方游谦还有家教的活,虽然不能每时每刻都在乔宝琳身边,但每次出门上课前和下课回来后都会专门跑来乔家,早上出门前是给她送早餐,下午回来是给她带一点在路边买的小吃,前天是提拉米苏蛋糕,昨天是烤冷面,今天是烤肠。

乔宝琳架着绑着石膏的腿,坐在沙发上,期待地拿起方游谦给她带回来的烤肠。

天气冷,虽然他已经回得很快了,但烤肠还是有些凉。

她急匆匆地咬上一口,不是很美味,却让她回忆起初中时候他给她带回来的那根烤肠——说是全市最好吃的烤肠,却因为凉了味道没那么惊艳,但也足够给她留下深刻的印象。

算起来,已经过去了几十年了,乔宝琳却依旧牢牢记得那烤肠的滋味,比她吃过的所有食物都美味。

两人那时的感情也是她认为的世界上最美好单纯的情谊。

此时方游谦就坐在乔宝琳对面,神色温柔却也难掩疲惫,小声问道:"好吃吗?"

乔宝琳满意地点头:"你没吃吗?"

方游谦摇摇头,又起身问她:"需要水吗?"

乔宝琳毫不客气地指挥着他去厨房。

看着他任劳任怨去厨房帮她接水的背影,乔宝琳突然好像回到了上辈子,他们结婚之后,他也总是留给她这么一个温顺又可靠的背影。

鬼使神差一样,她看着端着水朝她慢慢走来的方游谦,问出了自己的疑惑:"你为什么对我这么好?"

05. 没怎么关注我

方游谦被这句话问住了,身体一僵。

这对两人来说无疑都是一句非常暧昧的话。

尤其是最近两人都隐约察觉到对方的示好意味。

方游谦在感情上并不笨拙,甚至称得上敏锐,他敏锐,所以能在很早之前就明白自己对乔宝琳的心意,又敏锐地感知到乔宝琳被分走的心思,还有其他人对乔宝琳的好感。

他对这些都了然于心,只是不擅长向前表露自己,恐惧和懦弱驱使着他去逃避、疏离乔宝琳。

珍惜和期待让他变得敏感,所以他能感知到乔宝琳这阶段在面对他时的那一点改变。

她带着和其他爱慕他的女孩一样的眼神,柔软、探究,又含着点小心翼翼的期冀。

这是以往乔宝琳不会对他展露出来的姿态。

他受宠若惊地承受着她对他暧昧的眼光,面上波澜不惊,皮囊下的所有细胞却在为之振奋欣喜。

他琢磨着、思索着,一闲下来就将她的模样在脑中勾勒千万遍,最后也会得出那些让他耳根发热的想法。

乔宝琳喜欢上他了?

他也只敢在心中这么幻想着。

可只是在脑中出现这么个臆想,他便激动得无法自已。

他将自己的情绪整理过百遍才能在她面前这般镇定从容。

但她用一句天真纯洁的问句就能轻而易举地将他的努力击溃。

你为什么对我这么好?

方游谦的答案在嘴边辗转了好几遍,最后内心恢复平时的冷静和温柔:"你也对我很好。"

真正的答案是,他并不觉得自己对她有多好,他也不知道自己为什么会对她这样好,这好像已经成了一个习惯。

顺着她、对她好,早就成了一种习惯。

之前的他是没资格对她好的，现在的他自然十分珍惜这样的机会。

乔宝琳才不知道方游谦的思绪弯弯绕绕成这样。

只是他给出的答案却能够让她的耳根立刻发热。

乔宝琳突然觉得方游谦是有些鸡贼的。

她问这样的问题，是怀疑他对她另有图谋，而方游谦这样的答案像是把两人捆绑了起来——两人的相处是双向的，她对他好，所以他也对她好。

她怀疑他对她另有图谋，而他似乎在反过来质疑她对他有意思。

乔宝琳虽然知道方游谦不是这个意思，但还是觉得羞赧。

不过两人脑中的缠绕思绪仅仅只是在脑中而已，他们并没有勇气将这些情绪放到明面上来说。

两人之间隔着一层朦朦胧胧的雾，他们试着朝对方挥手，但透过白茫茫的雾气，他们只能隐约窥见对方的手势。

乔宝琳盯着方游谦看，等到空气中都弥漫起一阵诡异的气息时才移开眼神："可是我对你并不好。"

这并不是在自谦，她说的是实话，她对方游谦实在称不上"好"。虽然朋友之间不应该斤斤计较，但比起他对她的包容，她对他一点都不"忍耐"。

在那段婚姻中，她自由地活，不被束缚，对待方游谦更是随意，开心就笑，不开心就摆脸色，虽然也会关心他，却远比不上他对她的照顾。

而如今重来一次，她对他也没什么好脸色，一开始甚至因为他在上辈子忘了她而故意刁难嫌恶他。

但她的确在这日复一日的相处中对他改观，甚至挖掘到了以往不曾发现的一些情愫。她在这样日常的相处中沦陷，迷惘之后认真剖析自己，纠结无数遍后承认了自己的心意。

其实这算是重来后最重要也是最有意义的一次成长。

她低着头转开视线，心脏却因为自己的坦诚而快速跳动。

方游谦看着她的头顶，握着杯子的手慢慢收紧，想了片刻，说道："你不需要用别人的标准来要求自己，不需要刻意对我好，我也能感觉到你的好。"

这句话很长，是他不断斟酌后得出来的答案。

而他想的其实很简单，公主哪里需要大张旗鼓地对他好呢？她看他一眼，同他说一句话，对他来说都是恩赐。

乔宝琳抬眸看方游谦，从他的眼中看到了无尽的柔意。

他的眼里含着一片能够包容所有的大海，静谧无垠，波涛也在温柔地晃荡着。

他能够包容她的所有。

像在婚姻里那样，她只需要做自己，他也能自行从中寻觅到她对他的好。

他好像一点都没变，十九岁的方游谦与二十五岁甚至是七十岁的方游谦似乎是一样的，至少在包容她这一方面是相差无几的。

乔宝琳心中五味杂陈，想要说些什么，却又感到畏惧，最后又将想说的话咽了下去。

她拙劣地转开话题："你找的什么家教工作？"

方游谦察觉到她的躲避，也像是松了一口气，走上前，将水放到她面前："同学介绍的，一个高一的学妹，我教她预习高二的科目。"

乔宝琳在听到"学妹"两字后精神微振："每天都去？"

"上两个礼拜，周末休息。"

乔宝琳抿了一口水，将口里的燥热压下去后才又问道："学妹漂亮吗？"

空气再次凝固。

乔宝琳话说出口之后也感到焦灼，可问题已经抛出，收回更会显得刻意，于是她小心翼翼地等着他的回答。

方游谦微愣，慌乱又疑惑，终于在她面前露馅，一阵兵荒马乱之后才说："不知道。"

乔宝琳突然拔高音量："为什么会不知道？漂亮就漂亮啊，不敢回答吗？"

方游谦快速否认："不是。"

然后低头沉默。

见他说不出个所以然来，乔宝琳决定放过他，不过心情确实没刚才那么旖旎美好了。

面对他时,她似乎总是作茧自缚,经常让自己陷入不悦的泥淖中。

两人又安静地坐了一会儿。

乔宝琳见时间不早了,便对方游谦说:"你没事就回去休息吧,明天不是还要去补习?"

方游谦欲言又止,最后还是沉默地起身。

乔宝琳目送他。

他慢慢走远,即将出门时却又突然顿住脚步,停在原地。

乔宝琳提醒一句:"记得关一下门,我腿不方便,就不过去了。"

方游谦应了一声"好",却没有离开。

他在原地站了一会儿,然后突然回头,看着乔宝琳,说:"你比较漂亮。"

他声音很小,又或许是因为不好意思,最后两个字几乎低得不能再低,但因为乔宝琳注意力很集中,所以依旧能清晰地听清楚。

她完全愣住了。

大脑似乎宕机,心脏却猛地加速跳动,耳边都是扑通扑通的心跳声。耳后的皮肤迅速发热,像是烧起来了一样,紧接着,整个脑袋都慢慢升温。

她不知道方游谦有没有看清她因激动而氤氲的眼睛,只知道她慌乱得不知该说些什么。

最后她牛头不对马嘴地答了一句:"算你有眼光。"

之后方游谦落荒而逃一样地离开,当然走之前还是很细心地将门关好。

乔宝琳等他走后才回过神,后知后觉地摸了摸自己的耳朵,温热的触感提醒着她刚才发生过的一切,还有她那失控的状态,都是真的。

疯了……

她要收回自己的话,十九岁的方游谦比二十五岁甚至是七十岁的方游谦更知道该如何让她心动。

其实乔宝琳这段时间在家也不是无所事事的,除了上网看电视剧打发时间,她还在悄悄准备方游谦的生日礼物。

方游谦的生日就在除夕的前几天。小时候,方游谦的生日总是办得很大阵仗,方叔叔会邀请许多朋友来家里做客,大多数都是方游谦叫不出名的叔叔阿姨,虽然热闹,但方游谦不是很喜欢那样的场合,总是窝在二楼关上房门做自己的事。长大之后,方游谦有了拒绝的权利,抗拒这样具有商业气息的庆生聚会,方叔叔不能强迫,只能作罢。之后方游谦过生日都是简简单单做上一顿饭、吃个蛋糕就算过了。

乔宝琳在高中之前一直都有参加他的生日活动,小时候跟着他一起窝在二楼打发时间,长大了就坐在他身边吃周阿姨做的饭菜。

不过自从两人冷战闹掰之后,她的确没再给他过过生日。这么一算,她似乎漏了他三年的生日……

不过今年,她是一定要帮方游谦过的,长辈都不在家,她并不想让他过一个清冷又无趣的生日。

她的计划是在前一天就准备好生日蛋糕,晚上十二点的时候准时敲响他的房门,送上最诚挚的祝福、蛋糕,还有她准备的礼物。

礼物前几天就备好了,是她瘫在沙发上无聊的闲暇时刻做好的羊毛毡,巨丑无比,却灌注了她的真诚心意。

她觉得方游谦不会挑剔,并不只是因为他这人性格好、修养高,而是她之前给他送的礼物可比这寒酸多了。

她当时的零花钱并不多,平时拿去吃小零食、买言情画本来看都不够,哪里有盈余去给方游谦买礼物?

身边的小姐妹给她出了很多主意,说那些用钱买的礼物并没什么意义,亲手做的才能让人感受到真诚。

乔宝琳没有异议,方游谦是她最好的朋友,她自然要送给他最有意义的礼物。

于是在方游谦十三岁那年,乔宝琳在他的QQ空间留言板上连续留下十三条美好的祝福;方游谦十四岁那年,乔宝琳摘抄了十四首古诗,写在纸上,折成星星,串成一串送给他;方游谦十五岁那年,乔宝琳摸索着画出了第一幅丙烯画,蔚蓝的天空下,有一株开得正艳的向日葵,她把自己最喜欢的花画了下来,送给她最好的朋友。

乔宝琳还记得方游谦收到礼物时那眼神的波动,虽然他只是内敛地向她道谢,但她能感觉到他的喜悦,她了解他,她知道他就是在开心。

当时两人把对方当作自己最好的朋友,虽然嘴上没说,却理解并且珍惜对方。

之后两人突然疏远,熬过了青春期无理由的冷战,终于又成为亲密的朋友。

所以在准备今年的生日礼物时,乔宝琳很用心。

虽然这羊毛毡不是很精致,却也花了她许多时间,而且这羊毛毡的样式也不是随意挑选的,而是选了他青睐的角色——皮卡丘。

方游谦喜欢皮卡丘似乎是他的一个秘密。

他小时候并没有表现出对皮卡丘的喜爱,长大了更是不可能告诉乔宝琳这样的消息。乔宝琳是在方知扬出生后才知道原来自己的丈夫喜欢皮卡丘。

那时候两人陪着方知扬看动画片,方游谦无意间提起。

乔宝琳震惊:"我怎么不记得了?"

方游谦解释:"你很爱玩芭比娃娃,没怎么关注我。"

乔宝琳下意识想要辩驳,却又觉得他说的应该都是真的,便讪讪闭了嘴。

之后在看见皮卡丘的时候,她总会想起方游谦在解释时那失望又无奈的表情。

于是她花几天时间扎完了一只不是很精致的皮卡丘,还给它穿上了绳子,方便方游谦拿来当钥匙扣。

对,她已经将羊毛毡的作用都帮他想好了,就挂在他那古板的黑色书包上当作点缀。

他应该会愿意,毕竟他这么喜欢皮卡丘,而且快要二十岁的人了,承认自己的心思似乎也不应该再是一件难事。

第九章
好，我们在一起

01. 站稳了

转眼就到了方游谦生日的前一天，乔宝琳从早晨睁眼的那刻就开始兴奋，可是天公并不作美，从清晨开始天空便闷闷的，阴沉得像是马上要下雨。

早晨等到方游谦送来的早餐后，乔宝琳叮嘱他出门记得带把伞。

方游谦答应下来，拿上伞出门。

果然，在他出门不久后，天空就落下雨点，甚至有越下越大的趋势。

乔宝琳紧张地打开手机，确定今晚的蛋糕能在预期时间送来之后松了口气，然后吃着方游谦送来的早餐，慢悠悠地在心中计划着他的生日。

可这天气比她想象中的恶劣许多，下午的时候天空乌云密布，阴沉得几乎要将整个城市覆盖。

时间一点点过去，乔宝琳坐在窗边时不时看向窗外，雨水砸在窗边，水花溅进屋中，将她的手指打湿。

她期待的情绪也像是被浸湿变得沉甸甸的，似乎在预示着今天的不平凡。

好不容易熬到了方游谦应该回来的时间，乔宝琳却收到方游谦的消息，他说今天可能会晚点回来。

乔宝琳心里着急，却也不可能直接问他是不是忘记自己十二点要

·190·

过生日了，所以她只是交代他注意安全后便没再多说。

而且他晚点回来，正好让她准备蛋糕和礼物。

她又花了一点时间将东西整理好，准备好一切后，她抬头一看，天已经完全黑了，已经将近九点。

这时，送蛋糕的骑手正好打来电话，她按了接通。

骑手问乔宝琳路怎么走，她在电话里给他指路，但骑手还是一知半解、云里雾里的模样，过了好一会儿才似乎弄清楚。

担心骑手找不到门牌，乔宝琳拄着拐杖，打算去门口接。

屋外的雨很大，乔宝琳撑着伞，靠在门边。的确有点狼狈，溅起的雨水将她的裤腿都打湿了。她从伞里探出头，盯着前路看了好一会儿，才有一道白光透过雨幕慢慢朝这边而来。

骑手停在院子门口，乔宝琳想让骑手送进来，可雨声太大，骑手没听见，于是乔宝琳只能夹着雨伞，拄着拐杖，慢慢蹭到门口。

拿到蛋糕的时候，她的肩膀几乎都湿了，好在蛋糕没什么问题。回到家中，她将蛋糕放到冰箱里，将狼狈的自己收拾齐整，等待着十二点的到来。

不过随着时间一点点溜走，她也逐渐变得焦急——方游谦还没有回来。

发了消息给他，他只说快了，还问她是不是需要他带些什么东西回来。

乔宝琳给不出什么正经理由，只能讪讪地说没有，然后和那个奇丑无比的皮卡丘大眼瞪小眼地等着方游谦。

这天气一点都不给方游谦面子，屋外几乎是暴雨的程度了。

乔宝琳怀疑方游谦是被雨困得回不来了，有点担心，发消息问他得到了"不用担心"的回答之后，又郁闷地放下手机。

不久之后，在乔宝琳怨气十足的注视下，墙上的时针指向了"12"，而方游谦还没回来。

满心期待的计划落空，她也没心情通过网络给他送上祝福。

最有意义的时刻已经过去，她那些希冀也随着时间的流逝而慢慢消磨。但她不可能就这样去睡觉，她一定要见到方游谦，问他到底是去哪里了，怎么连生日这天都不在家里。

他除了她，还有什么可以陪他过生日的朋友吗？

等到乔宝琳听到屋外的动静时，已经是 12 点 33 分了。

她透过那扇小窗看见了方游谦的身影。

他撑着伞步履匆匆，本打算直接进他家的，却在临进门前脚步一顿，心有灵犀一样朝她这边瞥过来。

于是两人隔着遥远的距离对上视线。

雨幕厚重，眼神传递的情绪都被打散，但他似乎还是能感受到她的情绪。

他转身，朝她家走来。

乔宝琳在他走过来的几分钟内经历了一番思想挣扎，在最后一点时间内起身，单脚跳到灯的开关处，在方游谦进门的前一刻将屋里的灯关上。

进门的那人一愣，却在下一秒准确无误地对上乔宝琳的眼神。

两人在黑暗中无声地对视着。

方游谦声音有点哑："我还以为你已经休息了。"

他不知道她关灯的原因，只能等着她说话。

乔宝琳等他进屋了才发现自己犯了蠢——关灯是想要点亮蜡烛，可是她急得什么都没准备，只单单关了灯而已。

屋内一片黑，只有从窗外透进来的月光让人勉强辨得清楚屋内的景象。

她看向他，发现他的眸子很亮，在黑暗中闪着湿润的光，像是被空气泡湿了一样。她被这样的美色蛊惑了片刻，喉咙也莫名变得有些干："生日快乐。"

那些质疑失落的埋怨还是需要给祝福让路。

方游谦在黑暗中一僵，说："谢谢。"

乔宝琳这才吐苦水般抱怨道："但你回来得太晚了，十二点过了，我本来是要给你准备惊喜的，现在只能大打折扣了。"

方游谦呼吸变缓，轻轻"嗯"了一声。

他站在门口，门还没关上，夹杂着雨丝的风窜进屋内，空气中又升起一阵湿漉。

乔宝琳皱了皱鼻子："先进来。"

方游谦听话，只是动作不是很流畅，有些迟疑，像是不知道该怎么行动了。

门关上，风雨声被隔绝在外，屋内更加安静了。

乔宝琳的眼睛已经适应了黑暗，也能在黑暗中准确无误地捕捉到方游谦的身形轮廓。

她看他僵在原地，出声指引："闭上眼睛吧，我去给你准备蛋糕。"

方游谦安静地闭上了双眼。

那扇能够轻易蛊惑她的"小窗"被关上，乔宝琳找回了镇定。

她担心方游谦等得太久没了耐心，于是并不打算用拐杖，想要单脚蹦过去，但她高估了自己。她现在行动不便，去哪里都得费上一点力气，也忘了评估周边的环境——刚才飘进来的雨水让地板变得湿滑，整座房子都黑漆漆的，她没看清几乎能反光的地板，跳的第一下就身形不稳，摇摇晃晃，即将要摔个大屁股蹲。

乔宝琳在脚底一滑仰面后摔的那一瞬间，脑中的第一想法不是担心自己的脚又要遭殃，而是担忧自己又要在方游谦面前出丑。

但出乎意料的是，她没摔倒。

方游谦伸手将她稳稳扶住。

可她一只脚绑着石膏，仅有一只脚能在地上立着，如果要站稳的话，是需要依靠支撑的。

当然，这样的任务就落到了方游谦的身上。

所以此刻的乔宝琳正靠在他的身上保持平稳。

其实倚靠的时间很短，她却还是用尽了全身的感官去感受方游谦的一切——他的上半身很结实，她仿佛靠着一堵墙，抓握着她手腕的手掌很大，用力将她抓得很牢。他裸露在空中的皮肤有点凉，带着雨天的潮湿。他身上的气味很好闻，不是那种人造的香水味，而是似因为被雨淋过了，带着一股大自然的清香，淡雅又让人惬意舒适。

但乔宝琳一点都不惬意，虽然已经跟方游谦睡过几十年了，甚至能快速摸索到他身上小痣的位置，此刻还是热得几乎要燃烧起来。

方游谦似乎跟她一样紧张，他扶稳她的手肘，确定她能独立站稳之后，将身子往后退开。

两人相贴着的上半身分开，乔宝琳晕晕乎乎地站稳了，闲着的那只手重新被塞进拐杖。

方游谦声音低低的:"站稳了。"

乔宝琳后知后觉地轻应一声,然后拄好拐杖,方游谦也适时地松开手。

乔宝琳站在原地缓了一会儿,说出的第一句话并不是谢谢。

"你怎么睁眼了?"她用略带娇蛮的质疑来掩饰自己的慌乱。

方游谦被问住,解释道:"我听见声音才睁开眼的,着急了……才那样抓住你。"

乔宝琳扭头看他,抿抿唇,又嘴硬道:"还不是因为你回来得晚,我才这样忙里忙慌的吗?"

方游谦立刻道歉,又问:"你要做什么?"

被这么一问,乔宝琳陡然觉得没什么意思了,将自己的计划和盘托出:"我要去厨房里给你拿蛋糕,点蜡烛,让你许愿。"

方游谦沉默了一会儿,呼吸也慢慢加重。

他看着乔宝琳,轻声商量道:"我自己去拿,你坐着等我就行了,可以吗?"

02. 她诚恳地吻上他的唇

乔宝琳妥协了:"可以。"

瞎折腾只会让自己受苦,方游谦哪里值得她这样付出呢?她恨恨地想道。

说完这话,她便伸手将刚才被她关掉的灯重新打开。

室内陡然恢复明亮,她不适应地眨了眨眼睛,眼眶盈上一圈湿润。等她定睛看向不远处的人时,才发现他已经走到冰箱前拿出了她给他准备好的蛋糕。

两人隔着几米对望,四周很安静,只有屋外的风雨交杂。

方游谦端着属于他的蛋糕,静静地看着乔宝琳:"谢谢你。"

乔宝琳"哼哼"两声,继续指挥道:"蜡烛在桌上,你自己插上吧。"说完,她走到沙发边一屁股坐下,不再关注他的动态。

她没看他,耳朵却竖得老高,捕捉着他在身后的动态。

听到塑料袋摩擦的声音,还有打火机打火的声音后,知道他已经将蜡烛插上了。

脑中想象着这样的画面,她有些忍俊不禁。

"你别直接就许愿了,要端过来在我面前许。"乔宝琳扬声道。

她像个公主一样颐指气使,但方游谦一点怨言都没有,双手捧着蛋糕走到她面前。

乔宝琳这才看清今天的方游谦到底是什么模样——额发被雨水浸湿,今天气温低,他的脸也像是被冻白了,眼睛却很清亮,蜡烛的火光在他眼中摇曳着,明明灭灭,让他的眼神看起来更加生动柔软。

乔宝琳让方游谦坐在沙发上,闭上眼睛对着蛋糕许愿。

方游谦很听话,看她一眼后,安静地合上眼睛。

乔宝琳看着他的侧脸。

蜡烛的光线洒在他的脸上,在他的五官边缘镀上一层金色,将他的轮廓刻画得温柔。

乔宝琳忍不住一直盯着方游谦,直到他睁开眼睛。

似乎没想到一睁眼就能看见乔宝琳出神的目光,方游谦愣怔片刻,然后垂眸将蜡烛吹灭。

等到火光彻底灭了,乔宝琳才回过神来,收回视线。她不想幼稚地去问方游谦许了什么愿望,伸手拿起桌上给他准备好的礼物,别扭地说:"生日礼物。"

对方游谦来说,乔宝琳已经连续三年没给他过生日了,他甚至怀疑她都已经忘了他的生日,可今晚的一切都让他迷糊,像是一场梦。虽然公主有些生气,也依旧娇蛮,但迄今为止的一切都已经足够让他满足,值得他珍藏于心。

他看向她手中的小小礼物,低声说:"谢谢。"

乔宝琳让他拆开。

她观察着他的表情,等到皮卡丘见到天日的时候,她也如愿以偿地看到了他惊喜的微表情。

皮卡丘虽然丑,但方游谦似乎还是很喜欢,爱不释手。

这一切都在乔宝琳的意料之内,她那还有些郁闷的心情终于有了好转的迹象。

流程都走完了,乔宝琳开始翻旧账。

她问他:"去干什么了,这么晚才回来?"

方游谦低头将羊毛毡放到衣服的口袋里,低声回答:"家教的那个学妹昨天生日,她爸妈留我吃了一顿饭。"

乔宝琳听到"学妹"这两个字,整个人都紧张起来:"她也生日?那吃个饭怎么能吃到十二点?"

方游谦看了一眼时间:"我那个同学也在,他知道我是今天生日,也知道我父母不在家,就留我过了生日。"

那家人担心时间太晚他一个人回来不安全,还开车送他到了小区门口。

不过他也没有立刻回家,而是先在小区门口的便利店坐了一会儿,准确来说,他是在便利店门口对着雨幕抽了一会儿烟。

雨很大,他不大喜欢被淋湿的感觉,喧嚣吵闹的周围让他有些心烦意乱,但他也说不清自己在烦什么,可能是因为嫉妒,也可能是因为过于渴望。

其实他已经很久没过过生日了,甚至也不在意这样的日子,自从高一开始,他便有意去忽视自己的生日。

在他的印象中,这一天并不是一个令人开心的日子,小时候总是被方赴宏用来应酬的场合,他拒绝后,生日便变回一个平常的日子。他没有什么朋友,更没有什么朋友知道他的生日。

他每年对生日的期待也仅仅是能在这天和乔宝琳一起吃饭、能得到乔宝琳有趣的生日礼物,可两人冷战之后,她不再给他过生日,他自然也失去了这份仅存的期待。

他不爱过生日了,父母自然也不会强迫他,毕竟他们在事业上也有许多事要忙,没有多余的精力去关注儿子这样细小的心思。

刚才在学妹的家里,他感受到一种久违的温暖。

学妹被爱她的人簇拥在中间,父母和朋友对她送上最诚挚的祝福,她被爱包裹着,笑得很幸福。

他突然被触动,也在某一瞬间渴望着这样的感情,但脑中想到的第一个人是乔宝琳。

似乎一直都是她,他孤独的时候想她,幸福的时候想她,渴望爱的时候想的第一个人也是她。

学妹知道他也快过生日了，笑着说要将蜡烛分他两根，让他也许愿。他本想拒绝，却被催促着上前。周围的人都安静下来，他便妥协般地闭上眼睛，然后脑中又出现了乔宝琳的脸。

　　他许愿了，愿望是希望能有人给他过生日。

　　然后他的愿望实现了，给他过生日的人正是他想了又想的乔宝琳。

　　他很高兴，可他似乎又让她不高兴了。

　　乔宝琳听完他的话，心中那团即将熄灭的火又重新燃起："我在家里苦巴巴地等着你回来过生日，结果你在同学家里过完了？"

　　方游谦察觉到了她的怒气，却不知该怎么让她消气，最后只能道歉："对不起。"

　　乔宝琳的胸口发闷，可他那无辜又愧疚的表情又让她有些心软，她重重吐了一口气："算了。"

　　"这么晚我们就别吃蛋糕了吧……我有点累了，你也回去休息吧，蛋糕明天再吃，反正我估计你在学家也吃了不少。"虽然告诉自己不要再计较，可乔宝琳还是忍不住阴阳怪气了一番。

　　她这逐客令已经足够明显，方游谦只得起身，将那插上去的蜡烛拔下来，把蛋糕放回冰箱里。

　　期间乔宝琳就只是静静看着他。

　　方游谦回到沙发边拿自己的包，即将转身时又对上乔宝琳的眼睛。

　　她看着他。

　　不知为何，方游谦从她的眼神中读出了"别走"的讯号，也可能是因为自己不想离开才有了这样的错觉——此刻实在是太过美好，他不想就这样离开。

　　思忖片刻，他又将自己的包放下，轻声解释道："我其实已经忘了今天是我的生日了……而且我本来是不想过的，更没想到你会在这里等我。"

　　乔宝琳听出了他话中浓厚的歉意，心中剩下的不悦慢慢消失。而且他这句话说得好长，长到足够让乔宝琳将那一点不满抹去。

　　她沉默了一会儿，舔舔唇，问道："要吃蛋糕吗？"

　　方游谦点点头："我去拿。"

两人面对面坐着吃蛋糕，气氛比刚才融洽许多。他们安静地吃着蛋糕，却也都心怀鬼胎。

虽然偷偷看对方一眼都觉得紧张，但还是忍不住看了又看。

乔宝琳说有点渴，方游谦立刻起身去给她倒水。

乔宝琳在等待的期间想起冰箱里有几瓶啤酒，突然问道："要不要喝酒？"

她知道方游谦的酒量不是很好，喝一点就会迷糊，也会在酒后做出一些清醒时不会做的事。

酒后的他虽然不像平时那般沉稳安静，却让她觉得那才是真实的他。她想看到真实的他，想看清他的喜悦和酸楚。

方游谦听到这个提议，扭头看她，沉默片刻："可以吗？"

他也想喝。

今晚的确应该是个出格的夜晚。

乔宝琳也讨了两口啤酒来尝尝，不过她年轻了几十岁，口味似乎也变成了二十岁的模样，喝不惯刺激辛辣的啤酒，还是觉得奶茶或者是果茶比较合口味。

啤酒和蛋糕，应该是很奇怪的搭配，方游谦却双管齐下，脸色无异。

可过了没多久，一罐啤酒还没见底，他刚才被冻白的两颊开始泛起兴奋的粉色。

乔宝琳看着他的脸，偷偷笑。

方游谦后知后觉地摸了摸自己的脸，问道："很红吗？"

乔宝琳说："你以后还是少喝酒吧，看起来都没那么聪明了。"

眼睛湿湿的，脸颊坨红，看起来是很笨很好骗的模样。

方游谦低着头勾勾嘴角，之后抬起他那湿漉漉的眼睛看向她，问："真的吗？"

乔宝琳心说：千真万确，像那种勾勾手指头就会上当的笨蛋。

可她没醉，自然不会将这种话说出来，只是点点头："在外面少喝酒。"

不过方游谦在外人面前的确不怎么爱喝酒，结婚之后，他不怎么爱应酬，就算是非去不可的场合，他也只会意思意思，浅浅抿几口就当给面子了，从不会喝得酩酊大醉回来。

这么想想，不管是眼前的方游谦，还是未来的二十五岁的他，都只会在她面前喝得像个小孩。

方游谦看着乔宝琳，轻轻"嗯"了一声，像是答应了。

放在桌上的手机突然闪了一下屏幕，方游谦看过去，是学妹发来的消息。

她先是给他发了生日祝福，又问他安全到家了没有。

方游谦低头回复着。

乔宝琳不经意地捕捉到他手机屏幕上的文字，看了一眼便忍不住一直将视线黏在屏幕上。见学妹又发来一条语音，她的心一紧。

方游谦没点开，直接语音转文字。

乔宝琳眼尖，一下就看到学妹说了什么——学妹让方游谦记得给她准备生日礼物。

方游谦回复了一个"好"字后就关了手机。

可他一抬头就撞上了乔宝琳探究的灼灼眼神，不由得微微愣住。

乔宝琳转开视线，淡淡地问："这么晚了，还有人跟你聊天？"

方游谦轻声解释："昨天学妹生日，我没给她送礼物。"

"这样啊……那她给你送了吗？"

"送了。"

"什么东西？"

方游谦皱眉，像是在努力回忆，过了几秒后，他用湿亮的眼睛看着乔宝琳，说："放在包里，我还没拆。"

乔宝琳知道自己不应该这样，可她还是偷偷窃喜了一下，只是藏在心底的愉悦情绪突然又因为方游谦接下来的一句话而烟消云散。

"上高中的女孩喜欢什么样的礼物？"

他这样认真的态度让乔宝琳一时语塞，心口陡然燃起一团火，那团火烧得她胸口发闷、口干舌燥。

负面情绪在这样安静的氛围下发酵得更快，她没说话。可方游谦似乎没意识到她的情绪，依旧看着她，等着她的回答。

乔宝琳不知方游谦是不是故意的，如果是故意要气她，那么他已经达到目的了。

她垂下眸子，故作轻松地说："喜欢什么？只要她喜欢你，你送什么，她都会喜欢。"

她率先驱散那层朦朦胧胧的雾气，将"喜欢"这两个字放到明面上来说。

说这话时，她的心跳很快，眼睛也直勾勾盯着方游谦，想要从他的表情变化中窥探出他的意思。

可方游谦像是听不懂一样，慢两拍地眨了眨眼睛，说："她没说喜欢我。"

他在纠正乔宝琳。

乔宝琳也知道学妹肯定没说过这样的话，可是方游谦就这么笨拙吗？还是在故意装傻？

他看不出学妹对他的意思，也看不出她对他的爱慕吗？

空气静悄悄的，窗外的雨声也小了，可乔宝琳的心却静不下来，怨气翻腾着，怎么都无法停歇。

她盯着方游谦看了一会儿，迅速站起身，留下一句"我累了"就要离开。

可乔宝琳单脚站不稳，拿拐杖也需要时间，于是就这样被方游谦截住了——

他像刚才一样握住她的手腕，却又不敢大力拉扯她，只是轻轻抓着，传递给她"别走"的意思。

掌心的温度比刚才高上许多，乔宝琳有一种皮肤都要融化的错觉。

她低头看方游谦，发现他的眼睛都变得有些红了。

他的酒量实在太烂。

她看向被他握着的手腕，皱了眉，强自镇定地问："怎么了？"

方游谦盯着她，似乎不解："为什么发脾气？"

他很少问这样的问题，面对她时，他大多数时候是沉默或者道歉。他一直都能感知到她愤怒的情绪，却从来不问她原因，只是沉默着思考，然后道歉。

乔宝琳不承认："谁发了脾气了？我腿不舒服不行吗？我想回去休息了。"

这样的理由正当，方游谦的心往下沉了沉。

乔宝琳撇开他的手，抓起拐杖，想要很潇洒地离开，可是脚步匆忙，转身的瞬间不小心将桌边的杯子带倒。

杯子落地，发出清脆的声响。

乔宝琳停住脚步，转身。

方游谦已经弯腰去捡地上的碎片了。

不知是不是喝了酒的原因，他的动作很慢，坐在椅子上，弯着腰，小心翼翼地捡着。

莫名地，乔宝琳想起了那个被她摔碎的向日葵盘子，当时她回头看的时候，方游谦也是这样弯腰收拾着她留下的狼藉。

此刻，眼前的方游谦和那个已经年迈的老人慢慢重合，让她突然有一种呼吸不上来的感觉。

她看着他，看他因酒精泛红的皮肤，看他因弯腰而露出的后脖颈，看他具有力量的身体，突然控制不住情绪一样，出声问他："你到底是怎么想的？"

她也不知自己在问谁，是在问眼前的人，还是那个记得所有人却唯独忘了她的丈夫？

他到底怎么想的？

她活了两辈子，一直都不知道这个问题的答案。

乔宝琳呼吸加重，等着方游谦的回答。

方游谦还来不及回答，身体便微微抽了一下。

乔宝琳低头看过去，他右手食指上已经出现一道血色，不由得呼吸一滞。

方游谦这时才抬起头看她，他眼眶微红，眼睛泛湿，看起来狼狈又可怜。

乔宝琳的心像是被蜇了一下，想要弯腰去查看他的伤口，却发现自己此刻的状态似乎无法做出这样的动作。

这么想着，她又觉得两人很可笑，一个腿受伤，一个手受伤。

方游谦手上的伤口虽然不大，可血流的速度很快，没一会儿，伤口处便凝出了一滴饱满的血。

可他像是没感觉到一样，只是沉默地看着她。

乔宝琳深呼吸，问："愣着干吗？擦血啊。"

方游谦这才如梦惊醒,抽纸巾擦手上的血。

乔宝琳开始后悔让他喝酒了——喝了酒的方游谦像是个出了故障的机器人,做什么事都慢一拍,感觉不到痛,需要让人引导着才能做出动作。

乔宝琳指挥着他去拿她家的医药箱。

这个"机器人"并不会自己包扎,乔宝琳只能帮忙。

她看着他的伤口,一边消毒,一边皱着眉头问他:"疼吗?"

方游谦的手指抽搐了一下。

他看向近在咫尺的乔宝琳,没说话。

其实是不怎么疼的,他思索片刻之后,还是决定不说。

果然,乔宝琳又被他这样的沉默激怒。

她的眼睛瞪得很大,眼神锐利,可方游谦还是从中看出了类似于"疼惜"的情绪。

她语气不善:"你不说疼,谁知道你疼?谁会可怜你啊?"

乔宝琳也不知道自己在数落谁,眼前的人不是和她相处了几十年的丈夫,她却忍不住将那相处四十几年中的不满一起倾泻出来。

十九岁的方游谦不会说疼,二十五岁的方游谦不会说疼,七十岁的方游谦也不会说疼。

乔宝琳觉得自己真的很累了,很多时候也不想再管,可是看到他这可怜兮兮的模样,心还是像被人拧着一般疼。

方游谦静静地听着,然后看着她的眼睛:"疼的。"

他在撒谎,但如果说疼能让乔宝琳开心的话,他当然愿意撒谎。

乔宝琳听此一愣,心中的悲伤似乎被抚慰了些许。她装作没听见,低头帮方游谦贴创可贴,还没贴完,方游谦便倒吸一口气。

他说:"疼。"

乔宝琳猜是自己贴得太紧了,着急地撕开。

可她手上动作紧张,嘴上却依旧数落道:"现在知道痛了?"

她像在教训小孩一样,觉得方游谦比方知扬还幼稚。

方游谦没说话,等她帮他贴好之后才低声说了句"谢谢"。

处理完伤口之后,方游谦似乎有些手足无措。他坐在沙发上,却不像往常那般镇定,偷瞥乔宝琳好几眼,像是有话要说,却又不知从何说起。

乔宝琳已经无法对他生气了——他今天是寿星,还喝醉了酒,于情于理,她都不应该和他计较。

看了一眼时间,已经一点多了,她又要准备下逐客令了,可还没开口,就被方游谦先打断了。

他的手放在口袋里,低声说:"你刚才说的话没错。"

乔宝琳一愣:"什么?"

方游谦复述道:"喜欢的人送什么,都会喜欢。"

他声音轻轻的,带着微醺的笨拙迟钝。

他也说了"喜欢"……

乔宝琳心脏一缩。

她望向他的眼睛,从他的眼中看到了柔软又暧昧的情愫。

于是她无声地屏住了呼吸,看他从口袋中摸出那只她送给他的羊毛毡。

乔宝琳觉得方游谦的确是醉了,只有在醉酒的时候,他才会收起自己淡漠的伪装,露出最真实的幼稚柔软模样。

她看着他低头玩弄那个羊毛毡,问:"什么意思?"

方游谦抬头,静静地看着她。

两人对视着、沉默着,空气却因为这无声的对视而慢慢升温。

乔宝琳的大脑逐渐发热,被衣服包裹了几层的身体在此刻陡然燥热起来。

她看向方游谦手中的羊毛毡,刚才还觉得它不好看,可在方游谦手中的它看起来的确顺眼许多。

她问他:"你喜欢这个礼物吗?"

喜欢这个丑东西吗?

方游谦回答得很快:"喜欢。"

他眸子清亮,正直直地盯着她。

乔宝琳在他这样直白炙热的视线下几乎忘了呼吸。

"为什么?"她喉咙干涩,这三个字说得沙哑。

方游谦并没有马上回答,盯着她,慢慢地呼吸,然后低头轻轻扣住她的手腕。

这是今晚他第三次握住她的手腕。

这次比前两次都温柔,甚至没有用力,只是触摸着她的皮肤,让她感受到他的存在。

乔宝琳发现方游谦原本混乱的眼神陡然变得清醒,虎视眈眈的,像是在酝酿着什么大计划。

乔宝琳一直在等他说话,在她几乎没了耐心的时候,他终于开口了,声音沙哑得可怕。

"乔宝琳……我想让你再多看我几眼。如果你不愿意的话,我的生日愿望是你忘记今晚发生了什么。如果你愿意的话,我的生日愿望是你能给我一次机会。"

乔宝琳明明心跳加速,面上还要装作镇定地问:"什么机会?"

方游谦眸子一闪:"陪着你的机会。"

乔宝琳咬咬唇,看着他,声音很轻:"你突然说这么多话,又弯弯绕绕的,我听不懂。"

方游谦没再迟疑:"我喜欢你。"

其实乔宝琳已经预感到他要说什么了,可真当他把这四个字说出来的时候,她的心还是狠狠震了震,灵魂似乎也跟着颤抖。

眼眶不自觉地盈上一层雾气,她好像等这句话等了很久,他欠她这句话欠了太久。

他早该说他喜欢她的,他们早该这样坦诚的。

在他还没忘记她的时候,在他们结婚的时候,甚至更早以前。

她哑着声音问:"你是醉了吗?"

"没有。"

她放缓呼吸:"你喜欢我?"

"喜欢。"

"什么时候开始的呢?"她忍不住刨根问底,声音放轻,像在哄骗着孩童说出真相。

方游谦声音沙哑:"我不知道。"

乔宝琳不满意地皱眉,方游谦眸子一闪,握着她的手微微收紧。他不由自主地朝她再近了一些,解释道:"……我一直都喜欢你,

· 204 ·

但我不知道应该追溯到哪个时间点。"

乔宝琳听完却并不觉得喜悦，只是久久地沉默。

她望着方游谦的眼睛，似乎企图透过他的眸子和另外一个人交流。

方游谦在这诡异的静默中紧张起来，他又握紧了她的手腕，甚至有些着急地求爱。

"我爱你。"

"我们能……在一起吗？"

说到最后，他的声音都变小了，似乎是不自信。

乔宝琳依旧愣愣的，没有做出方游谦期望中的生动反应，因为她体会到的情绪比方游谦沉重复杂许多。

眼前的方游谦并不知道他们早就在一起了，也不知道他们在一起几十年却从没说过"喜欢"和"爱"，更不知道她兜兜转转了几十年，用了两辈子才听到了他对她的心意……

这些遗憾沉重失落的情绪在他的急切中沉淀，她倏然明白，此刻最重要的是不再让眼前的人伤心。

他们绝不能再错过了。

乔宝琳看着方游谦彷徨担忧的脸，着急地想要抚慰他，于是她反手握住他的手腕。

在他愣怔的时候，她凑近他。

离他的脸只有两厘米的距离时，她盯着他的眼睛，说："好，我们在一起。"

之后就用简单粗暴的动作表达了自己的意愿——

她诚恳地吻上他的唇。

03. 毫不保留地热恋

这虽然不是乔宝琳第一次吻方游谦，但距离上一次吻他的确是有些久远了，应该是在两人分房睡之前？或许更早？

……久得她有些记不清了。

可碰上他唇的那一瞬间，封藏了不知多少年的记忆又突然出现在脑中。

乔宝琳不仅察觉到熟悉，也感到陌生。

熟悉的是唇上的触感和接吻时他鼻子会抵到的位置都跟以前一样，陌生的是她紧绷着的身体和快速跳动的心脏。

这是以往不曾感觉到的，她不只是感受到生理上的刺激，心灵也在激荡。

她不知接吻能让自己的心脏跳得如此快，也不知这样就能轻易地红了脸。

她顺着本能朝方游谦压过去，满意地看着他惊愕的眼神逐渐沉沦，最后破罐子破摔一样地缓缓闭上了眼睛。

乔宝琳心想，这应该就是十九岁的方游谦和二十五岁的方游谦的区别，二十五岁的他才不会害羞地闭上眼睛，只会像捕食一样不停地追逐着她的唇。

而且……十九岁的方游谦接吻的时候好像还不会换气，他小心翼翼地屏住呼吸，像是担心每一个细微的举动都能将她吓跑。

乔宝琳见他的脸愈来愈红，担心他憋气憋出病来，这才微微退后，结束了这个吻。

两唇分开，刚才相贴的那一点地方立刻体会到了一种空虚。

方游谦睁开眼睛，看到乔宝琳近在咫尺的脸，沉默地盯着她的唇。

乔宝琳觉得他这犯蒙的模样非常可爱，忍不住带着笑意问道："初吻啊？"

她装得游刃有余，似乎忘了这辈子的自己也是初吻。

方游谦不说话，反应依旧很慢，雾蒙蒙的眼神从她的唇移到她的眼睛，对上她打趣的目光后，点点头："你也是。"

乔宝琳下意识想否认，却想起不管是上辈子还是这辈子，她的初吻的确都是给了他。

于是猖狂的话到了嘴边，最后还是收了回去。

"但我知道接吻是可以呼吸的，你不知道。"

方游谦静静看着她，不自觉地抿抿唇："我现在知道了。"

乔宝琳挑挑眉，想要继续装得镇定，可她不知道此刻方游谦眼中的她脸有多红，眼睛有多水灵。

方游谦继续收紧那只握着她的手。

乔宝琳真觉得她的手腕几乎要和他的手心融在一起了，他的体温

· 206 ·

实在是太高，那温度带来的热意钻进她的皮肤，顺着她的血管往上攀爬，将她本就发热的脑子烧得更烫了。

她刚想让他松开点，便听到他沙哑的声音。

"再来一次？"

他已经会在接吻的时候呼吸了，想再试一次。

乔宝琳微怔，然后在他灼灼的注视下舔了舔唇："可以。"

她话刚说完，方游谦便低头亲了过来。

乔宝琳被撞得往后一仰，罪魁祸首则是一愣，然后伸手搂住她的腰将她抱住。

乔宝琳那只打了石膏的腿依旧不能动弹，能活动的那条腿卖力地脚尖踮起，一只手腕被他握着，整个人还被他搂进怀里，于是那只空闲的手就不知道该放到哪里了。不敢像他一样直接去碰他的腰，她只能顺势将自己的手放在他的腿上。

但这一放，她就摸到了奇怪的东西。

在他口袋里有一个方方正正的盒子，她被他搂着吻，却还是分心地想着掌心下压着的到底是什么。

两人今晚的吻很青涩，只是轻轻地碰了碰唇就分开，大多时候依旧不敢用力呼吸。

第一次吻的时候，乔宝琳还急得心脏胡乱跳，这个吻她便觉得游刃有余许多，她在回应方游谦的同时还在猜测他口袋里的东西是什么。

方游谦能感觉到她的心不在焉，便也不想勉强。

以为是她不想和他再亲了，他懊恼又失落地结束这个吻，看向她的脸，才发现她的表情古怪。

他用鼻尖轻擦过她的脸，问："怎么了？"声音低低的，湿热的气息都喷洒在她的皮肤上。

乔宝琳思忖片刻，还是捏了捏掌心下的东西，问道："……这是什么？"

她这话说得不是很连贯，因为在捏这东西的时候，她能感觉到方游谦的身子抽搐了一下，像是按到了什么开关，他屏住了呼吸，连用鼻尖摩擦她的力度都有些失控。

乔宝琳也有点慌张，讪讪松开手："怎么了？"

方游谦没回答她这个问题,只是低声说:"……烟盒。"

乔宝琳压下嘴角,其实刚才她胡思乱想了好一会儿,一直以为是避孕套。

听到正确答案后,她倒觉得自己刚才的想法有些可笑了。

她"哦"了一声,让他把烟盒拿出来。

方游谦看她又皱眉又憋笑的,摸不清她在想什么,但还是很听话地把烟盒从口袋里拿了出来。

乔宝琳拿过他手中的东西,打开一看,里面少了两支。

"刚买的?"

"刚才在便利店里买的。"他老实交代。

"抽了两支啊?"

方游谦点头。

乔宝琳耸耸鼻尖,凑到他肩头贴着他的衣服闻了闻,的确嗅到一股若有似无的烟草味,不是很重,需要仔细闻才能发现。

她看着他,发现他嘴角抿着,眼神慌张。

她心口猛地一缩,他这副模样又让她想起上辈子他在深夜的阳台抽烟被她抓包时的样子。

她嗓子莫名有些哑:"你心情不好?"

方游谦踌躇片刻,最后还是在乔宝琳温柔的注视下说出了实话:"我觉得很孤独。"

乔宝琳瞪他:"我在这里等不来你,你倒还在外面伤心起来了?"

方游谦不敢再说话。

乔宝琳低头看烟盒,问:"打火机呢?"

方游谦从另一个口袋里摸出打火机,抬头才发现乔宝琳已经从烟盒里抽出一支烟。

她试着咬住烟嘴,口齿不清地说:"给我点上。"

方游谦皱眉:"你做什么?"

乔宝琳催他点上,他只能妥协。

烟尾点上火,烟雾在两人之间袅袅升起,可乔宝琳只尝试着吸了一口就被呛到,直直对着方游谦的脸喷出烟气。

两人都十分狼狈,等火熄灭了,乔宝琳才找回从容。

她盯着那抽了一半的烟,问:"这东西真能解愁?"

她其实只是想要试试烟的滋味,以前也试过几次,但都和刚才一样狼狈收场。

方游谦点头,然后从她的手中拿回烟盒,低声解释:"但我……没有很频繁。"

乔宝琳哼哼两声:"但你也不会轻易戒掉。"

至少到二十五岁,方游谦都保持着这个坏习惯。

方游谦盯着乔宝琳看了一会儿:"但现在我好像已经没了抽烟的理由。"

乔宝琳问:"什么意思?"

他慢慢凑近她,直到她能看清他眼中她的倒影。

"因为我已经没有需要烦的事了。"他的声音很低,这句话也说得很慢,慢到乔宝琳能听清他声音中所有的细小颤抖。

"什么意思?"乔宝琳慢慢调整呼吸,继续装傻。

方游谦也学聪明了,似乎知道她是在明知故问,便没有傻傻地去回答,而是低头去亲她很"硬"的嘴。

乔宝琳推开他:"什么意思啊?说我是你的烦恼?"

方游谦嘴角抽了一下,他没反驳,只是又凑过去,盯着她的眼睛:"你知道我是什么意思。"

你知道我是什么意思,你知道我有多喜欢你,你知道你对我意味着什么,你都知道的。

乔宝琳对他来说的确是烦恼,也是想起来便会感到愉悦的一片安宁。他的所有情绪都被她牵引着,她能让他痛苦自卑,也能让他愉悦欣喜。

只要她想,她就能轻易拿捏他。

但他愿意这样。

乔宝琳看着方游谦这副脆弱苍白的可怜模样,舍不得嘴硬了。

她伸手抱住他的脖颈,将他拉得再近些:"我知道,我都知道。"

她温柔地吻上他的唇:"我会好好爱你的。"

"我们好好恋爱。"

这一次,他们要毫无保留地热恋。

04. 无聊的一天

等到方游谦躺到自己的床上时，已经凌晨两点了。

窗外的雨已经停下，周围终于变得安静，静到方游谦能清晰地听见自己的心跳声。

空气依旧冷冽，带着雨水的潮湿，和刚才在乔宝琳家中感受到的一样，于是灵魂又像是回到了刚才的场景中，他再次复盘回味。

他没开灯，窗帘拉了一半，室外的清冷月光勉强照亮了屋内的轮廓。他躺在床上，望着天花板发呆，脑中塞了许多带着乔宝琳的画面。

他的心思被搅乱，根本无法入睡。

天微亮的时候，他似乎才迷迷糊糊地陷入了梦境，睡了没多久又被闹钟叫醒。

旖旎的梦陡然被打断，他醒来的时候心脏狂跳，全身的细胞都能感受到那疯狂的跳动频率。

他好像魔怔了，梦里梦外都是乔宝琳。

乔宝琳起床的时候已经接近中午，她像往常一样下楼准备吃方游谦带给她的早饭，一摸包子，发现今天的早餐居然还是温热的。

她一愣。

今天她起得很晚，天气又冷，按常理来说这早饭早该冷了，除非……果然，下一秒，身后便传来动静。

乔宝琳回头看，方游谦正好从厕所里出来。

两人对视了一秒，莫名都察觉到羞赧的情绪，站在原地无所适从。

乔宝琳率先开口："今天不用去上课吗？"

方游谦这才关上厕所的门，朝她走过来："请假了。"

"为什么？"

乔宝琳期待他这个闷葫芦说出些甜言蜜语，最后当然还是失败了。

"今天生日。"

乔宝琳知道他秉性难改，没有表露出失望的情绪，只是一来一回地继续问："对哦，那你今天想做些什么？"

方游谦想了一会儿，坐在她对面，看着她："什么都不想做。"

然后把装早餐的包装拆开,将里面的东西都放到她面前,"吃吧。"

乔宝琳喝了一口豆浆,点点头:"行,那今天的生日主题就是无聊的一天。"

方游谦说:"好。"

吃完早餐之后,无聊的一天已经过去一半了。

到了午餐时间,乔宝琳却没胃口继续再吃了,两人决定跳过午餐,饿的时候吃点昨晚剩下的蛋糕。

与其将这样的生活说成是无聊的一天,不如说是乔宝琳的日常。

最近打石膏的这段时间,她什么都不能做,吃过饭后就瘫在她的沙发专属位置上网打发时间。以前付青在家的时候,她还能和付青斗嘴消耗体力,如今付青不在家,她只能一部部地刷着电影或者和朋友打打游戏,企图用手指运动来完成一天的运动量。将近傍晚的时候,她会进行自己的"复健运动"——出去给院子里的花草浇浇水,再在秋千上荡一会儿,看看天空,和大自然对话三十分钟。之后再和朋友聊聊天,完成群居动物必要的社交需求。

她最近的日常就是这样无聊,虽然体会不到之前爬山下水的快乐,却也能在慢节奏中体会到一点安静的美好。她之前的生活节奏很快,这样被迫慢下来一段时间后,她的确感受到了一些不一样的滋味。

不过今天是要和方游谦一起过,她不知道他能不能接受她这样惬意却毫无效率的日常,毕竟他是个很追求效率的机器人。

她一开始还是有些担心,但当她将视线从手机屏幕移动到不远处正在埋头学习的方游谦的脸上时,才发觉自己多虑了——她和他一直都是能和谐共处的。

结婚的那四十几年里,他们也是这样,虽然不能硬凑到一起,却也能在一个空间中做自己的事,专心致志,一点都不互相打扰。

于是她又悠悠地转回视线,继续打发时间,看到有趣的帖子也会笑得吱哇乱叫,他会偷偷地瞥她一眼,然后笑着继续做自己的事。

接近傍晚,乔宝琳才觉得他们不应该将一天就这么打发过去,毕竟今天是他们决定开始热恋的第一天。

于是她再次颐指气使地要求方游谦陪她进行复健训练——她在前面给花草浇水,他跟在她后面收拾杂草。

211

复健活动结束之后，两人在秋千上坐了一会儿，就着冬日带着暖意的余晖接了一次吻，然后在夕阳下无声地倚靠着对方。
　　周围静悄悄的，两人的心湖却翻腾着不肯停歇。

　　吃过晚饭，方游谦坐到沙发上陪乔宝琳看电视。
　　今天看的是韩剧，乔宝琳坐着没一会儿便不安分地躺下，一个人便占了整个沙发。
　　方游谦几乎没位置，但他没说话，只是看了她几眼，最后红着耳朵问她要不要把脑袋枕在他的腿上。
　　乔宝琳求之不得，大大咧咧地枕着他的腿看电视。
　　这部韩剧她已经看了好几天了，已经到了尾声。
　　今天的剧情是男主抽烟被女主抓住，优秀却又沉默寡言的男主在那一刻慌了神，快速将烟藏到身后，脸上是惶恐的表情。
　　乔宝琳看到这里下意识抬头看方游谦，发现他抿着嘴，眼神严肃。
　　她忍俊不禁："这表情和你当时一模一样。"
　　方游谦这时开始装傻："什么？"
　　乔宝琳"哼哼"两声，懒得揪着他不放，便略过这个话题继续看电视。
　　但不久之后，电视中错过了许久的男女主角突然将话都说开，这一段推拉试探看得乔宝琳甚至不敢喘气——终于，男女主角确认了对方的心意，总是隐忍的男主角终于不再掩饰自己磅礴的爱意，用吻来表达。
　　乔宝琳看到这里激动得从方游谦的腿上爬了起来，紧紧注视着电视里的两人，被感动得湿了眼眶。
　　方游谦见她眼睛都湿润了，着急给她递纸巾。
　　乔宝琳接过，边擦泪边说："……幸好没错过。"
　　方游谦不知她说这话是不是因为联想到了自己的经历。
　　他见她脸色不好，想了想，小心翼翼地将她搂进怀里。
　　虽然他很僵硬，但乔宝琳很熟练地找了个舒服的姿势，像是已经躺过许多次了。
　　方游谦微微一愣，低头看她的脸，哭得眼眶和鼻尖泛红，可怜极了。

乔宝琳吸吸鼻子,没有说话。

接下来的剧情都没有进到她的脑中,她只是不断地想着自己和方游谦这称得上是"坎坷"的恋爱经历。

她抬头看他,发现他依旧很僵硬,连嘴角的弧度都不是很自然。意识到是两人的亲密距离让他这般紧张后,她又觉得有趣,心中那种遗憾的情绪似乎被他这副紧张的模样冲淡了一点。

她侧头在他怀里蹭了蹭,说:"我冷。"

方游谦微愣,嗓子有些沙哑:"给你拿条毯子?"

乔宝琳骂道:"笨蛋。"然后起身,伸手捧住他的脸,教育道,"我说这种话的时候,你要抱紧我,懂不懂啊?"

她就想让方游谦抱紧她。

用力地爱着对方的感觉似乎能弥补她对过去的那些缺憾。

她话一说完,方游谦就抱住她了。

她趴在他的肩头,感受着他的温暖,听他的心跳,闻他身上的气味,然后在他呼吸加重的时候抬头向他索吻。

他们唇齿相依,交换呼吸,让蓬勃的爱意在这炙热的环境中继续滋生。

乔宝琳一开始觉得自己的爱比方游谦的重些,因为她比方游谦经历更多,但当方游谦吻着她一遍遍说着喜欢她爱她的时候,她才发现方游谦似乎比她想象中的更加爱她。

他们抱在一起,分开湿热的唇,沉默地贴着额头。

无声的感情在二人之间流淌,沉默地生长。

他们在这样浓烈的情感中结束了无聊的一天。

睡前,乔宝琳回忆着一天里发生过的所有事,得出结论——

今天依旧无聊,但她已经在憧憬着同样无聊的明天了。

第十章
今天天气很好，我们见面吧

01. 我的心肝

乔宝琳和方游谦过了几天同样无聊的日子之后，去烧香拜佛的四位长辈一起回来了，四人经历过佛的洗礼后，都精神奕奕地准备迎接新年。

整个城市喜气洋洋的，空气中洋溢着新年的气息，乔宝琳也在除夕的前一天去医院拆了石膏。

小腿那里藏污纳垢了十几天，她回家洗了个澡后有一种体重轻了不少的错觉。

虽然她拆了石膏，但医生还是交代她要静养，于是她依旧有借口瘫在沙发上不动，付青脸色一变，她就哭丧着脸说腿疼。

就这样，她平安无事地混到了除夕这夜。

她们家和方游谦家本来是分开吃饭的，但不知是不是这趟拜佛之行又增进了两家的关系，除夕这晚，方家三口要来她们家吃年夜饭。

乔宝琳向付青问起这事，付青随口敷衍道："人多热闹啊。"

其实真正的原因是这一趟去寺庙，有人提点说他们两家缘分很深，之后应该会有很多往来，而且两家互相往来也能让两家的运势上升，是一件绝对的好事。

但付青并不想跟乔宝琳说太多，在她眼中，乔宝琳还只是个孩子，知道这些也没什么用处，而且若是多说了两句，乔宝琳定会问

·214·

个不停。

付青还是提醒了乔宝琳一句:"别整天没事干就和方游谦作对。"

乔宝琳一愣,还以为自己和方游谦刚谈几天的地下恋被发现了,装作镇定地说:"我哪里有!"

"有没有你自己心里清楚。"

"为什么不让我跟他作对啊?"

"那是你的贵人。"

乔宝琳当即就反驳:"胡说什么啊!"他哪里称得上是她的贵人,她才是他用八辈子修来的福气碰到的人。

付青哼哼两声不想多说,看向乔宝琳受伤的那条腿,随口道:"你这两条腿怎么不一样粗了?"轻轻松松就让乔宝琳转移了注意力。

乔宝琳低头着急地对比着两条腿,大概过了十几分钟才抬头大喊:"胡说啊!"

除夕夜,两家人坐在一张圆桌前吃饭。

乔宝琳穿着崭新的红衣服,手腕上还戴着方赴宏送她的手链。这半个月她没怎么运动,整个人都散发着一种珠圆玉润的富贵气息,脸庞饱满,皮肤白皙,眼睛水灵,两颊又泛着淡淡的粉色,看起来十分讨喜。

周如月抓着她夸了许久,说她就是性格开朗才能生得这般健康漂亮,又交代方游谦多和乔宝琳走动走动。

一整晚没怎么说话的方游谦看了一眼笑盈盈看着他的乔宝琳,然后点点头,轻轻"嗯"了一声。

乔宝琳心想:嗯,地下情实在是刺激。

吃过年夜饭后,乔宝琳发现方游谦突然消失了。

她左右环顾都没发现他,以为他去厕所了,却又看见他从屋外进来,脸色如常。

周如月问他去干什么了,他说没事,只是回去给手机充电。

乔宝琳本不打算将这件事放在心上的,却在之后发现了他刻意跑回去的真正原因——

方游谦坐在她身边,将手腕放在餐桌上,露出和她右手腕上戴着的一样的手链。

他是专门回去戴这条手链了？

乔宝琳压下嘴角，也装作无意地将右手放到桌上，露出和他一样的手链，然后瞥他一眼。见他嘴角抽动，她也忍不住偷笑。

在家长眼皮子底下做这种事的确会让人心跳加速，耳根发热，但有时也会被吓得丢了半条命。

在付青问乔宝琳的脸为什么这么红的时候，乔宝琳的心跳都漏了几拍。

"没事啊，就是热而已。"她收起自己的手腕，不大自然地摸着那条手链。

她忘了这手链是方叔叔送的，也是付青亲自点头她才收下的，根本不需要像做贼一样遮遮掩掩。

她紧张得全身僵硬。

但在提心吊胆的时候，她似乎听到了方游谦轻轻的嗤笑声。

她扭头看过去，果然，他的嘴角都来不及敛起。

她气得瞪他一眼，然后将右手揣进口袋里，不想再和他玩这幼稚的游戏了。

吃过年夜饭后，他们转移阵地，坐到客厅里看春晚。

长辈们兴致起来了，开了几瓶酒，红的白的混着喝，渐渐都有了些醉态。

客厅电视里播放着的春晚虽然喧闹，却没有人将注意力放在上面。乔宝琳和方游谦坐在沙发的两个角落默默低头玩手机，若是以前，他们才不会在这样的场合浪费时间，但此刻他们舍不得离开。

喝高了的乔国阳从角落里拖出一台机器，招呼着方赴宏来唱歌。

这台机器是乔国阳前段时间在二手市场淘回来的，付青看不上，他却当个宝，经常说要用，却找不到机会，今天家里热闹，正好拿出来给大家尽尽兴。

十分钟后，客厅里的歌声此起彼伏，高低不一的调子交杂着破掉的音节，听得乔宝琳恨不得捂上耳朵。

但四位长辈很投入，唱得面红耳赤、精神振奋，她也不想扫兴，只说自己很累，准备上楼休息了。

方游谦虽然没看她，但注意力一直在她身上，听她说要离开，也直起腰来。

乔宝琳瞥到了他那失落的眼神，真觉得他像一只担心被人抛弃的小狗。

喝了点酒的付青正唱着歌，听乔宝琳说要上楼，放下好不容易从乔国阳那里抢来的话筒："我扶你上去。"

乔宝琳虽然拆了石膏，但腿还不是很利索，付青真怕她上楼的时候腿一软摔下来，所以每次上下楼都要搀着她。

乔宝琳赶紧阻止："你继续唱吧，方游谦扶我上去就行了。"

说完，她看向方游谦，大大方方地对他发出邀约，只是不知道他会是什么反应。

方游谦反应很快，脸色无异地站起身来："阿姨，我扶她上去就行了，您继续唱吧。"

付青笑着说："游谦真懂事。"

于是他们这对地下情侣就在长辈面前堂堂正正地挽起了胳膊。

上楼的时候，乔宝琳低声问："你紧不紧张？"

方游谦也低声说："不紧张。"

乔宝琳故意捉弄他一样，靠在他耳边："那我现在在他们面前亲你一下，你怕不怕？"

方游谦呼吸一滞，抓着她的手臂都猛地绷直，过了很久才慢吞吞地说了句："……不好。"

见他一本正经，乔宝琳忍俊不禁，继续逗他："怎么不好？"

方游谦知道她只是故意说这话捉弄他而已，但也无法破罐子破摔回复"那你试试"这样的话，于是只得抿了抿唇："就是不好。"

乔宝琳见他耳根都红了，便没再逗他，清了清嗓子："那你扶得再稳一些。"

方游谦不动声色地将她往怀里搂紧。

进房间前，乔宝琳还以为方游谦是一只只会摇尾巴乞讨的小狗，任她拿捏，没有她的指令绝对不会贸然上前的，可他却在进了她的房间后突然变了模样。

他一手搂着她的腰,一手按着门,低头急切地朝她凑过来。

他用鼻子蹭着她的脸颊,直勾勾地盯着她,声音也黏糊糊的:"现在可以亲了。"

乔宝琳突然被桎梏,自然有些没反应过来,心跳猛地加速,呼吸也因这逼仄的空间变得混乱。

身前是方游谦滚烫的身躯,身后是坚硬的房门,她被挤得几乎没地方躲,只能喘息着,在昏暗中看着他渴望的眸子。

"可是我现在不想。"

她又在逗他。他那张精致的脸近在咫尺,她其实也需要花上一点力气才能压下心中那股亲上去的冲动。

方游谦没想到乔宝琳会拒绝,但也没之前那般踌躇小心了,沉默片刻,问道:"……为什么?"含着小心翼翼的恳求意味。

乔宝琳当然说不出什么来,看着他潋滟的眸子,心软了。

"行吧。"

她话一说完,方游谦便压着她吻了下来。

两人这几天不知亲过多少次了,那青涩的蜻蜓点水也已经进化成了互相侵略的掠夺,好像是要将对方的气息都夺走一半。

乔宝琳穿得多,又被方游谦压在门上,热得浑身出汗,他亲得入迷,而且……乔宝琳能感觉到他身体的明显变化。

她在濒临窒息的边缘扭开头,双眸湿润,大口喘息着商量:"别在这里。"

方游谦声音发哑:"累了?"

乔宝琳索性靠在他的肩膀上:"站得有些累了。"

方游谦低头用脸蹭着她的耳朵:"……那去床上?"

"去干吗啊?亲嘴啊?"乔宝琳揶揄。

乔宝琳在经历过那么长时间的一段婚姻之后,自然习惯了坦然面对这些亲密举动,而且知道方游谦的心思之后,她一点都不扭捏,想什么就敢说什么。

只是不知道眼前这闷葫芦能不能接住招。

闷葫芦虽然沉默着,但呼吸明显重了些。

乔宝琳在他的肩头上偷笑,然后低声嘟囔:"我可不想这么快就见到方知扬。"

"谁是方知扬?"两人离得这么近,方游谦将她的话听得清清楚楚。

"我的心肝。"说完,乔宝琳也忍不住笑起来。

抱着她的人却明显紧张起来,又低声问:"谁?"

乔宝琳才不想就这样告诉方游谦,假装说:"我累了。"

方游谦将她扶到床上后,她在床上翻了一圈,从床的这侧滚到另一侧,抬头却又看见方游谦严肃认真的眼神。

乔宝琳笑了:"吃醋啊?"

方游谦低头:"我只是想知道是谁。"

乔宝琳想了想,把真话随口说了出来:"我们儿子的名字。"她盯着方游谦看,"没想到吧?我已经想好我们儿子叫什么了,就叫方知扬。"

方游谦站在床边没动,过了好几秒才沙哑着声音问:"为什么叫这个名字?"

"随口取的,不好听吗?"

方游谦老实回答:"……好听。"

"那不就行了?我儿子就是我的心肝。"

方游谦沉默地站在原地,好一会儿之后才坐在她床边,低头盯着看她:"可是……还太早了。"

乔宝琳终于笑出声来:"什么太早?和你生孩子啊?"

方游谦轻轻"嗯"了一声,声音很低:"再等几年。"

乔宝琳躺在床上盯着他看,也跟着沉默了几秒之后,趴在他的腿上继续看他:"现在不想跟我生孩子啊?那你刚才倒是别……"

最后一个字她没说出声来,却故意把口型比得异常清楚,足够让方游谦在这样的夜色中也看得明白。

于是,他的心脏又开始剧烈跳动。

乔宝琳发觉方游谦僵住后便像个魔女一样"咯咯"笑个不停。

方游谦看着她这副得逞后的开心模样,羞耻感陡然消失,取而代之的是对未来的憧憬和向往。

他能感受到自己心中浓稠炽烈的情绪——

219

他希望乔宝琳在他面前能永远这样笑。

他看着她，说："好吧，就叫这个名字。"

02. 死去哪里

虽然两人已经决定了孩子的姓名，但是就像方游谦说的那样，生孩子这件事对他们来说的确太早了，于是两人并没有就此进行更加深入的探讨。

方游谦在乔宝琳的房间里待了一会儿就离开了。

走之前，乔宝琳捧着他的脸亲了又亲，从眼睛吻到鼻尖，见他露出小女生的害羞神色才作罢，最后在他的唇上重重印下一吻。

她的声音很温柔，缠绵黏腻："新年快乐。"

他也轻轻地蹭着她的唇："新年快乐。"

乔宝琳在方游谦下楼后才去洗漱休息。

此时，烟花鞭炮都放过几轮了，已经深夜，可楼下的K歌声还未停下来。

她的精神依旧振奋，也睡不着。

正无聊的时候，她将手上的手链对着窗外的月光照了照。

就这一瞬间，那莹润通透的玉珠似乎发出了光芒，猛地一闪，乔宝琳被刺得闭上了眼睛。

她的心脏狂跳，耳边也是轰鸣声，可是再等她睁开眼睛时，周围又安静得像是什么都没发生过。

她狐疑，走到窗边拿着玉珠对着月亮看，可那手链再也没发出什么光芒，好像真的只是一串普普通通的玉珠手链而已。

乔宝琳试了好一会儿都没能再复刻当时的场景，刚才发生的那一瞬间似乎只是她的错觉，困意突然来袭，于是她便也没再去追究。

等楼下那四位热唱的长辈消停后，她也终于陷入了梦乡。

时间过得很快，寒假一下就过去了。

乔宝琳整个寒假都在家里静养腿伤，几乎没出去玩，不过有方游谦这个地下情对象，她也不会无聊到哪里去。两人正处于热恋阶段，待在一起哪怕什么都不做都觉得有趣，恨不得天天黏在一起亲亲抱抱。

但长辈在家,他们敢想却不敢干,整日用眼神调情。

家长们或多或少能感觉到这两人关系的缓和,但也只是以为两人将他们的话听了进去,不再幼稚地作对,抑或是那趟寺庙之行起了作用。

他们谨记着高人的话,知道两人交好能提高运势,便也觉得这是件好事,没有多问。

在家里养膘的几十天很快就过去了,乔宝琳和方游谦回到学校继续学习。

回到学校后,乔宝琳才意识到他们学校离得近的好处——正处于热恋期的他们每天都要见面,因为学校离得不远,两人每天晚上都一起吃饭,聊聊一天的趣事。他们周末也腻在一起,去种草很久的餐馆品尝美味,去电影院观赏刚上映的电影……

时间不紧不慢地过去,他们的感情越来越稳定,在乔宝琳的"调教"下,这个闷葫芦进步许多,不会只是绷着脸沉默。他会喊疼,也开始把"我爱你""想你了"之类的情话挂在嘴边。

乔宝琳却不觉得方游谦是在油嘴滑舌,因为他说这些话的时候总是十分诚恳。

每当乔宝琳听见方游谦用真诚的声音说出这样缠绵悱恻的情话时,总觉得自己就是这个世界上最值得被爱的人,而方游谦是这个世界上最爱她的人。

他们偶尔也会吵架,但方游谦只要稍微低个头,乔宝琳便忍不住心软原谅他。

可能是因为他沉默道歉的模样总让她想起年迈的他。

两人已经错过了一辈子,他们没有那么多时间可以浪费。

相爱已经不够,哪有时间来吵架?

他们这对情侣稳定又恩爱,余衍晴和周临却没他们这般顺利。

和他们这样岁月静好的风格不同,余衍晴和周临倒是谈得轰轰烈烈,两人性格一动一静,爱的时候很是深沉,但吵起架来也是火星撞地球。

余衍晴最擅长冷处理,而周临性子急,就算被晾着也会自燃爆炸,每次吵架两人都要弄得气喘吁吁筋疲力尽才肯和好。

不过每次争吵都是一次磨合，虽然余衍晴没说，但乔宝琳能感觉到她对周临越来越着迷了。

新年的时候，乔宝琳听说两人在周临家附近约会被周临的妈妈撞见了。

本以为周妈妈会对余衍晴有意见，但出乎意料的是，周妈妈知道余衍晴的情况之后对她很满意，整日催着周临把余衍晴带回家让她仔细看看。余衍晴却总是拒绝，说自己还没准备好，周临只能作罢，让周妈妈再等等。

虽然余衍晴没答应去见周妈妈，但乔宝琳觉得余衍晴当时的反应似乎也只是因为害羞和胆怯。

其实乔宝琳在上辈子见过周妈妈几次。

周临是单亲家庭，父亲很早就因为意外去世。周妈妈的确是个好人，丈夫意外去世之后一个人将周临拉扯大。周临一声不吭消失后，她一下衰老，对余衍晴也十分愧疚，经常帮着余衍晴照顾孩子，之后是因为病倒才没继续带孩子的。

在乔宝琳的印象中，周妈妈是个善良勤劳却又一生奔波的苦命女人，年轻时独自拉扯周临长大，人到中年又要接受周临突然消失的噩耗。好在她坚韧又顽强，等到了周临回来，孙子健康长大，最后过得也算是和美幸福。

自从认定余衍晴和周临无法分开之后，乔宝琳就持着"祝福"的心态看待两人。加上自己学业并不轻松，还要花时间和方游谦恋爱，她也没那么关注余衍晴和周临的情感状态了，只偶尔从余衍晴的口中知道他们哪天又吵架了，周临哪天又来学校找她了，他们哪天决定去海边玩之类的消息……

乔宝琳看着他们争吵又和好，最后又爱得更加投入，也开始发觉这对情侣虽然分分合合，但的确是完美契合的天生一对。

但在大三的那个深夜，得知余衍晴怀孕的消息时，乔宝琳还是彻底蒙住了。

她猛地意识到自己忘了最重要的事。

余衍晴会在大三怀孕，而周临也会在孩子出生不久后突然人间蒸发，而余衍晴本该璀璨发光的人生从孩子出生的那刻急转直下。

她居然忘了给余衍晴科普早婚早孕的坏处，也忘了提醒余衍晴再爱周临也要避孕！

乔宝琳拿着手机在宿舍阳台上至少沉默了半分钟才嗓子沙哑着出声："你怎么想的？"

她的心脏突然跳得很快，耳边幻听一样出现了余衍晴的答案。那答案是她无法接受、最害怕听到的，她在心中祈祷着余衍晴能做出不一样的选择。

但余衍晴听不到她的心声，像上辈子那样做出决定，说出了让她几乎崩溃的回答。

"我考虑过了，也和周临商量了，要生下来。"

乔宝琳气得想哭，可还是忍住了，努力抑制住无力又愧疚的复杂情绪后，轻声问："休学吗？"

余衍晴点点头："嗯，打算休一年。"

乔宝琳发现余衍晴的语气并不沉重，细听甚至还带着一点对未来的期待，于是她更加心痛："你确定你能迎接这样的未来吗？你们要结婚吗？你父母那里呢？"

余衍晴听到"父母"这两个字，情绪马上低落："……我打算先瞒着我父母。"

果然跟上辈子一样。

上辈子也是这样的。

余衍晴的父母都是接受过高等教育的知识分子，却也最不能接受她这样离经叛道的生活方式。

于是，余衍晴一直都在父母面前遮掩着和周临的恋情，这次生子也打算先斩后奏，可周临却在孩子出生不久后失踪，她没了最重要的靠山，父母自然也对她失望至极，甚至不肯认那个还在襁褓中的婴儿。

他们最后花了一段时间才接受那个婴儿，余衍晴在其中承受的痛苦自然也是无法估量的。

乔宝琳一眼就能看清余衍晴的未来，能预知到她的痛苦和挣扎，所以急切地想要提供帮助，却因沉浸在愧疚的情绪当中而不知该如何应对。

余衍晴见乔宝琳沉默，也明白了她的意思："我知道你是担心我，但是放心，我相信我能处理好，我也相信周临。我和他……一定会有很好的未来。"

乔宝琳知道余衍晴是有能力渡过这一难关的，只是想到余衍晴未来会遇到的困难，她的心依旧阵阵绞痛。

阳台突然吹过一阵风，乔宝琳湿热的眼眶察觉到一股凉意，乱糟糟的脑子也终于清醒了些。她重振精神，想了一会儿后，说："我也相信你能处理好。"

她知道，此刻的余衍晴虽然嘴上坚定，但心中依旧摇摆恐惧。余衍晴再沉稳，说到底也只是个二十出头的孩子，也是不断鼓励自己才能如此镇定冷静。

而乔宝琳作为她的朋友，在知道无法改变她的决定的情况下，最应该做的事就是支持她。

"你们都考虑好了的话，就去做吧，我和方游谦都会帮你们的。"

电话那一头的余衍晴果然像是松了一口气一般："谢谢你们。"

乔宝琳笑了笑，故作轻松地说："我和方游谦要先预定孩子的干爸干妈。"

"除了你们还能有谁？"

乔宝琳又鼓励了余衍晴一会儿后才挂断电话。

刚挂断，她又立刻拨了另一个号码。

对方一接通，乔宝琳就破口大骂："你之后是想要死去哪里啊？"

周临被乔宝琳凶狠的语气吓得一愣，反应过来后，说："我能去哪里？留着陪我老婆和孩子啊。"

03. 都能好

乔宝琳听到周临那悠闲自得的声音便觉得气不打一处来，厉声反驳："就是你老婆了？你们是领证了还是订婚了？"

周临听出了她的不满与愤怒，但难得地没有和她争吵。他收敛起平时那副散漫的样子，语气正经："我知道你是在担心余衍晴，她做什么选择我都会支持她，但我们俩是考虑后才决定要把孩子生下来的，我也已经跟我妈说了。我跟余衍晴真的不是玩玩，我们过段时间就会结婚，而且……我是真的很爱她。"

乔宝琳早就能预想到他这套说辞。

但她并不是想撺掇这对情侣把孩子打掉，也不是质疑他们之间的感情，只是想要阻止周临一声不吭地消失。

乔宝琳问："你之后有什么打算？"

说起这个，周临也没了什么底气："我现在的薪水不怎么高，但我打算再多找几份工作，而且我妈也有点积蓄，我们养一个孩子还是绰绰有余。衍晴之后就继续上学，我妈帮忙带孩子，不会影响她的学业。"

周临将一切计划得稳妥。

虽然是清晰并且稳定的规划，乔宝琳却依旧无法放心："你会突然消失吗？"

周临疑惑："什么意思？"

"孩子出生后，你会抛妻弃子然后人间蒸发吗？"

周临头都要炸了："怎么可能啊！我老婆孩子都在这里，我要去哪里？"

乔宝琳也想问问他到底去哪里了，明明有了自己渴望的家庭，为什么还是一声不吭地离开？

但现在问这样的问题肯定是没有任何意义的。

乔宝琳有些疲倦，声音淡淡的："你要记住你说过的话。"

周临问："什么？"

"永远不离开她。"

周临严肃地做出承诺："放心，我不会的。"

乔宝琳这才稍微放心了些，挂了电话。

可是当夜，她又做了那个余衍晴酒后褪下外壳哭泣的梦。

梦里，余衍晴的身躯单薄又坚强，明明是脆弱得不堪一击的模样，肩上却承担着许多责任。只有醉时的她是最真实的，肆意落泪，任由泪水淌湿脸颊。酒醒之后，她又将破碎的自己重新缝补起来，变成了那个坚韧的女人。

乔宝琳醒来的时候，眼角湿漉漉的。

好在大三的课程不多，乔宝琳退出所有的部门和社团，便也有了更多的时间去陪余衍晴。

不过余衍晴大多时候是不需要她照顾的,周临在学校附近租了一间房子,余衍晴搬了出去。周临重新找了一份就在房子周围的工作,薪水虽然不多,但胜在稳定,自由时间也多,方便陪余衍晴。周妈妈也时常从家里过来做一些食补给余衍晴补身子。

余衍晴大三的课程不多,她辞了兼职的工作,除了上课出门,便只待在家里安心养胎,待这学期结束后再休学生育。

虽然乔宝琳一直提心吊胆,担心周临又会像从前那般突然消失,可是过去了好几个月,周临并没出什么乱子,甚至她还经常听见余衍晴夸他变得耐心又温柔。

这段时间,乔宝琳感受到了余衍晴的变化,不只是在外貌上的,她的神情和姿态都比以往更加柔软了。她胖了一些,本来清瘦的身体被养出了些肉,看起来的确比以前更加健康一点,褪去了清冷淡漠的气质,此刻的她竟让人感到温婉慈爱,也比以前爱笑了许多。

乔宝琳问起原因。

余衍晴脸颊红红的,不好意思地说:"……可能是因为有家了。"

她看起来很幸福,乔宝琳却笑不出来。

乔宝琳知道余衍晴的父母有多冷漠,也知道余衍晴的家庭有多冰冷才会让她这般渴望家和爱。

乔宝琳很心疼,也越发理解余衍晴。

时间不紧不慢地过去,余衍晴的生产日期到了。

接到周临电话的时候,乔宝琳正好和方游谦在一起,两人匆忙赶到医院时,产房门口只有周临和周妈妈在。

两人急得在原地转圈,乔宝琳赶紧上前安慰周妈妈。而方游谦天生沉稳,站在那里不说话,都能让人感到安心。

好在余衍晴生产顺利,护士走出产房说出"母子平安"的时候,乔宝琳看到了周临眼里闪烁的泪花。

毫无疑问,周临一定爱余衍晴的。

乔宝琳早已不怀疑这一点,但她还是无法放心下来。因为上辈子周临就是在孩子生下来没多久后便人间蒸发的。现在虽然孩子平安诞生了,她却无法肯定这辈子的周临会不会好好守在余衍晴和孩子的身边。

她战战兢兢地等待着,终于在孩子满月那天发现了周临要离开的苗头。

孩子满月,周妈妈煮了一桌子的好菜来庆祝,乔宝琳和方游谦是孩子的干爸干妈,自然受邀过去吃饭。

孩子很乖,不哭不闹,喝了奶之后,周妈妈就把孩子带到卧室里去哄睡,于是客厅里只剩下他们四人。

大家都在感慨时间过得飞快,四人第一次露营的场景历历在目,周临崴脚的事似乎就发生在昨天……

谈笑间,除了余衍晴,三人都喝了些酒。

方游谦的酒量有进步,乔宝琳被他控制着没喝几口,周临则是喝了不少。

奇怪的是,本来桌上轻松的氛围却慢慢沉淀下来。见余衍晴离开去看孩子后,周临敛起嘴角的笑意,眉间堆着忧愁地和方游谦说着自己的计划。

"现在孩子出生了,我们压力的确有点大,我已经在准备换份工作了。前几天,有一个朋友来联系我,让我跟他去跑船,那个赚得多,我正好适合,只是需要出去个一年半载的……"

乔宝琳本来有些晕乎,听到周临的话后,便猛地一激灵拍着桌子站起来:"你什么意思?"

周临一愣:"我还在考虑,但那个薪水的确多。"

方游谦见乔宝琳突然这么激动也有些奇怪,站起来安抚着她,又低声问她是怎么了。

乔宝琳这才反应过来,"跑船"可能就是周临人间蒸发八年的契机了,所以他是在外面跑了八年的船,还是船沉了在岛上当了八年的鲁滨逊,抑或是到海洋的最深处和海绵宝宝当起了邻居?

他到底做了什么,需要花费八年才能回来?

"我没怎么。"她酒意上头更加泼辣,瞪大了眼睛盯着周临,"你当初答应了的,不会离开她们母子。"

"我这不是离开啊,我只是为了他们更好的生活。"

"那要是出了意外呢?你让他们孤儿寡母怎么独自生活?你问过

227

她的意思吗？她是想要你的陪伴还是更好的生活？你问过了吗？"乔宝琳面红耳赤地逼问着，最后又大骂道，"你能不能负点责任啊？"

周临被骂蒙了，其实他也想过他离开后余衍晴会有多孤独，可是世界上并没有两全的事，如果可以，他也想一步都不离开，经济压力逼得他不得不做出选择。

"我……我只想让他们能过得更好些。"

乔宝琳死不松口，开始威胁周临："反正我不同意，如果你走了，我和方游谦绝对不会帮你照顾孩子的，你做你的春秋大梦去吧！我会把余衍晴带走，给她介绍更好的男生，你别做回来以后还有老婆孩子热炕头的梦。"

方游谦在一边听得莫名其妙。

他不知道乔宝琳好好的为什么会有这么大反应，可他还是毫不犹豫地站在乔宝琳这边，搂着她的肩膀，看向眸光闪烁的周临："你再考虑考虑吧。"

周临则是沉默着看向乔宝琳身后突然出现的余衍晴，他那张嘴张了又合，最终没说出什么话来。

其实他在前几日就跟余衍晴随口提过一嘴，余衍晴却没给出任何反应，没说支持，也没有执着地反对，只是沉默。

她虽然没表态，不代表她就是同意。作为一个刚生下孩子的母亲，她自然不想丈夫就这样离开，而且她其实对现在的生活已经知足了。

只是她也不忍心打碎周临的雄心壮志，毕竟他也是为了她和孩子的生活……

她这几日都在想这件事，可想来想去也不知该怎么办。

看到乔宝琳这样义愤填膺地保护她，她心中终于有了决断。

余衍晴上前，安静地握住乔宝琳的手，和乔宝琳湿润的眼睛对视上后，深吸一口气，扭头对周临说："别去了……我和宝宝都需要你。"

周临愣怔片刻，最后说："好。"

他的声音沙哑，落在乔宝琳耳朵里却胜似天籁。

乔宝琳的心脏狂跳，发热的大脑也慢慢冷却下来，回握紧了余衍晴的手："他要敢走，我们就甩了他。"

余衍晴眼里噙着泪花,笑着点头回应。

于是这一场风波便因为乔宝琳的阻止而平安度过。

说实在的,乔宝琳一开始并不确定这次"跑船"是不是害得周临消失了八年的罪魁祸首,她只是在冥冥中感到恐惧,不肯放过任何可能性而已。

可是几个月后,乔宝琳便听说周临朋友所说的"跑船"其实是假的——周临拒绝之后,那人便找了周临的另一个朋友,可没过几天,周临的另一个朋友便不知所终了。又这么过了几个月,周临得到了那朋友犯法被判了八年的消息。

大家这才知道,原来他那朋友跑的不是一般的船,竟是干走私违法的事。

得到这样的消息,周临被吓得够呛,也在心中暗暗庆幸自己做出的选择。

周临身边的人都感到后怕,尤其是余衍晴。

若是被关的人是周临,她无法想象自己以后的生活……

乔宝琳在听到"八年"这两个字时,心脏狠狠颤了一下,激动得几乎落泪。

一切都对上了。

她终于明白了周临消失的真相。

若是因为意外入狱,那他人间蒸发的八年似乎便变得稍微能够谅解了,至少他不是故意抛妻弃子不闻不问。

可她面对周临时,还是无法做到心中毫无芥蒂。

虽然重来一次,因为她的介入,周临避过了这次劫难,可他带给余衍晴的痛苦是真实存在的。

上辈子余衍晴的那些泪水不会被抹去。

而且周临的确还不够成熟,不管是能力还是心智,都需要继续磨炼。

虽然乔宝琳觉得现在的周临还不是一个成熟的父亲和丈夫,但她还是相信他能够成为这样的人。

她希望他和余衍晴都能好。

04. 摸摸又不犯法

转眼就到了大四，一切都有条不紊地进展着。

余桓廷健康地成长，余衍晴正在准备复学的事，周临也通过自己的努力找到一份不错的工作，周妈妈在家里照顾孩子，一家人生活得平淡，却也幸福。

乔宝琳和方游谦则是出校实习了，他们不在一个地方，离得有些远，这是他们恋爱后第一次分开。

乔宝琳被工作压榨得有些疲惫，自然不像以前那样有太多精力去恋爱，方游谦见她平时聊天都透出一种疲倦感，便也没再多去打扰她。

乔宝琳也能察觉到自己的疲软状态，却感到无力。

她也想什么都不管直接跑去找自己的男友，可是现实的压力并不小，她还是没有"不顾一切"的勇气，甚至对活了两辈子的自己感到羞愧和失望。

总之，日子浑浑噩噩地过，他们将那种想念藏在心底，等待着它的爆发。

那天乔宝琳在上班，工作台边的窗户大开着，抬头是刺眼的太阳，高温烧得她烦躁郁闷，整个人都恹恹无力。

就在这时，她收到了余衍晴发来的一张照片。

她低头一看，是余衍晴和周临的结婚证照。

暗红色的书皮被阳光照得崭新亮堂，烫金的文字耀眼反光。

乔宝琳心口起伏的躁郁突然被抹平，嘴角不自觉间带上了笑容！

前段时间余衍晴就带着周临和孩子回家见父母了，二老最开始当然是勃然大怒，但余衍晴这招先斩后奏的确起了作用——木已成舟，二老唯一能做的只剩下"同意"了。

但顽固的父母总是需要一些时间去说服自己放下脸面的，乔宝琳本以为至少还需要个一年半载，实际上这时间比她想象中的短一些。

她并不像余衍晴的父母或者其他朋友那样担心余衍晴和周临的这段恋情会不够长久，而是始终看好二人。

因为上辈子，两人的确厮守到最后了。

周临去世得很早，许是因为年轻时过度透支身体，五十出头的时候被诊出一种慢性病，撑了几年后就离开了。

乔宝琳当时没什么感触，那时她已经不知送走多少朋友了，对于周临，她更是冷漠。

当时的她不知道真相，对周临心存不满和芥蒂，始终觉得他是个不负责任的人渣。

在看到余衍晴因为周临的死而以泪洗面的时候，乔宝琳甚至在心中埋怨他连死后都要折磨余衍晴。

如今误会解除，乔宝琳的心中满是愧疚之意，莫名也觉得惆怅。

如果上辈子他也能不离开就好了。

她再点开屏幕中的那张照片。

照片似乎带着力量，她那缺憾的心情似乎也因它而弥补。

她抬头再看向窗外，突然觉得炙热的阳光也温柔了许多。

低头一看，桌上还贴着今日未完成的工作任务。

她想了想，伸手将那几张纸盖住，然后给方游谦发消息。

乔宝琳：今天天气很好，我们见面吧！

方游谦回复得很快：现在吗？我去找你？

单单从这几个文字都能看出他的急切。

乔宝琳：我去找你吧。

她马上去找总监请假，用的理由是身体不舒服。

以前上学时旷课，她也总爱用这个理由。

好在总监没有说什么，嘱咐她多休息就让她走了。

方游谦在实习公司附近租了一间单人公寓，乔宝琳知道这件事，却也是第一次来到这里。

她到楼下的时候，方游谦已经在小区门口等她了。

上楼之前，乔宝琳抬头看了看明媚的阳光："……这么好的天气，我们真的要待在屋里吗？"

因为这样的好天气正是引诱她请假的罪魁祸首。

方游谦迟疑了一下，低头看她："这样我们的时间会多一些。"

"也没这么着急吧！"乔宝琳反应了一会儿才明白他是舍不得将时间浪费在交通上。

方游谦抿唇，低声反驳："要着急一些。"

顿了顿，他又补充道："我们已经半个月没见面了。"

乔宝琳看着他的眼睛，发现他有些委屈失落，像是在怪她太久没来看他。

"你想我啊？"

她那得意扬扬的眼神让方游谦无奈极了，可他不畏惧去承认对她的思念，低头攥住她的手，带着她进电梯后才问："你不想我？"

乔宝琳逗他："忙得都差点忘了我有一个男朋友了。"

方游谦一言不发，只是牵着她的那只手又收紧了些。

乔宝琳见他不说话，担心他被她的话伤害，又立刻笑嘻嘻地去逗他："不开心啊？"

方游谦还没说话，电梯就到了。

他松开牵着她的那只手，走到门口掏钥匙开门。

乔宝琳站在他背后，下意识地攥了攥被松开的那只手，心中不是滋味。

她抬眼看他的背影，发现他似乎瘦了些。

是两人半个月没见了才产生了这样的错觉？

再仔细回想，她这半个月里拒绝了他好几次的邀约，之后他似乎就没再提出约会……

稍微反思了一下，乔宝琳才意识到自己这段时间的的确确冷落方游谦了。

她安静地跟着他进屋，换了鞋之后，毫无预兆地从背后抱住了他的腰。

这么一抱，她才发现他真瘦了。

她收紧手臂，在他小腹上摸了摸，感觉比之前硬一些，于是问道："怎么瘦了啊？"

方游谦僵了一秒，低头握住她的手，声音很低："健身了。"

乔宝琳看见他变红的耳垂，笑着走到他面前："给我看看。"

方游谦低头往前走，还牵着她的手将她一起带走，嘴上说"没什么好看的"，却将她拉到了沙发上——一个欣赏身材的最好地点。

乔宝琳知道方游谦这段时间在锻炼身体，却没认真检查过他的健身成果。

哄骗着他掀开衣服，细致观察又伸手摸了好一会儿后，她很是餍足，深刻意识到美色的确是治愈精神的良药。

她抬头看方游谦已经红透了的脸，忍不住笑起来："干吗一副被欺负的模样啊？摸摸又不犯法，你练这么好看还不是只能给我看。"

方游谦半瘫在沙发上，小腹处的衣尾被掀起，露出已经有了成效的腹肌。他的手搭在茶几上，脸颊泛着害羞的红色，眼里也莫名有些泛湿，看起来真像是被她狠狠蹂躏了一样。

乔宝琳笑着将他的衣尾扯下，可在收回手的瞬间又突然僵住。

方游谦也是微微一颤。

两人在安静的空气中对视。

乔宝琳也有点慌了，却还是冷静地直起身子，随手丢给他一个抱枕，方便他遮掩尴尬的地方。

方游谦慢慢直起身。

身后安静了一会儿，乔宝琳才听见他说："对不起。"

声音微颤，似乎真在踌躇。

乔宝琳觉得方游谦真笨，这居然都要道歉！

不过这似乎是二十出头的方游谦独有的特征，笨拙、青涩、单纯得让她都有些无地自容。

她看着他："这有什么好道歉的？"

他沉默，盯着她看了几秒："那我收回。"

乔宝琳皱眉，刚要说话，又被他打断。

"那我现在可以亲你吗？"

她心跳得很快："这有什么好问……"

她话还没说完，就被他截断了——他低头吻住了她的唇。

乔宝琳在接吻的时候又忍不住走神，双手从方游谦的肩头慢慢往下，经过他的手臂，来到腰际，最后又回到他的小腹上。

清晰捕捉到他忽然急促的呼吸声，乔宝琳恶作剧得逞一样地趴在他肩头笑。

"怎么不道歉了？"

方游谦用火热的脸去蹭她的侧脸，声音沙哑着："这有什么好道歉的……"

05. 买一盒

两人腻歪了一会儿后，抬头一看，屋外已经黑了下来。

不知不觉便到了吃晚饭的时间。

乔宝琳巡视方游谦的厨房，不大的地方看起来很整洁，也有些锅碗瓢盆，操作台上甚至有些干涸的水渍。

"你平时做不做饭？"

方游谦走到她身后，贴着她的后背，将她搂到怀里："偶尔。"

乔宝琳并不觉得多震惊。

上辈子结婚没多久，她就发现方游谦会做饭了，虽然不是大厨的水准，但是简单的家常便饭还是做得可圈可点的。周末阿姨放假的时候，他也会给他们娘俩下厨，两人退休之后的早餐也都是他做的。他烧的荷包蛋不仅好看，还好吃。

但她不知道他这时候就在锻炼自己的厨艺了。

想起荷包蛋，其他记忆便跟着一起涌了出来。

乔宝琳突然想起那个碎掉的向日葵盘子，圆润的碗盘碎在地上，向日葵的花瓣散得到处都是。接着，已经年迈的方游谦佝偻着腰低头去拾捡已经无法拼凑起来的碎片。

乔宝琳心泛酸楚，呼吸都开始加速。

方游谦见她发呆，忍不住捏了捏她的手，问："怎么了？"

乔宝琳回过神，扭头看他："给我做个荷包蛋吧？"

这要求很突然，方游谦愣了一下："家里的鸡蛋刚好没了。"

听到他这话，乔宝琳微怔。

他说的"家里"这两个字让她有一种"这里是他们的家"的归属感，甚至让她产生两人已经结婚的错觉。

乔宝琳低头握住方游谦的手，又抬头看他，提议道："那我们去超市买点菜，你给我做顿晚饭？"

"好。"方游谦答应下来，却也不忘给自己留条后路，"只是……我做的没那么好吃。"

乔宝琳安慰道："我很好养活的啊，也不挑食。"

方游谦在她身后笑，贴着她的脸轻声说："嗯，的确很好养活。"

乔宝琳"哼哼"两声："对啊，只要给我摸摸腹肌，再做一个荷包蛋给我，我就能充满电。"

方游谦慢慢敛起笑意，呼吸变得越发沉重。

乔宝琳担心自己又惹他难受，赶紧从他的怀中跳了出来："走吧，去超市。"

她回头，发现方游谦孤零零地站在操作台前，脸上是惘然若失的表情，耳朵红得几乎滴血。

她朝他勾勾手指，问："不走吗？"

方游谦伸手握住她那根手指，回道："走。"

到了超市，乔宝琳只将注意力放在零食、饮料、冰激凌上，方游谦推着车跟在她后边，等到她买完了，才拉着她去生鲜区。

这回轮到乔宝琳跟着方游谦了，她看他娴熟地挑拣着蔬菜和水果，妥妥家庭煮夫的模样。

她的心在不知不觉间又变得更加软了些。

两人购物结束，推着装得满满当当的购物车去结账。

经过结算台前的货架时，两人都不经意地瞥去一眼。

货架上的货品琳琅满目，有口香糖和巧克力，也有包装不一的计生用品。

两人看的当然不是那些零嘴。

方游谦扫了一眼后就当什么都没看见一样移开了眼神。

乔宝琳则是在侧头时撞上方游谦的眼神，见他像是被烫到一样失措彷徨，忍不住偷笑，却又要压着嘴角刻意忍住。

方游谦看她一眼，没说话，却又被她发现他抓着推车的手莫名收紧了些。

于是她那偷偷扬起的嘴角便有些压不住了。

前面还有人在结算，机器发出"嘀嘀"的扫码声。

乔宝琳调整呼吸，尽量让自己的心跳平稳下来。想了片刻，她趴在方游谦耳边问："要不要买一盒？"

果然，方游谦惊恐地看了她一眼。

偏偏这时他还要装傻，愣了片刻之后哑着声音问："巧克力吗？"

乔宝琳又气又好笑，盯着他闪烁的眼睛："嗯，巧克力。"说着，她顺手就拿过一盒巧克力。

方游谦盯着她手中的巧克力看了一会儿，镇定地转回视线，平视前方，似乎想要努力保持镇定，却还是被乔宝琳发现了破绽——他的耳朵红得厉害，连带着后脖颈都泛着淡淡的粉色。

他装傻充愣的确有一套，但受苦的好像还是他自己。

乔宝琳有点不忍心他受苦，想了想，又贴近他明显发热的脸侧，对着他极度敏感的耳朵说："我明天放假，今晚想住在你这里。"

方游谦动都不敢动，像是被煮熟的耳朵却颤了颤。

他微微侧头看她，抿唇说："可以。"

"那要不要买啊？"乔宝琳又问。

方游谦看着她清亮的眼睛，发现虽然她的眼底浮着一层浅浅的调侃，但却是认真的。

可说实话，他还没想过要到这一步。

即使无比渴望，他还是无法做到和她一样坦荡。

乔宝琳虽然大大方方，脸上却也烧起不同寻常的粉色。

方游谦心尖一跳，盯着她看了几秒。

乔宝琳见他就要说话了，可就在这千钧一发的紧张时刻，轮到他们结账了。

眼前的男人回过神，红着脸说："结账吧，不买了。"

乔宝琳一愣，失落极了，闷闷的，不说话。

她站在他身后，看着他结账的背影，开始反思自己对他的吸引力是不是变少了。

不应该啊，他们结婚的头两年，虽然不能说是"夜夜笙歌"，但频率实在不算低。

如今方游谦变年轻了，他们之间的吸引力反倒下降了？

乔宝琳仔细端详着他的侧脸，发现他那耳朵上依旧挂着消不掉的红色。

他明明是害羞的，所以……就只是嘴硬而已？

她抓住他的手，发现他紧张得都出了好多汗。

她憋着笑，挠了挠他的掌心，等他朝她看过来了，她才盯着他的眼睛问:"真不要吗?你不要后悔。"

方游谦忙着结账,又被她这样逼问,分身乏术,皱了皱眉,将她的手用力抓住,不让她再乱动:"别闹,乖一点。"

说完就回头去付钱了。

乔宝琳沉默地观察着他的举止,最后得出结论,这闷葫芦只是不好意思,所以在伪装而已……

她莫名又想起二十五岁的方游谦,那时的他更加沉稳凌厉,话更少,行动力却也更强。

至少那时候他们去逛超市,不需要她在一边暗示完了又明示,他最后还是装听不懂。

她想起结婚后方游谦第一次当着她的面拿计生用品时的模样——也慌张,但很会伪装。

当时的他十分镇定,随便拿起一盒就抛入购物车中。

乔宝琳有些看呆,她是第一次看男人买这东西,他这般顺畅无阻的动作让她觉得他应该对此很熟悉,甚至是买过不少次。

可是夜里使用的时候,两人却意外发现尺寸并不合适。

当时正是情浓的时候,突然来了这么扫兴的一出,乔宝琳气得在黑暗中踢了他一脚:"怎么会买错?"

方游谦握住她的脚踝,声音很低:"之前没买过……不知道还分尺寸。"

乔宝琳愣住:"所以你拿那么快又不挑选,是因为随便拿的啊?"

方游谦不回答,只是放下她的脚,凑上来抱住她:"怎么办?"

乔宝琳没了兴致,推开他:"下次吧。"

方游谦面上失落,但也没再说话,默认了。

乔宝琳任他抱着,也算是补偿他。

但身后的男人似乎有些蹬鼻子上脸,以为她睡着了就在她背后小心地蹭来蹭去。

乔宝琳睡得迷迷糊糊,便没计较,忘了他是什么时候结束的,只记得他仔仔细细地帮她擦了手。

想起这些,乔宝琳又在公众场合红了脸。

所以方游谦到底什么时候会变得成熟一点啊?

她现在有点怀念二十五岁的方游谦了。

眼前的方游谦已经结完账了,回头看到乔宝琳脸色红润。

他拉了拉她的手:"走吧。"

乔宝琳闷闷地看他一眼,跟着他走了。

第十一章
用力地去爱对方

01. 亲吧亲吧

出了商场后,两人打车回去。

街边的路灯光透过车窗照入后座,方游谦的半边脸落在忽明忽暗的光线中,看起来更加立体精致了,但乔宝琳没什么心情欣赏,依旧对他刚才装傻的行为耿耿于怀。

她从购物袋里掏出那块巧克力,暴力地撕开包装,故意闹出不小的动静,叹口气后再把巧克力塞到嘴里。

方游谦侧头看她,见她把一张嘴吃得黑漆漆的,勾了唇,笑着看她。

乔宝琳见他笑,气得把剩下的巧克力往他嘴里塞。

他来不及侧头,上唇被她蹭上一道巧克酱。

唇上的黏腻触感他不适应地抿抿唇,花了些时间才将那些黝甜的巧克力酱舔干净。

他在舔巧克力的期间,乔宝琳就只是坐在他身边静静看着他,不自觉地咽了好几次口水,觉得口干舌燥。

方游谦见乔宝琳愣愣看着嘴角,以为是自己没弄干净,懒得再去舔,抬起手就要去擦拭,又被她拦住。

她低声说他笨,然后伸手帮他擦。

触到柔软的指腹时,方游谦的心猛地缩了一下,脑中瞬间冒出一团火,烧得他昏昏沉沉的。

239

他沉溺于乔宝琳温柔的擦拭中,便没注意到她突然狡黠的眼神。

下一秒,巧克力酱糊得他满嘴都是。

这些都是乔宝琳的恶作剧杰作。

他一愣,马上回过神来,看见她得逞的笑容猖狂又明媚,没法生气,脑子里只有一个报复的想法——要拉她一起。

于是方游谦在乔宝琳没防备的时候,搂过她的腰,在她干净的唇上印上一个巧克力味的吻。

乔宝琳僵住,反应过来后推了推他。

方游谦却有所防备,用舌头将那些巧克力酱都送到她的口中。

过了不知多久,乔宝琳才被松开。

她的心脏狂跳,但让她更加介意的是唇上的黏腻,湿漉漉又甜滋滋的。

她皱着眉瞪方游谦,想骂他流氓之类的话,却也被他的模样逗笑——和方知扬小时候偷吃巧克力的模样没什么差别,唇边一圈黑色,狼狈不堪。

她没再计较,将那块巧克力收好,拿出镜子擦嘴巴,还很大方地递给方游谦一张纸。

她吐槽:"没见过你这样的,比小孩还幼稚。"

方游谦只是笑,没有反驳。

最后两人下车时,嘴上的确没了巧克力的痕迹,却都有些红肿,是刚才推拒巧克力时留下。

乔宝琳调侃:"你嘴很肿。"

方游谦提着购物袋,低头看她一眼,然后在她耳边低声说:"还不是你咬的。"

乔宝琳脸红,腹诽:有必要说得这么暧昧吗?

到家之后,方游谦去厨房做晚饭,乔宝琳像是在自己家里一样,瘫在沙发上玩手机。

她在和余桓廷视频,明明是在逗小孩,她自己却笑得厉害。

方游谦端出西红柿鸡蛋面的时候,她正给余桓廷唱歌。

她绑着的头发已经散了,衣服也因为刚才胡乱躺着而变得有些

· 240 ·

凌乱。

她笑嘻嘻的，眼睛很亮，专注地和一岁大的余桓廷交流着。

方游谦朝她走过去，乔宝琳分了点注意力给他，抬头问道："做完了？"

方游谦点点头，然后伸手搭上她的肩膀，不动声色地拉好她的衣服，将黑色的肩带稳妥地藏在衣服下。

乔宝琳看他一眼，眨眨眼："你要和干儿子聊天吗？"

方游谦笑了，余桓廷明明还不会说话呢。

他低声说："下次吧，面要凉了。"

乔宝琳这才依依不舍地和余桓廷告别。

小朋友在视频里咿咿呀呀地拍手。

挂了视频后，方游谦见乔宝琳的嘴角依旧扬着，忍不住多问了句："这么喜欢他？"

乔宝琳有些不以为意："当然，我干儿子啊。"

方游谦还没说话，乔宝琳就又补充道："我也会很爱方知扬的。"

方游谦一愣，过了一会儿后才低声问："真要叫这个名字？"

乔宝琳坐在桌前，看了看西红柿鸡蛋面上那个煎得漂亮的荷包蛋，抬头问他："你不喜欢吗？"

方游谦摇头："喜欢。"

乔宝琳发现他的耳朵又莫名涨红了。

他明明害羞，却又装作什么都不在意。

"喜欢有什么用啊。"她瞪他一眼，见他眼神躲闪，又忍不住笑，"吃饭吧。"

方游谦像是被赦免一样，松了口气，坐在她对面看她吃面。

他对自己的厨艺并没有信心，很担心乔宝琳不喜欢他做的饭。

乔宝琳吃下第一口。

方游谦紧张得微微皱眉。

见她笑着抬眼，他才松开眉头的"川"字。

可乔宝琳虽然说面很好吃，但是情绪莫名低落。

她沉默着将一碗面都吃完，然后起身去厨房里洗碗。

方游谦跟进去，从身后抱住她。

她身体一僵，伸手将水龙头关上，低声问："怎么了？"

方游谦小声说："没怎么……"然后低头亲了亲她的侧脸，"就想抱你。"

和乔宝琳在一起后，他发现乔宝琳并不像表面上那般毫无烦恼。

虽然她大多数时间是开朗又富有活力的，但会在某些时刻突然情绪低落，就像现在。

他问过几次她情绪低落的原因，却从来没得到过答案。

她只是否认，然后强行将自己低迷的情绪拉起，虽然表面在笑，可那笑意不达眼底。

于是方游谦不再多问，只是用力地抱她，让她能感觉到他的存在。这样的方法的确奏效，他庆幸自己能让她获得力量。

他知道她有秘密，那些秘密让她悲伤。

他不知道真相，唯一能做的就是给她一个拥抱，告诉她，他在。

乔宝琳忍不住笑："可是我要洗碗。"

方游谦说："抱着也能洗。"

乔宝琳骂他碍事，却也没撵他出去。

水龙头汩汩流着水，她低头慢吞吞地洗着碗，盘旋在心头的阴郁渐渐散去。

方游谦做的荷包蛋和她记忆中的一模一样，于是她又不可控地想起那些无法追溯的遗憾。

将碗沥干水后，她转身抱住方游谦，抬头亲了他一下。

方游谦一蒙，然后就低头追过去。

两人吻得忘我，过了很久才气喘吁吁地分开。

他们对视一眼，很有默契地笑了。

吃过饭后，很快就到了上床睡觉的时间。

乔宝琳想起在超市里的事，本来躁动的心也像是被泼了凉水，洗完澡后便穿着睡衣大大咧咧地爬上这个家里唯一的床，还选了自己习惯睡的右边。

方游谦还在浴室里洗澡。

乔宝琳躺在床上玩了一会儿手机，还没等到他出来便有些昏昏欲睡了。

不知过了多久,她才听到身后的动静。

她回头看他一眼,问:"不困吗?"

方游谦没说话,在床边站了一会儿才爬上床。

乔宝琳本有些犯困,但他一躺到她身边,她就又精神了。

虽然之前跟他一起睡了几十年,但这回是两人这辈子第一次同床共枕。

她有点紧张,她猜方游谦也紧张,应该比她还紧张。

于是她看热闹一样翻过身,盯着他看。

他已经僵硬得像仿生人了,目光呆滞,一动不动。

乔宝琳偷笑。

方游谦看她一眼:"你笑什么?"

乔宝琳说:"看你紧张。"

他微微皱眉,然后翻了个身和她面对面,盯着她看了一会儿,问:"你不紧张吗?"

乔宝琳挑眉:"没你紧张。"

方游谦默认了,露出个无奈的笑容。

乔宝琳嘴角带笑:"但你放心,你没买那东西,我们什么都不会做的,安心睡觉吧。"

方游谦一愣,过了一会儿才说:"睡不着。"

"那来聊天吧。"

方游谦点头:"聊什么?"

"一人问一个问题,对方要坦诚地回答。"

方游谦慢慢点头,说:"可以。"

乔宝琳举手:"我先问。"

方游谦碰了碰她的指尖:"请问。"

"你高中的时候为什么和我冷战?"她对此事耿耿于怀很久了。

其实细想起来,他们的错过似乎就是从这一场莫名其妙的"冷战"开始的。

方游谦微怔,沉默了一会儿才说:"因为……你并不需要我。"

乔宝琳没懂:"我从来没说过不需要你。"

方游谦几不可闻地叹气:"其实我也不知道自己当时在想什么,我当时就喜欢你了,但我……很无趣。你跟别人在一起总是笑,跟我在一起就会觉得闷,所以,我不该用青梅竹马的关系把你拴着。"

之后他便没再说了,可乔宝琳也都懂了。

她心中郁结,甚至有点呼吸不上来。

在冷战的那段时间里,她思考过无数次这个问题,得出的答案也是五花八门——

从"今天早上她忘了和他打招呼,所以他耍脾气"这种稍微正常的答案到"他想起二年级时她弄丢了他最喜欢的橡皮"这种不着调的答案……

她想破脑袋都得不出合适的答案,最后只能遗憾地接受结果,然后在无数个夜里惋惜这段友情。

所以答案只是这样吗?

就只是因为觉得他没办法让她开心,所以他就主动后退吗?

因为喜欢她,所以他别扭地离开她?

若是别人说出这样的理由,乔宝琳并不会相信,可说这话的人是方游谦。

不管是过去还是现在,不管他是十九岁、二十五岁还是七十岁,他在面对她时,总是小心翼翼的,有些时候甚至称得上怯懦。

其实刚冷战时,她总能在操场走廊上看见他。

她和朋友聚在一起,而他一个人站得远远的,像是担心被她发现,却又不肯离开,只是在阴影下看着她。

她当时埋怨他,也故意装作看不见,赌气一样和那些朋友玩得更加尽兴,过了一会儿再回头看,阴影处的人已经消失了。

她当时甚至会解气地想,他被她气跑了,她开心极了。

但没过多久,她也会觉得难受。

乔宝琳这时才明白,他们一直都在互相伤害。

她看着眼前低落泄气的方游谦,说不出指责愤怒的话。

她想了想,最后说:"如果你再不抓住我,我真的就往前走了。"像是在开玩笑一样,语气轻松。

方游谦见她这样,阴郁失落的心情也跟着有所好转。

"怎么抓？"说着，他伸手环住她的腰，将她抱到怀里，"这么抓可以吗？"

乔宝琳一下被他揽进怀里，叫了一声后又趴在他胸膛前笑嘻嘻地说："可以，抓紧了，不能松开。"

方游谦听话地抱紧她。

两人拥抱着又安静了下来。

他们都没说话，呼吸却莫名加重。

乔宝琳稍微往后退了退，抬头就能看见方游谦熟透了的红色耳朵。

她想了又想，还是低声说："怎么抱抱都能……"

方游谦松开她，认真地回答："我不知道。"

两人温情脉脉地对视。

乔宝琳却直接问出口："所以你真不想吗？"

她依旧揪着超市里的那件事，不肯放过他。

方游谦眸子晃得厉害，沉吟了好一会儿才像无可奈何一样闷闷吐字："想。"

乔宝琳心满意足，红着脸点头，然后将被子盖好："但是你没买，所以别想了！晚安！睡个好觉。"说完就绝情地转过身去。

乔宝琳以为一切都消停了，正准备睡觉的时候，身后那人又蹭了上来。

方游谦在她的耳边说："我还没问问题。"不等乔宝琳说话，他就自顾自地提问，"你想吗？"

乔宝琳不大自然地缩了缩身子，忍笑。

他又在她的耳朵上落下一吻，湿热的气息喷洒在她的耳尖，她痒得几乎颤抖。

方游谦不依不饶，又问："想吗？"

他声音沉沉的，却又像带着钩子，钩着乔宝琳心中那蠢蠢欲动的欲望。

乔宝琳将脸埋进被子里，声音闷闷的："想有什么用？赶紧睡觉，世上并没有后悔药！"

身后的方游谦没了动静，乔宝琳没多久就睡了，迷迷糊糊间似乎听到房门开关的声音。

不知又过去了多久,身后贴上一副身躯。

这人手脚都很不安分,那张微凉的唇也不断地在她的皮肤上落下湿吻。

乔宝琳被翻过身来,睁眼就对上方游谦涨得通红的脸。

他见她半眯着眼睛,微微一愣:"你睡了?"

似乎是以为她还没睡才这样闹她。

乔宝琳刚刚的确是睡着了,但被他这样一闹,也醒得差不多了。

她刚醒来,吐出的气息十分滚烫。两人靠得很近,交换呼吸,于是他们之间的空气也跟着升温了。

方游谦的双眸在昏暗的环境下显得更加湿润柔软,看得她的心口都泛起酥麻。

她压下他的脖子,亲了亲他的唇,问:"你为什么闹我?"

方游谦没说话,撑在她的身侧,看了她好一会儿才沙哑着嗓子开口:"我后悔了。"

乔宝琳一开始没反应过来,侧头看到床头柜上的东西后才明白他是什么意思。

她捂着脸,恼羞地问:"哪里买的?"

方游谦低声说:"楼下贩卖机。"

"你后悔什么了?"

"什么都后悔。"

乔宝琳头昏脑涨,被他这么桎梏在身下,脸几乎要烧起来。

可她发现他眸光闪烁,也是十分紧张的模样。

两人都没说话,安静地对视几秒后,乔宝琳又感受到了他的变化,脸上那股火开始往下,烧得她后背出汗,双腿发软。

过去的记忆不合时宜地出现在脑海中,她嘀咕了一句:"没喝酒,不知道行不行。"

方游谦问:"什么?"

乔宝琳摸他的脖颈:"你做功课没有?"

方游谦僵住,抿抿唇,小声说:"这种事……不难的。"

乔宝琳的心猛地一缩,眼前的方游谦和她记忆中的人慢慢重合了,胸中忽然涌起排山倒海般的复杂情绪,遗憾、失落、庆幸,还有怀念,

· 246 ·

这些情绪杂糅在一起,让乔宝琳的心脏反常地狂跳着。

他们应该用力去爱对方,倾尽全力。

她压下方游谦的脖颈,献上自己的吻,等到他的后脖颈出了汗之后,抱着他的背,将他按向自己,他们的心脏几乎贴在了一起。

她说:"那我们就试试……"

方游谦身体僵住,喘息着缓了一会儿才起身脱衣服。

上辈子乔宝琳喝醉断片了,这次她很清醒。

但她还是像上辈子那样,在方游谦低头摆弄太久的时候脱口而出:"连这个都不会!"

意识到自己说了和以前一样的话时,她突然恍惚,甚至走了一会儿神。

方游谦见她出神,变得更加着急了。

不过全程似乎只有这么个插曲,接下来发展得还算顺利。

就像方游谦说的那样,这并不难,而且两人深爱着对方,很轻易就能从中获得令人满足的快感。

只是这种食髓知味的活动总是一发不可收拾的——他们闹了很久才结束。

第二天,两人都睡得很晚才醒来。

乔宝琳睁开眼的瞬间还有些迷糊,昨晚睡得实在是太沉了,最后那段记忆甚至有些模糊。

感受到腰上的重量,她低头一看,发现自己已经穿好衣服了,身后那人的手臂就搭在她的腰间,抱着她的腰肢。

她反应了一会儿,轻轻将方游谦的手抬开,刚要起身,身后那人就醒了。

他在她身后发出窸窸窣窣的动静,然后又没了声音。

乔宝琳害羞,并不想回头看他,想要直接下床,却又在下一秒听见他的清晨问候。

"难受吗?"

乔宝琳一愣,继而回忆起上辈子的那一夜。

今天比之前好上许多,可能是因为当时宿醉,所以身体就像是被

247

碾过一样，可此刻她并没有感觉到不舒服。

于是她诚实地摇头。

身后的方游谦松了一口气，然后将准备爬出去的她又捞回怀里。

她还没说话，他便在她耳后落下一个吻。

乔宝琳缩缩脖子，听见了他的轻笑声，像是在嘲笑她。

乔宝琳恼了，觉得这人得了便宜还卖乖，马上收起刚才的羞赧姿态，转身看他，推着他的胸膛，瞪眼警告："怎么还蹬鼻子上脸了？"

方游谦嘴角动了动，反驳："我没有。"

乔宝琳盯着他的嘴角，问："你现在在想什么？"

"想……想我为什么能这么幸福。"

乔宝琳语塞，原本用来攻击的话又全部收了回去，心中燃起的火也顷刻消下去了。

她想了想，滚进他的怀里，重新背对着他："亲吧亲吧，亲好了我再起床。"

方游谦在她身后发出笑声，然后听话地低头继续吻。

过了一会儿，乔宝琳不自觉地加快了呼吸，这才发现好像又乱了。

一切又都变得不可控了。

方游谦不擅长用语言求爱，只会用他那虔诚的吻来提出请求。

乔宝琳对他则是不擅长拒绝，在他的怀里几乎蜷缩成一只虾米，最后才钻进被窝里小声提出"轻一点"的要求。

正午，太阳正烈。

房间拉了窗帘，室内昏暗湿热。

前来避暑的小鸟不知情况，可在窗口呆愣了一会儿后就又匆匆飞走了。

02. 他不会移情

自那天之后，乔宝琳便经常去方游谦家里。即使他们隔了些距离，她也要跨越半个城市去见他。

但两人待在一起并不会做些很特别的事，就像上辈子的婚后生活一样。

他们在同一个空间中做着自己的事。到了吃饭的时间，方游谦给乔宝琳做饭，吃过饭后两人下楼消食。就寝时间一到，两人就钻进被窝里做些需要两人一起才能做成的事。

他们认识二十几年，交往三年，依旧是蜜里调油的热恋状态。

也是可以延续几十年的最舒服的相处方式。

不知不觉间，实习结束，他们也即将大学毕业。

乔宝琳的毕业典礼比方游谦早一周，那时候他还在忙学习上的事，于是拍毕业照那天，只有降级成大三学生的余衍晴来了。

余衍晴不爱拍照，却还是被乔宝琳拉着拍了几十张才离开。

乔宝琳回去翻相册，发现余衍晴的表情都是带着笑的。

乔宝琳挑了几张余衍晴笑得漂亮的照片给她发过去。

已为人母但依旧冷漠的余衍晴回复了个省略号。

这天虽然有余衍晴陪着，也有大学朋友，但方游谦的缺席还是成了乔宝琳的遗憾。

方游谦已经错过了她的毕业典礼，她绝不能错过方游谦的毕业典礼，于是她在方游谦毕业的那天直接杀到了他的学校。

还没到约定地点，乔宝琳就远远看到了前方穿着学士服的方游谦。

他本是不打算穿的，她提出要求后，他才特地为她穿上。

乔宝琳很受用男友对她的包容宠溺，于是她也将自己打扮得精致，不仅穿了裙子，还化了妆。

她跑向他，然后绕着他走了一圈。

方游谦的脸本来就好看，这段时间的健身也颇有成效，穿着这学士服有了一种科研精英的气质。

他见乔宝琳露出满意的表情，忍不住弯了弯嘴角，上前牵她的手，明知故问："看什么？"

乔宝琳回答得很快："看帅哥。"

她这样认认真真地看他，企图将此刻的每一个细节都刻在脑中，也是因为这是她上辈子错过的方游谦的青春。

上辈子的她并不了解方游谦在大学里的情况，不知道他在大学里做什么，不知道他是怎么走上创业这条路的，也不知道穿上学士服的他是什么模样。

她想要把过去的那些缺憾都弥补回来。

方游谦似乎已经预料到了乔宝琳这样的回答,虽然不是十分惊讶,却还是因为开心而挑了挑眉。

其实今天并不是什么二人约会,周临知道方游谦要毕业了,说什么都要来学校看他,甚至还要带着余桓廷来。

但小朋友睡午觉起得晚,他们约定的是下午四点,此刻距离约定时间还有一个小时,方游谦便带着乔宝琳在学校里逛逛。

学校绿化做得好,小道被喧闹的蝉鸣声包围,初夏气氛浓厚。

乔宝琳对着这些花花草草拍了不少的照片,方游谦就是她的导游兼跟班,一边介绍,一边还要给她拍照。

走了好一会儿才到操场。

平坦的操场是拍照的绝佳场地,毕业生三五成群地聚在一起,每个人手上都捧着明艳的鲜花,脸上是比鲜花还明艳的笑容。

他们摆出各种各样的姿势,不知疲惫地拍着照片,和舍友拍,和老师拍,和别扭了一段时间的同学拍,和暗恋的同学拍……

在六月的尾巴,他们带着对未来的憧憬,迎着温柔的阳光,与这四年的青春生活和解,再画上完美的句号。

他们用相机定格这一时刻,继而走向人生新一阶段的起点。

乔宝琳不是第一次大学毕业,体会到了两种截然不同的氛围和情绪,但对未来的憧憬却都是一样的。

她扭头看方游谦,感叹道:"四年好快哦。"

方游谦点头:"但也发生了很多事。"

四年前的他绝对没想到毕业的他会是现在这副模样。

像梦一样,一切都在正轨上,身边还有了她。

望着远方发呆的乔宝琳突然眯了眯眼,然后定定地看着不远处的女人——那人像当初那样,一下就吸引了乔宝琳的视线。

女人长相清丽,四年前还不是很长的头发已经及腰,烫了鬈发,发尾被风吹得扬起,就算穿着古朴的学士服,也是极为出众的。

乔宝琳真心感叹:"真美。"

方游谦顺着她的视线看过去,发现她在说张茵月后,解释道:"是我同学。"

乔宝琳想起过去的那些恩怨，还有她从他同学那里听来的八卦，突然觉得此刻很适合问清楚困扰了她一段时间的问题。

"你们熟吗？"

方游谦皱眉，摇头。

"出去吃过饭吗？"

方游谦本想继续摇头的，却又像是想起什么："开学第一天，大家有约着一起出去吃饭，她好像也在。"

很好，回答得没有任何差错。

乔宝琳皱着的眉头松了一点："其他的呢？"

方游谦低头看她，沉吟了一会儿，问："……你吃醋？"

乔宝琳大大方方承认："有点，听说你们关系挺好的。"

方游谦的语气不自觉变得轻盈："听谁说的？"

呃……上辈子在婚礼上从他同学那里听来的。

"就是听说而已，我也不知道是真是假。"

"假的。"他否认，"我和她都没说过几次话。"

虽然刚入学的时候，张茵月的确在私底下对他传递过几次信号，但他并没有给出任何回应。

之后他和乔宝琳在一起了，张茵月便没再来找过他。

"好好好，那我再问一个，如果我没和你恋爱，你会不会和她在一起啊？"

方游谦皱眉："不会。"

乔宝琳又问："如果我当初出国留学了呢？你会一直等我吗？"

方游谦沉默了一会儿，认真思考之后点点头。

其实在得知乔宝琳有可能出国的时候，方游谦就预想过，如果她走了，他会是什么样子？

当时的他什么都不确定，唯一能肯定的就只是他会一直等她。

他能轻易接受自己永远孤单，却无法想象自己不再爱她的模样。

即使她不再看他，他也不会移情。

乔宝琳侧头看着方游谦那清亮的眼睛，心口酸胀。

她忽然意识到，上辈子的他们也是幸运的。虽然两人不够坦诚，之间横亘着误会，但阴错阳差间，还是走到了对方身边，厮守半生。

但能这般"幸运"，似乎也是因为有人在一直坚持。

他一直在爱她。

在她看不到的地方。

乔宝琳低头握住方游谦的手，千言万语只化成一句："我爱你。"

方游谦笑得温柔："知道了。"

这时突然来了一阵风，将乔宝琳辛苦做好的发型吹乱。

方游谦走到她面前，帮她挡住阳光。

她躲在他的影子下，愣愣看着他。

他伸手帮她整理好碎发，然后在她含情脉脉的目光下，情难自抑地慢慢低头……

在她唇上轻轻印下一个吻。

虽然两人隐在树后，并没有人关注到，但毕竟是在操场上，所以方游谦只是蜻蜓点水一般吻了一下，不足一秒就离开了。

乔宝琳有点蒙，睁眼闭眼间，他就偷吻了她一下？

就在两人都晕晕乎乎的时候，不远处传来了孩童的声音。

他们俩心一跳，扭头看过去。

余衍晴一家三口就站在不远处。

周临一手抱着孩子，一手捂住孩子的眼睛。

余衍晴手上拿着拍立得。

机器正在运作，缓缓往外吐出一张相纸。

乔宝琳和方游谦装作镇定地分开，本想当作什么都没发生，可周临那大嗓门一点都不顾及他们的颜面："你们怎么能在孩子面前亲嘴啊？"

乔宝琳气得扶额头。

方游谦心理素质好一点，依旧是镇定的："你偷看，嗓门怎么还这么大？"

余衍晴没理睬二人的斗嘴，笑着把那张相纸递给乔宝琳。

乔宝琳讪讪接过："拍到了？"

余衍晴摇头："我也不知道，本来只是看你们俩站在一起很养眼，刚按下快门键，你们就……我也不知道拍了什么。"

乔宝琳红着脸把相纸塞到包里，装作什么都没发生一样："走吧，带我干儿子逛逛学校。"

他们又绕着学校逛了一圈，乔宝琳依旧热衷于拍照，不过这次拍摄主体从花草换成了干儿子。

方游谦依旧跟在她身后当跟班，还需要时不时帮她和余桓廷拍照。

不过他和乔宝琳最后在学校大门口留下了一张合照。那张照片拍得很好，乔宝琳满意极了，拿着看了很久。

乔宝琳和方游谦与那一家三口告别之后，去餐馆吃饭。

方游谦见乔宝琳还在欣赏那张照片，忍不住开口："那把第一张给我吧？"

乔宝琳微愣："什么第一张？"

方游谦眨眨眼："树下那张。"

乔宝琳这才想起她藏起来的那张照片……

她甚至还没看清余衍晴到底拍到了什么。

她迟疑地从包里拿出那张照片，看清之后，红着脸叫了一声——真拍到他们接吻了。

偏偏余衍晴角度抓得好，画面很唯美，看起来两人吻得很投入。

方游谦拿过照片端详了一会儿，说："我喜欢这张。"

乔宝琳大手一挥："送你了。"

方游谦将照片收到他的钱夹里，和最重要的身份证放在一起。

乔宝琳默默收回视线，觉得这个人真比她想象中更爱她。

03．"妈妈。"

毕业之后，乔宝琳和方游谦直接搬到一起同居了。

乔宝琳找了份工作，虽然和上辈子的工作有些出入，却也让她有了新的体验。

方游谦则是和上辈子一样，忙着和朋友一起创业。

创业初期，方游谦很忙碌，早出晚归，整个人都消瘦不少。

乔宝琳一点都不担心的模样，只是偶尔会在深夜里感叹他逐渐消失的肌肉，抱怨他不进行身材管理。

方游谦夜里什么都没说，却会在第二天抽出时间去健身房，在饮食方面也更加用心了，再忙都会往嘴里塞点东西。

他知道乔宝琳是在用她自己的方式提醒他要注意身体。

乔宝琳在陪着方游谦的这段时间里也感受颇多。

上辈子，她一回国面对的就是西装革履、事业有成的方游谦，却忘了他也是靠着自己一点点打拼得来的。见惯了他成熟老练的模样，却忘了他也是由一个大学应届毕业生慢慢成长成那副精英模样的。

虽然此刻的条件没有那时好，她却觉得更加兴奋满足。

在方游谦辛苦奋斗的时候，她陪着他，在他的人生关键点留下了自己的痕迹。

她参与了他的人生制作，这的确是一种奇妙的感觉。

她愿意成为他的温柔乡，可以做他孤立无援时的依靠，也能成为他心中那永恒亮着的灯塔。

好在熬了没多久，方游谦的公司便有了起色。

他虽然没说，但乔宝琳能感觉到他的压力少了许多，因为他身上的肌肉又回来喽！

而且平时他对她说的那些琐事也越来越多，比如他公司楼下似乎开了一家新的甜品店，提拉米苏做得很漂亮，还有某天早晨他上班之前她忘记亲他了，抑或是昨晚睡觉时她没将手伸进他的衣服里摸他的腹肌……

诸如此类，数不胜数。

乔宝琳有时也觉得自己将方游谦改造成功了，从前寡言少语的人现在却能时时刻刻都念叨着这些鸡毛蒜皮的小事。

不过，她的确比较喜欢这个稍微"聒噪"一点的方游谦。

这样，他们不需要费心去猜对方的心思，省下来的精力可以拿来爱对方。

一切都来之不易，他们没有多余的时间可以浪费。

乔宝琳一度以为带着上辈子记忆的自己能掌握一切。

直到那天，她才意识到上辈子的自己错过了什么，也明白了这次重生的意义。

她不只是回来弥补青春校园生活的，还有一些已经无法追回的遗憾，若是没重来，她可能至死都不知道。

那天是周六，她在出租屋里休息，方游谦还在公司工作。

中午的时候，她接到了乔国阳的电话。

乔国阳："你最近工作忙不忙？"

乔宝琳笑了："你是不是想我了？还是我妈拉不下脸说想我，让你转告啊？"

乔国阳也跟着笑了一声："我猜也是。"

"所以真是想我了？"

乔宝琳现在工作的地方离家有点距离，来回奔波需要不少时间。周末回一趟家待一天就要灰溜溜赶回来上班，所以她一般等到小长假才会回去。

此时距离上次回家已经过了一月有余。

付青见到乔宝琳时总是嘴硬，在社交软件上也不会多和她聊天，她只有在和乔国阳通话的时候能听见付青的声音。

付青能在当背景的时候滔滔不绝地交代乔宝琳一些事情，可当乔国阳要把电话给她时，她却总是拒绝着不肯接："说完了，没什么好说的了。"

乔宝琳知道付青只是嘴硬心软，不管是对她，还是对她爸，都是刀子嘴豆腐心。

付青能对着他们喋喋不休地数落，却也能在他们需要她的时候毫不犹豫地挺身而出。

乔宝琳已经习惯了这样与众不同的母爱——虽然稍显坚硬，但是一点都不少。

这份爱像颗冰糖，方正坚硬，却也不会刮手，含久了也是甜的。

电话那头的乔国阳却收起笑意，语气也莫名变得正经："明天要是有空的话，就回来一趟吧。"

乔宝琳问："怎么了？"

"其实也没什么事，就是上周你妈妈去体检的时候，甲状腺查出一点问题，问过医生后，打算做个手术……"

还没等乔宝琳说话，乔国阳又说："但也不是什么大手术，医生说很快就能做完。你妈妈一直不让我告诉你，我心想……这种大事，你回来看她,她应该也会觉得安心些。"

乔宝琳一下接受了这么多信息有些反应不来,缓了几秒才问:"什么时候手术?"

"周一,这两天就是先在医院里住着,你要是请不了假的话……"

乔国阳话还没说完就被乔宝琳打断:"说什么呢!我马上回去,现在就在医院里吗?"

乔国阳报了一个医院名后,又交代她:"你别生气,你妈妈其实是想要偷偷把这个手术给做了的,是我自作主张通知你的,你妈妈还不知情。"

"为什么啊?为什么不和我说?"乔宝琳的声音都有些颤抖,一边说着,一边开始从衣柜里找衣服。

"跟你说了也不顶用,又不是什么大手术,没什么风险,你又忙着工作,而且你还只是个孩子……"

"我已经不是个孩子了。"

乔宝琳不知该怎么形容此刻的心情,心中的羞愧和自责几乎达到了峰值。

她气自己活了两次,得到了多少人求都求不来的"重回父母怀抱"的机会,却依旧没尽到做女儿的责任。

乔国阳见乔宝琳情绪不好,叹了口气:"虽然你妈妈没说,但你应该知道,她很爱你。"

乔宝琳一时说不出话来,沉默了一会儿后回道:"我知道,我马上就过去。"

她知道付青爱她,可她依旧什么都没做,竟然因为来回奔波辛苦就懒得回家。

乔宝琳只觉得自己可恨。

坐上出租车后,乔宝琳才给方游谦发了消息,简单陈述了一番后,她让他不要担心,也不需要来医院。

方游谦答应下来,安慰她只是个小手术,不要太紧张。

乔宝琳当然知道这手术没什么风险,因为上辈子付青和乔国阳一直都很健康,这场手术就像是突然凭空冒出来的一样,她的记忆中并不存在。

可下一秒,她又突然僵住了。

她想起上辈子的一通电话。

也是乔国阳打给她的,差不多就是这个时间点。

那时候她还在国外,记忆中的乔国阳和刚才电话中的一样,踌躇犹豫。

他问她忙不忙,有没有空回国一趟。

当时的乔宝琳正和朋友计划着一场旅行,先是兴致勃勃地告诉了乔国阳自己的旅行计划之后才问回国是什么事。

乔国阳当时笑了笑。

乔宝琳依旧清楚记得他对她说的话。

"没什么事,那你玩得开心点,记得多给你妈妈发一些照片。"

乔宝琳当时还在开玩笑:"发了她也不会说好看,最多给我回个表情包。"

那头的乔国阳突然变得执着:"那你也得给她发,知道吗?"

乔宝琳哼哼两声就当答应了。

之后她在旅行途中很听话地给付青发了不少照片,付青就像她想象中的那样不给她面子,嘴上数落她又在游山玩水,却又给她转了"旅游经费"。

乔宝琳当时并没有把这件事放在心上,她沉浸在旅游的乐趣中,很快就忘了这个插曲,除了那些令人印象深刻的景色和那笔不菲的旅游经费,她甚至忘了问乔国阳为什么要叫她回国一趟。

此刻,那通被她遗忘的电话突然又出现在脑海中。

父亲那时的支支吾吾、小心试探和突然的强硬,似乎都可以解释得通了。

去医院的路上,乔宝琳心脏狂跳,眼眶也不自觉湿了。

到了医院之后,乔宝琳直奔病房,到了门口却不知道自己应该摆出什么姿态。

她站在病房外面,擦了擦眼泪,还没整理好自己,关着的病房门便突然被打开……

她脸上的窘迫还没收起，就这样撞上了穿着病号服的付青。

母女两人皆是一愣。

付青先反应过来，扯着乔宝琳的手腕往屋里拉，又扭头对乔国阳说："谁让你叫她来的？"

乔国阳笑了笑，转移话题："在医院里能不能小声点，你还是个病人。"

"哪门子的病人，要是不做这个手术，我一辈子都不会是个病人。"付青强硬反驳。

乔宝琳见付青依旧这般强悍，眼眶里的泪又缩了回去。

付青扭头看她，问："工作不忙吗？"

乔宝琳摇头。

付青看了一眼她没擦干的眼泪，突然笑道："哭过了啊？"

"我都说不用通知你了，你爸硬说你不是小孩。这种小事也能哭，你不是小孩谁是啊？"付青用袖子擦去乔宝琳眼角的泪，见她一副委屈又要掉珍珠的模样，又安慰道，"真没事。"

"可我就算还是小孩，也是你女儿，为什么不让我知道这事？"乔宝琳有点哽咽，圆滚滚的泪珠不断落下。

"你爸要是不说，你哪里会知道。我问过医生了，那伤疤不大，多一事不如少一事。你看，你现在知道了，我还要给你擦眼泪。"付青不停用袖子帮乔宝琳擦着眼泪。

两人离得极近，乔宝琳闻到付青身上的味道——是母亲的专属味道，在别的地方从没闻见过。

在乔宝琳的记忆中，付青到了六十岁身上都带着这个味道。

淡淡的，莫名让人安心。

乔宝琳的眼泪一下又止不住了。

付青手忙脚乱，急得倒吸气："二十几岁了，还能哭得这么凶？"她又回头看乔国阳，"你惹出的麻烦，还敢坐在那里一动不动啊？"

乔国阳这才过来一起安慰乔宝琳。

乔宝琳也知道自己一直哭很丢脸，可她停不下来。

她已经活了七十几年，也没想过自己这把年纪了还能哭得上气不接下气。

乔宝琳好不容易止住眼泪，付青松了一口气，却没想到自己接下来随口说的一句话又让乔宝琳开始掉眼泪。

付青说："医生说伤痕很小，我都想好了，你要是问起来，我就说是被猫挠的。"

乔宝琳上辈子的确发现了付青锁骨上那一道不浅的伤疤，她记得付青当时摸了摸那处伤口，说是猫抓的。

乔宝琳没在意，只是随口问了句哪里来的猫。

付青说是野猫，她也没有多问就把这件事翻篇了。

最后，上辈子的父母将这个秘密永久地带走了。

她一直都不知道付青做过甲状腺手术。

如果这次她没有重来，也依旧不会知道这件事。

夫妻二人见乔宝琳突然哭得厉害，面面相觑了一秒后又轮番上阵安抚。

不得不说，二十几岁的乔宝琳没比十二岁的乔宝琳成熟多少，甚至更加不听劝了，夫妻二人花了好大一番力气才让她止住眼泪。

付青看着乔宝琳红肿的眼睛，像小时候那样问道："要不要吃点水果？"

乔宝琳摇头，哑着声音说："吃不下。"

乔国阳笑着调侃："她应该是想吃糖了，小时候总这样，一哭就要用糖来堵她的嘴。"

乔宝琳又忍不住笑起来，知道自己又哭又笑的模样一定难看，她急忙捂住脸，又听见父母的笑声，于是将头低下，几乎要藏起来……

不管她是二十岁还是八十岁，只要在父母面前，她依旧是那个爱哭又要讨糖吃的孩子。

晚上，乔宝琳说什么都要在医院里待着。

乔国阳也不肯走，于是一家三口就这样睡在了一个病房里。

乔宝琳硬是挤上了付青的床，乔国阳睡在床边的看护床上。

已经深夜，乔国阳睡得早，呼噜打得震天响。

好在乔宝琳本就没什么睡意，她拉着付青要讲母女间的悄悄话。

付青却昏昏欲睡，还让她晚上睡觉安分点。

"你这都睡得着啊？"乔宝琳看向乔国阳。

"都几十年了，已经习惯了，但如果你未来的老公打鼾，你应该会把他撵出房间吧？"付青声音轻轻的。

乔宝琳想起方游谦："我未来的老公不会打鼾。"

"你就知道了？"

"知道啊。"

付青看着她："你不会有情况吧？"

"没有。"乔宝琳否认，"只是我不会找一个会打鼾的老公而已。"

付青笑了笑："最好是。"

空气突然变得安静，两人都没再说话。

乔宝琳又往付青身上挤了挤，付青一边搂住她，一边抱怨："真没位置了，没办法呼吸了。"

"睡吧。"乔宝琳闻着付青身上的味道，觉得很安心。

又过了一会儿，乔宝琳翻了个身。

微弱的光线打在付青的脸上，将乔宝琳已经十分熟悉的五官照得柔和。

她盯着母亲已经熟睡的面容看了一会儿，轻声告白："我爱你，妈妈。"

其实乔宝琳期待着付青突然转醒，然后露出明明开心却又别扭的表情。

但很遗憾，付青真睡熟了。

这时，乔宝琳放在柜子上的手机振了振，在黑暗中发出光亮。

她拿起手机，看清内容之后，从付青的怀里悄悄起身，抓上一件外套，走出病房。

方游谦在住院部楼下，他横跨了整座城市才来到这里。

其实他在收到乔宝琳短信的那刻就想过来陪她了，但她说不用，于是他也没添乱。

可他在家里等得很着急，虽然不知道自己能做什么，但他还是过来了。

在乔宝琳给他回消息之前,他都不确定能不能见到乔宝琳。

他只是放心不下她,所以想过来陪她。

但即使见不到她,离她近点,也能让他好受些。

这意味着他能在她需要他的时候立刻出现。

乔宝琳几乎是扑进方游谦怀里的。

他抱住她,为她挡住夜里的寒风。

乔宝琳抬头看他,路灯在她眸子里点亮火种。

她明媚的笑意让他紧张了一天的神经都放松了下来。

方游谦问:"你怎么样?"

乔宝琳说:"没什么事。"

方游谦彻底松弛下来。

她又问:"你怎么来了?"

方游谦下意识想要撒谎,说自己是顺路来的,但他想了想,还是说了实话。

"我一整天都放心不下你,收到你的消息后就旷工回家等你,可想了很久,还是想过来见你。"

这就是乔宝琳带给他的改变——他不吝啬于表达他对她的爱。

他就是这么爱她。

谁都可以知道他爱她。

尤其是乔宝琳,他需要让她知道自己有多爱她。

眼前的女孩儿果然眸光闪烁,抱紧了他,说:"你真好。"又趴在他怀里小声告白,"我爱你。"

方游谦心脏扑通扑通跳,觉得自己又做对了一件事。

晚上的住院部很安静,微弱的月光照亮拥抱在一起的两人。

浓厚的情感在铺满月光的夜里流淌,小溪流一样汩汩不断,滋润心河。

04. 我愿意

付青的手术像乔宝琳记忆中那样进展得很顺利。

乔宝琳请了一周的假来照顾付青。

但其实也说不上是照顾,她只能做些接热水这种简单的活,或者在一边陪着付青聊天,让安静的病房热闹些。

付青恢复得不错,在医院待了几天就能出院了,于是一家三口又提着大包小包回到家里。

没过几天,乔宝琳就该回去上班了。

乔宝琳离开家的那天,付青已经和平时没什么两样了。

付青站在门口交代她上班的时候要记得多喝水,吃饭的时候不要挑食,要多吃蔬菜,最后又说她年纪也差不多了,如果有合适的人选可以试着谈谈恋爱。

乔宝琳"嗯嗯"两声,并没有放在心上。

她和方游谦一致认为现在还不适合公开。

她刚入职场,方游谦正在创业初期,都不够稳定,他们都没有多余的精力去应付父母。

不过乔宝琳答应下"多喝水""多吃蔬菜"这两个要求,还主动提出之后会给付青发照片打卡。

付青面上嫌弃得不行,却在某一天乔宝琳忙得忘记发照片打卡的时候给她发消息,质问她是不是忘记喝水和吃蔬菜了。

总之时间就这样悠悠过去,乔宝琳和方游谦的工作也慢慢进入正轨,一切都很平稳顺利。

可生活节奏被打乱的时刻还是毫无预警地到来了。

那天下午,正在工作的乔宝琳接到了方游谦的电话。

她觉得奇怪,平时上班时间方游谦是不会给她打电话的,除非情况紧急。

果然,一接通电话,她就感受到了不一般的气氛。

方游谦声音很低:"糟糕了。"

乔宝琳一惊。

"你还记得那张拍立得吗?"方游谦问。

"哪张?接吻的那张啊?"

"嗯。"

"丢了?"

"不是……"

乔宝琳的心脏慢慢缩紧。

"被我妈看见了。"

乔宝琳感觉耳边"嗡"地一响,过了一会儿才问:"什么情况?"

"我们家里有亲戚来,我把钱包放桌上,然后那张照片被一个小朋友扯出来了。"

"那现在怎么样了?"

"我躲进厕所了,亲戚都在外面讨论。"方游谦故意压低声音,的确是担心被发现的模样。

乔宝琳踌躇了一会儿:"我妈知道吗?"

方游谦沉吟片刻:"我不知道阿姨知不知道。"

乔宝琳还没说话,手机就一震,有新的通话要切进来。她看了一眼,就是付青。

她摁断了付青的通话,扶着额头,声音低哑:"她知道了。"

方游谦轻声问:"怎么办?"

倒不是他没有主意,只是他想要以乔宝琳的想法为先。

"能怎么办……只能承认。"乔宝琳脑筋一转,开起玩笑,"不然我们说我们谈过,但是分手了,怎么样?"

方游谦语气冷冷地说:"不怎么样。"似乎真觉得这个提议并不有趣。

乔宝琳讪笑:"好啦,那就承认吧。"

方游谦"嗯"了一声:"那我从厕所里出去了?"

乔宝琳笑着说:"赶紧出去吧。"

刚挂了方游谦的电话,乔宝琳的手机就又进了一个电话。

付青已经不停歇地打了好几个,乔宝琳深呼吸了几次之后,按下接通。

"在哪儿呢?怎么回事啊?你跟方游谦怎么回事啊?"付青一接通就提了好几个问题。

"我在公司,就你知道的那回事,我跟他在一起了。"

乔宝琳回答得很简洁,却又把事情说明白了。

电话那头的付青倒是一下没反应过来,顿了几秒才说:"什么时候开始的啊?死丫头,都不跟我们说。"

263

乔宝琳掏了掏耳朵，含糊其辞："想着还不是很稳定，就没想告诉你们。"

"怎么不稳定啊？认识二十几年了，知根知底的，能不稳定到哪里去？你们要是不稳定，世界上的哪对情侣是稳定的？"付青情绪激动，但的确是高兴极了的模样，"又不是什么坏事，还整天瞒着我们这些老婆子老头子……"

乔宝琳"哼哼"两声，本想用工作的理由遁走，却没想到付青一句话让她僵在原地。

"我和你周阿姨刚才聊了两句，知道你们现在并不想太早结婚，所以我们想着可以把订婚给办了。"

乔宝琳惊呆了。

"这样我们比较放心。"

乔宝琳知道，如果此刻拒绝肯定会被付青唠叨得无法挂断电话，于是她迂回地说："让我们再考虑考虑。"

"嗯，不过大家知根知底的，你们在一起，我们这些长辈是很支持的。"

乔宝琳敷衍了几句就挂了电话，可下午工作的时候一直在想着"订婚"这事。

其实她也不是很在意这些程序，她已经认定了方游谦这个人，订婚结婚这些时间点似乎也不需要太过计较，早或晚，都是跟方游谦，不管是二十三岁结婚还是二十五岁结婚，她都会跟他厮守终身。

于是她下班后给方游谦打了电话。

方游谦周围很吵闹，乱哄哄的交谈声里掺杂着孩童的嬉笑声。

他说他还在家里，付青就在他旁边。

乔宝琳让他再躲进厕所里。

方游谦很听话，十秒之后，她终于能听清他的声音了。

乔宝琳直截了当地问："你觉得订婚怎么样？"就像在问他晚上要不要去吃水煮鱼那样轻松平淡。

方游谦结结实实愣住："……行，行啊。"

"那你跟我妈说一声，我就不打过去了。"

说完，乔宝琳就要挂断电话，方游谦突然开口："等等。"

"怎么了？"

方游谦安静片刻，踌躇开口："就这样吗？"

"什么？"

"订婚。"他郑重地说出这两个字，和乔宝琳刚才的语气形成鲜明对比。

乔宝琳理解了一会儿才知道方游谦是什么意思，忍不住笑，甚至已经想象出方游谦此刻迟疑又惊喜的模样。

"你是觉得我们订得太随便了吗？"

"……只是和我想象中的不太一样。"

乔宝琳想了想，清了清嗓子，抬头看窗外的云，声音带笑："好，你现在和我一起看天空，天地为我们做证。请问方游谦先生，你愿意和乔宝琳小姐……就是我，订婚吗？"

方游谦沉默了一会儿才出声："我愿意。"声音沙哑，被逼得几乎窘迫的模样。

乔宝琳终于忍不住大笑起来，方游谦也低低地笑。

"那晚上带点水煮鱼回来当我们的订婚礼物吧。"

方游谦答应，声音轻轻："好。"

方游谦晚上回来的时候的确带了一大盘水煮鱼。

乔宝琳急匆匆地拉着他开吃，吃得满头大汗后又迅速跑去浴室里洗澡。

洗完后，她神清气爽地走出了浴室，一抬眼就看见方游谦站在不远处。

他看起来很奇怪，不只是像机器人那样僵硬，平时总是沉稳冷静的眼神在此刻也晃得厉害。

方游谦看她一眼，又移开眼神，下一瞬间又把目光投过来。

乔宝琳上前："你是不是吃辣吃多了不舒服？"

方游谦见她一本正经地关心自己，紧绷的神经突然松开，低头看她，说："不是。"

"那怎么一副不舒服的模样？"

方游谦问："有吗？"

265

乔宝琳突然抱住他，眼前的男人肉眼可见地突然紧张——他的瞳孔猛地一颤，手脚都不知道应该放到哪里。

乔宝琳抱上他的那一刻也僵住了，他口袋里藏着一个硬硬的盒子，两人离得近，贴在一起，那坚硬的材质便格外明显，几乎是在硌着她的腿。

猜到是什么后，她抬眼看他，笑得狡黠："偷藏什么啊？"

方游谦以为乔宝琳猜到了，破罐子破摔一样，低头盯着她，轻声说："你猜猜。"

"我会猜不到？"乔宝琳得意扬扬，眼里是运筹帷幄的自信。

她踮起脚尖亲了方游谦一下，小声问："床头柜里的都用完了吗？为什么又去买？"

方游谦一愣，又突然紧张起来。

他看着乔宝琳闪烁的眼睛，慢慢地去握她的手，轻声说："不是那个。"

乔宝琳狐疑皱眉。

方游谦松开她的手，然后后退了一步，站得笔直，神情严肃得就像是要干些惊天动地的大事。

这时，乔宝琳突然意识到他口袋里的是什么了，大脑快速烧了起来，耳边也"嗡嗡"直响。

在她手足无措的情况下，方游谦学着电视里的模样，缓缓跪下，从口袋里拿出被她误会的东西。

是装戒指的盒子。

乔宝琳心情复杂，喜悦和无措交杂在一起，做不出什么反应，也没有像电视里演的那样惊喜得捂住嘴，只是愣愣地站在原地。

她的确没想到方游谦这个闷葫芦能学来这么浪漫又老土的招式。

她的眼神锁在他身上。

她看他庄重地打开丝绒盒子，看他紧张得表情都绷着，看他张了几次口才说出那句话。

"你要不要和我结婚？"

乔宝琳笑了："中午不就问过了吗？"

方游谦望着她，温柔地纠正："那是你问我的，现在是我问你。"

乔宝琳又笑了，可是眼睛一弯，眼泪就被挤了出来。

她擦了擦湿润的眼角，上前一步，把手伸到他面前，吐字发音清晰准确："我愿意。"

方游谦低头，温柔细致地将戒指套在乔宝琳的无名指上。

无名指上传来一圈冰凉，不过那冰凉顷刻又转变为她的体温，和她的身体融在了一起。

乔宝琳抬起手看那枚戒指，是钻戒，比上辈子那枚小了不少，但对现在的方游谦来说，的确是他能买到的最好的了。

这么想着，她便觉得被戒指箍住的那块皮肤有些发烫。

方游谦起身，见乔宝琳一直盯着钻戒看，似乎感到羞赧："今天下午着急跑去买的。"

"我又没说要。"

"可是订婚怎么能没有戒指？"

乔宝琳见方游谦认真诚恳，便没再多说，而且她是真的开心。

她虽然没说想要戒指，但是看到这枚戒指的瞬间，心脏的确跳得很快，那是极度欣喜才会有的反应。

她把突然变得沉重的手收起来，上前抱住他，说："谢谢。"

方游谦也默默将她抱住。

两人无声地拥抱着，似乎能听到对方心跳的声音。

情到浓时，他们默契地寻找对方的呼吸，唇齿相依。

夜很安静，吻了没一会儿，乔宝琳便气喘吁吁，全身都是汗，眼睫也几乎被汗水晕湿，湿润的眸子像是泡过水一样。

她拉着方游谦上床，在他耳边说话。

方游谦整个人都快化成水了。

两人相贴着，从皮肤开始，一直到心脏，几乎都要融在一起。

中途，方游谦却突然僵住，趴在乔宝琳的脸侧，喘息着说："那东西真用完了。"

乔宝琳只苦恼了一秒，然后便不管不顾地让他继续，那一瞬间，她的脑中出现了方知扬的脸。

如果……方知扬提早来到他们的生活中，其实也不赖。

但她仅仅几秒的出神都让方游谦感到不满，他用自己的方式让她

267

集中注意力。

他握着她的手压在枕头边。

乔宝琳侧头,看见了无名指上的戒指。

屋顶的灯光照在上面,钻石变得流光溢彩,因为两人的动作,那光芒变得摇摇晃晃,一下落在她眼里,一下又消失不见。

她闭上眼睛,感受着此刻的一切。

她的心脏也在皮囊下摇摇晃晃。

然后……她摇摇晃晃地到了天堂。

第十二章
向他预约下一次人生

01. 她要回家

没过几天,方游谦和乔宝琳这对地下情侣就结伴回去见父母了。

两家长辈本来就很熟,聊起这事更是合拍,全程欢声笑语,意见一致。

长辈们很快就定下了订婚的日子,就在下个月月底,是付青专门找大师算出来的。

大师看了两人的八字,说那天对新人来说是很特殊的日子。

两位当事人没什么异议。

他们对这些仪式程序并不是很了解,只能乖乖点头。

方赴宏见两人都戴着自己送的手链,得意地向周如月邀功:"我当时送的护身符现在居然变成了定情信物。"

乔宝琳低头看那串手链,想要抬眼的那一秒却又突然顿住——手链似乎又发光了。

只有一瞬,她却被那光闪得闭上了眼,睁眼再去看,光芒已经消失,仿佛不存在。

可是还停留在眼里的光晕却在提醒着她,刚才确有其事。

她的心脏也像上次那般不寻常地跳得快速。

方游谦感受到乔宝琳的反常,问她是不是不舒服。

乔宝琳喝了口温水压下过快的心跳,在父母面前摆手说没事,低头却小声问方游谦:"你有没有见过那手链发光?"

方游谦摇头,然后安慰道:"可能是最近事情太多,你精神压力过大,所以出现了幻觉。"

乔宝琳也这样安慰自己。

之后的几周,她都没再经历过这样的异常情况。

订婚的日子如期而至。

乔宝琳一大早就被付青拉着去美容院,化了订婚妆之后又去礼服店租了衣服。

付青很爱拾掇乔宝琳,乔宝琳觉得这样也省事——自己不用动脑子,只要像个玩偶让付青摆弄就行了。

订婚宴会在市里一家有名的酒店举行。

这大阵仗让乔宝琳想起上辈子的婚礼,这订婚宴和那次的结婚宴差不多规模,乔宝琳却不像在结婚宴上那般茫然犹豫了。

她明确了自己的心意,也知道和方游谦结婚会是她做的一个很正确的决定。

乔宝琳在更衣室里碰见了方游谦,他也打扮得正经,条件本就优越,如今又认真装扮了,乔宝琳只看了一眼就被迷得晕头转向,拉着他说:"我要做你老婆!"

方游谦无奈地笑,握着她的手低声安抚:"你已经是了。"

他话一说完,耳朵就跟着红了起来。

乔宝琳忍不住笑他。

订婚宴的流程比结婚宴简单多了,没有那些冗余的仪式,乔宝琳只需要坐在餐桌前吃饭,有人来问候的时候小抿一口酒,扯扯嘴角就行了。

她最擅长的就是和人打交道,这对她来说只是小事。

于是一切都进展得很顺利,只是等到服务员端上一盘油滋滋的卤猪蹄后,乔宝琳却捂着嘴反胃干呕。

见状,坐在她身边的方游谦很紧张:"你是不是着凉了?还是吃坏了肚子?"

付青在一边猜测:"估计是贪杯,酒喝多了。"

乔宝琳却皱着眉头，身体僵硬，没有任何动作。

因为她对这样的反应很熟悉，这不是肠胃问题，反倒像是孕吐，是上辈子就经历过的。

但她没有声张，只是喝了点酸的东西压下这不舒服的感觉。

她回忆起方游谦向她求婚的那晚，她那时的确有些晕头，醒来也忘了做点补救措施……

所以方知扬真的要提早来到这个世界了吗？

她下意识去抚摸自己的肚子，就在那一瞬间，戴在手腕上的手链若有似无地明灭了一下。

她心一跳，猛地抬头看方游谦。

见他没在看她，她又把到嘴边的话咽了下去，脑中很是混乱。

这场订婚宴很热闹，人情往来，应酬寒暄。

乔宝琳因为这突如其来的反应变得不安烦躁，没再吃饭，用身体不舒服来推辞问候。

她的手脚都开始出汗，冷静地想了一段时间后，上网预约了明天产科的检查。

做完这些后，她那颗怦怦跳的心才稍微平静了些。

宴会结束，乔宝琳和方游谦各回各家。

乔宝琳收拾完，静静地躺在床上发呆。

手上依旧是那条手链，她没敢摘下来，可不管她盯着手链看多久，手链都没再发光。

没过多久，她睡着了，但她做了个梦，梦见了她的上辈子。

准确来说，她梦见的是七十岁的自己离开那个世界后方游谦的生活。

在梦中刚见到这老头的时候，乔宝琳本是十分激动的，但意识到方游谦真没再想起她，彻底将她忘了的时候，她心凉了，甚至感到愤懑。

年迈的方游谦依旧在那个时间点起床，也会做两份早餐，但当他准备吃的时候，他又会顿住，似乎知道这样的程序不对，或者说……似乎想起自己忘了什么事。

他在原地僵硬了半天，也记不起自己到底忘了什么，最后只得一头雾水地将多余的那份早餐倒入垃圾桶。

乔宝琳马上阻止他："我还没吃呢！臭老头！这是我的早餐，不准丢啊！"

但方游谦听不到她的声音，动作迟缓地将早餐丢了。

吃过早餐后，他就开始自己的日常，浇花理草，看书写字。

乔宝琳在他身边观察着他，发现他记性好到甚至能找到好几个月都没用过的毛笔。

……可就是这样的精明老头子却把自己的老伴忘了。

乔宝琳越想越气，梦中的烦闷情绪是十分真实的，她觉得她气得都快烧起来了，对着方游谦骂了不少话，可他就是没反应。

下午的时候，方知扬来了。

看到自己的儿子，乔宝琳情绪激动地上前告状，可方知扬也听不到她的声音。

方游谦和方知扬聊了两句就又低头开始做自己的事了。

方知扬也陪着方游谦一起看书，两人很安静，空气中只有翻阅纸张的声音。

乔宝琳在梦中都觉得父子二人无聊，可即使无聊，她还是舍不得离开。她将眼神黏在他们的脸上，仔仔细细地观察着，恨不得将他们的样子都刻在脑子里。

尤其是方游谦的模样。

因为她已经很久没见过年迈的、陪了她四十几年的方游谦了。

眼前的他已经不够挺拔，头发也花白，惹她艳羡的好皮肤也变得松弛。虽然没了年轻时卓绝出众的皮囊，但他的气质依旧如故，沉稳温润，水一样包容着所有。

从窗户透进来的阳光打在方游谦的身上，他被笼在光芒中，安静得如同神祇。

乔宝琳望着他，莫名沉静下来。

这种感觉很奇幻，她无法形容，可只是单单看着他，心就不自觉地失控。

上辈子和这辈子的回忆交织在一起，她有千言万语想要陈述，心中有千万情绪想要倾诉,可她什么都做不了,只能静静地看着他。

不知过了多久,方游谦突然把书合了起来,摘下眼镜,神色惊慌地环顾周围,又着急地起身往院子里走。

方知扬跟上去,扶住方游谦:"爸,怎么了?"

方游谦看向方知扬,皱着眉,问:"你妈呢?我就说我好像忘了什么事,早餐多做了一份也没人吃。"

方知扬像是已经经历过许多次这样的场景了,表情无异,声音温和:"我妈去养老院了。"

方游谦一愣:"什么时候?"

"去了一段时间了。"

"我怎么不记得了?"

"你最近记性不是很好。"方知扬拉着方游谦走回屋内。

方游谦沉默了一会儿,又问:"那她在哪个养老院?"

"就在临心养老院,和余阿姨在一起呢,过得挺好的。"

方游谦皱着眉头,轻声问:"不回来了吗?"

"每个周末我都会去接她回来,还有两天我就去接她回来一趟。"

方游谦点点头,嘟囔:"那我今早还做了她的早饭……"

"你妈……为什么去养老院啊?我都忘了我是怎么惹她生气的了。"方游谦尴尬地扯了扯嘴角,在儿子面前说这些,的确让人羞赧。

方知扬说:"因为你最近记性不好,忘东忘西的,她嫌跟你生活在一起很麻烦。"

方游谦若有所思地点点头,声音低下来:"的确,我最近记性真的很差。"

之后方知扬就拉着他回椅子上继续看书了。

屋外的太阳渐渐落下,方知扬接了个电话之后准备起身离开。

方游谦抬头看他一眼,让他回去的时候路上小心。

方知扬点头答应,走之前又在方游谦没注意的时候往桌上留下一张纸。

纸上写了东西。

乔宝琳目送方知扬开车离开后,坐在方知扬刚才坐的位置上,静静地看着方游谦。

她第一次觉得她和他的家原来这么大。

一个人住在这里的确是过于孤独了。

至少方游谦这么安静的人孤零零坐在这里看书写字，的确让她觉得这个家有些空荡了。

过了一会儿，方游谦又突然放下书摘下眼镜，和刚才的行为如出一辙——他又突然想起她了。

不过方知扬已经离开，没人告诉他，他的妻子去养老院了。

他慌张地在家里转了好几圈，楼上楼下爬了几趟，找得呼吸都急促了起来。

乔宝琳则是绕在他身边说了许多话。

"我不在这里啊！我去养老院了！你这破记性！别找我了！爬楼梯的时候能不能慢一点啊！"

她说了很多话，几乎是喊出来的，可他听不见。

于是她也跟着他爬上爬下，累得厉害。

最后方游谦在桌前停下，拿起方知扬留下的那张纸。

乔宝琳也跟着看过去。

方知扬在上面写了话。

爸，担心你又犯毛病，找不到妈变得着急，所以写了字提醒你。妈现在在养老院，你不用过于担心，过几天我就会接她回来一趟，你照顾好自己。

——方知扬

方游谦紧皱的眉头松开，乔宝琳也跟着松了口气。

她觉得方知扬做事还算稳妥，只是这纸应该放在更加显眼的地方，害得已经年迈的方游谦跑上跑下。

方游谦也知道是自己又忘事了，于是将纸放在最显眼的地方提醒自己。他沉默地盯着纸上的字看了一会儿，伸手用笔将"过几天"圈了起来，然后才又开始做自己的事。

乔宝琳在他身边静静地看着他，不知过了多久，耳边出现了由远及近的闹铃声。

她心一跳,知道自己这梦大概是要醒来了。

但她还是不肯错过一分一秒看方游谦的时间。

她盯着他,在醒来前的一秒,趴在他耳边说很想他。

可他听不见。

醒来的时候,乔宝琳心脏狂跳,浑身都很难受。

不知是因为没睡好,还是刚才的那个梦,她疲惫得几乎没有力气,躺在床上缓了许久才慢慢恢复过来。

可等她反应过来的时候,眼角已经蓄满了泪水。

她突然意识到自己对方游谦的强烈思念。

这种情绪始于幽微,就像蛊虫一样,平日和方游谦相处的甜蜜欢愉时刻都在为它做养料,它在她没注意到的角落里缓慢变得强大。

不知何时,它已经生得巨大,大到能直接将她的世界击溃。

昨晚的那个梦将它诱导出来,让她被这种思念包裹着,几乎喘不过气来。

刚才在那个梦中,无数个瞬间,她都想要留下来陪着那个孤独的方游谦。

即使他得了老年痴呆也没事,唯独忘了她也没关系,她可以像方知扬一样不知疲倦地提醒他、告诉他,她是谁。

可是梦醒了,方游谦唯一给她留下的只有他那身体虚弱、记忆紊乱的凄惨模样。

乔宝琳躲在房间里无声地大哭了一场。

昨日的她还在幻想着和方游谦的美好未来,可是此刻,她急切地想要回到老头子的身边。

遗忘和疾病都无法让她再离开他了。

下午,乔宝琳从医院里拿到报告,她的确怀孕了。

她像上辈子一样在医院里漫无目地走了一会儿,却不像当时那般茫然失措了。

这孩子虽然和过去一样是个意外,但至少……至少她和方游谦已经相爱。

她肚子里的这个孩子肯定会比方知扬幸福。

明明一切都变好了,可是她却高兴不起来。

她脑海中都是梦里的景象,方游谦那副孤独失落的模样挥之不去。

思念和愧疚将她挟持,她无法再去憧憬未来了。

但乔宝琳还是将怀孕的事告诉了周围的人,所有人都很开心,喜气洋洋的模样让她也像机器人一样扯动嘴角。

方游谦像上辈子一样先向她道歉,然后问她对孩子的想法。

乔宝琳说想要生下来。

方游谦庄重真诚地给她承诺:"我一定会让你们幸福的。"

乔宝琳点头:"我知道。"

她知道方游谦能成功,也知道他之后会是一个好爸爸、好丈夫,可她却不期待那样和美幸福的生活了。

之后的好几天里,她都无法轻易入眠,可每次睡着后都会做相同的梦——

一模一样的场景,同样孤独羸弱的方游谦日复一日地重复着那样的日常。

他忘记了她,然后在某一刻想起她,发现她不见人影后急得到处寻找,可是没过多久就又将她忘记……

经历过多次相同的梦境之后,乔宝琳也不像一开始那般慌张劝阻他了,只是跟在他身边,默默流泪。

一直到醒来,她眼角都是湿润的。

她一直不知自己为什么会做这样的梦,为什么一次次地梦见这样让她心碎到窒息的场景。

那天,她终于得到了答案。

睡前,她戴着那条手链,照例给了方游谦一个晚安吻之后,惴惴不安地准备陷入梦境。

她已经做好了继续梦见方游谦的准备,却没想到梦见了其他人。

她梦见了方知扬。

准确来说,是方知扬在与她对话。

眼前的方知扬已经步入中年了,乔宝琳还是毫不犹豫地叫出了他的乳名："扬扬。"

方知扬回应道："妈。"

乔宝琳热泪盈眶，这段时间以来的痛苦在这一刻终于得到了宣泄，她上前抱住方知扬号啕大哭。

眼前的方知扬是真实存在的，是可触碰到的。

不知流了多少泪，她才停下哭泣，小声问道："我肚子里的是不是你？"

方知扬点头："是我。"

乔宝琳向儿子诉苦："你知道吗？这段时间我老是梦见你和你爸，尤其是你爸，他很老了，还一个人住……"

她哽咽得几乎说不出话来，缓了一会儿才继续："我很担心你爸，我梦中的那些是真实存在的吗？你爸现在真过着那样的日子吗？"

"我出现在这里就是为了告诉你这件事的。"方知扬伸手帮她擦掉眼泪，"那就是你离开后爸过的生活。"

"但你在这里过得很好……"

方知扬话还没说完就被乔宝琳着急打断："我过得不好！不好……"可她的声音越来越小，似乎也知道这是谎言，所以才会这般没有底气。

她在这里过得真的很好，若是没梦见那样的梦，她会憧憬未来，会细心地孕育肚中的孩子，会和方游谦过上幸福的生活。

可她梦见了那样的方游谦，生活中的美好都让她感到罪恶。

她将年迈患病的他丢下，自私地回到十八岁，享受新的人生。

这让她痛恨自己。

她哽咽着："……我很痛苦。"

方知扬声音沙哑，终于问出那个问题："你愿意回去吗？回到爸的身边……"

方知扬很犹豫，却不知道乔宝琳在听到这个问题时有多欣喜。

脑中那根紧绷了许久的线突然松开，她甚至高兴得笑了出来。

其实她已经问过自己无数遍这个问题了，当然……无数遍的答案都是"愿意"。

通过最近发生在自己身上这一连串奇怪的事件，她隐约能预感到自己和那个世界的联系。

梦中那些场景真实得不像是梦,那种心痛的感觉越来越真实。

她时常心痛到在半夜苏醒,需要对着空气深呼吸很长时间才能缓过来。

她预感到了,她似乎能回去。

接着,她在期待。

她期待回到那个世界。

她在看到老头的那一瞬间就知道了自己的选择——她会毫不犹豫地选择那个已经老年痴呆的闷葫芦。

不是她不爱现在的方游谦,而是她更无法抛下七十岁的他。

虽然现在的方游谦是她梦想中的爱人,两人正在赤诚地相爱着,但是七十岁的老头已经无声地爱了她几十年,却从没得到过她的任何一点爱。

她很幸运,比常人额外获得了更多经历和爱,她早已满足。

她可以将这里的一切当作她在迟暮之年的一场时空旅行。

旅行途中有很多美好风景和动人记忆,她可以欣赏、可以沉溺、可以驻足,但她迟早要回家的。

回有方游谦的家。

方游谦不能一个人在家。

于是,乔宝琳回答:"我要回去的,我一定要回去。"

方知扬似乎没想到她会毫不迟疑地做出决定,惊喜地笑了。

乔宝琳上前握住了他的手:"妈妈也想你……我什么时候可以回去啊?"

方知扬握紧母亲的手,看向她还平坦的小腹,对她说:"我出生的那天,就是你可以回去的时候了。"

乔宝琳问:"为什么?"

"当另外一个和这个世界有关系的人提早降生,世界的秩序就会混乱,到时两个世界的联系就会断开……"

乔宝琳接着说下去:"那时我的时空旅行就该结束了,我可以选择永远留在这里,或者选择回去?"

方知扬点头。

乔宝琳说:"正好,我也需要时间来整理这里的事……"
方知扬理解,走之前对乔宝琳说:"我们都很想你。"
乔宝琳含泪点头。

方游谦能感觉到乔宝琳最近的状态有些奇怪。
刚得知怀孕的那几天,她总是郁郁寡欢,虽然偶尔会笑,但那只是皮肉上的笑容,她根本不开心。
在方游谦以为她是因为怀孕而生出些抑郁的情绪时,她又突然变得活力满满,心情愉悦。
这样的转变让他担忧。
他问了医生朋友,被告知激素分泌可能导致孕妇情绪多变后才放心下来。
可他依旧心慌,隐约能感觉到乔宝琳的情绪是虚浮的——
她那对未来的期待并不是因为他。
她眼里仿佛有另外一个世界,而且,那个世界里没有他。
她最近虽然比从前更加黏着他了,可他的感觉却不是很好。
他觉得她对他的这种亲密更像是一种讨好,或者说是补偿。
她虽然就在他的身边,他却觉得她像飘在空中的雾,下一秒就能散开消失。
他无数次无意识地将乔宝琳抱紧,紧到她都发出抗议:"快勒死我啦!"
方游谦这才后知后觉地松开,但又在下一秒抓住她,神经衰弱的模样让他自己都开始唾弃自己。
乔宝琳问:"你是不是因为孩子所以压力过大了?没事啊,我们的孩子很乖的,你不用太担心,而且你会赚大钱的,真的。"
方游谦被逗笑:"我没担心孩子,也没担心我自己。"
"那你在担心什么?"
"没什么。"方游谦这样说,然后在她的额头上吻了一下,声音温柔,"我爱你。"
乔宝琳趴在他的怀里没说话,心扑通扑通跳个不停。
她抱紧他,像是他们的最后一个拥抱。

她声音闷闷的:"多说几遍,我怕你忘了。"

方游谦问:"忘了什么?"

乔宝琳抬眼看他:"忘了我,忘了你爱我,忘了……我爱你。"

方游谦笑着保证:"不会。"

乔宝琳也跟着笑,可其中的苦涩意味只有自己知道:"万一呢?要是你得了老年痴呆,真把我忘了呢?"她的声音很轻,听起来有一种悲凄的意味。

方游谦也静下心来,认真思索了一会儿后回答:"未知的事我不知道,如果真的忘了的话……对不起。"

乔宝琳眼角湿了,靠在他怀里,小声说:"没关系,但你就努力努力记住我,行吗?"

方游谦不知气氛为何如此悲伤,生离死别一样,但他还是回道:"好。"然后将怀中的乔宝琳抱得更紧。

他伸手去揩她眼角的泪花:"好好的为什么哭?"

乔宝琳蹭着他的手指,装作无辜:"孕妇情绪波动大吧,我也不知道,宝宝之后可能也是个爱哭鬼。"

方游谦笑:"爱哭鬼也是我们最爱的宝贝。"

乔宝琳破涕为笑,趴在他的怀里渐渐睡去。

而方游谦却迟迟无法入睡。

乔宝琳就在他怀中,和他严丝合缝地嵌在一起,他却有一种她会消失的错觉。

也许是下一秒,也许是明早,他的身体就会缺了一块。

这样的恐惧让他无法入眠。

他一直睁眼到天边微亮,舍不得漏掉看她的每一秒。

可他依旧在天色灰蒙的时候不小心入睡。

醒来的时候,屋外已经大亮,他迷迷糊糊睁眼,反应过来后立刻低头去看怀中的人。

乔宝琳睡得安稳,微微噘嘴,小猪一样惬意。

他的心狂跳,猛地松了一口气。

他不知疲倦地看了她许久,然后在她的额头上印下一个吻。

02. 恰到好处

时间过得很快，乔宝琳前段时间用"养胎"的理由将工作辞掉了，方游谦需要去公司上班，每天陪她的时间不多，不过她也不需要担心自己会无聊。

付青和周如月两人像换班一样来家里陪她，每周一三五是付青，二四六是周如月，周日的时候两人一起来。余衍晴和一些其他的朋友隔三岔五也会来找她玩，似乎是担心她无聊了。

每个人都关注着乔宝琳的肚子，乔宝琳却不是很在意，反倒是在用孩子这个借口和她们见面。

乔宝琳珍惜着和他们相处的每一秒，仿佛这样就能将他们牢牢刻在脑子里。

很多人，她回去之后就再也见不到了。

付青也觉得奇怪，怀孕后的乔宝琳像是变了个人一样，温婉又安静，还总是用一种奇怪的眼神看她，时不时就要向她告白，每天都要说上一句"妈妈，我爱你"。

付青嘴上说着受不了这样肉麻的话，身体却很诚实地享受——那嘴角都要扬到天上去了。

"到时候生出的宝宝也是个油嘴滑舌的！"

"这叫嘴甜，我的宝宝一定很会表达爱！"

乔宝琳要求不高，只要不像方游谦这样闷就行。

几个月过去，乔宝琳的肚子越来越大，整个人丰腴不少，见到谁都是一副笑嘻嘻的模样，大家都说乔宝琳这宝宝肯定会生得很顺利。

乔宝琳不知这结论是怎么得出来的，于是问了付青。

付青回道："因为妈妈幸福啊，宝宝也会迫不及待地来到这个世界上。"

乔宝琳一愣，脸上的笑容蓦然僵住。

她真的幸福吗？多少次，她在深夜里痛苦得快要窒息。

可所有人都在期待着美好的未来，她也需要让大家觉得她是高兴的。

临盆将近，留给乔宝琳的时间所剩无几。

她早就做出了选择，也不会去改变，可是这个世界的一切也是那

281

般难以割舍。

　　这里有依旧健康的父母，有完美深情的爱人，有年轻的身体，还有大把的时间……

　　她是应该放弃的，这本就不属于她，但完成这样的选择的确需要很大的勇气和力量。

　　她只能久久地看着身边的人，企图将所有人的样子都刻在脑海中，带到七十岁，然后在她所剩不多的生命里慢慢地细致地回忆品味。

　　方游谦这段时间并不好受，那种惴惴不安的情绪出现得越发频繁。即使乔宝琳正在安稳地孕育着他们的孩子，他也始终无法放心下来。

　　他总是在做患得患失的梦，经常在深夜惊醒。若是乔宝琳恰好不在他枕边，他会立刻跳起来，心脏都要蹦出胸膛。等他发现她只是在上厕所或者口渴喝水的时候，他才会放心下来。

　　可冷静下来后，他又会发现自己的背后已经布满冷汗。

　　他不知自己这是怎么了，问了医生朋友，医生觉得他是压力过大了。孩子即将降生，父母的情绪都比较容易波动。

　　方游谦也这样安慰自己，等孩子出生，就会好了。

　　他们的生活虽然可能会被搅得一团糟，但至少会改变此刻的状况。

　　此刻的他急切渴望改变。

　　他能感觉到他和乔宝琳之间绷着一条线，只需一点点力就能使其完全断裂。

　　时间过得很快，十个月眨眼就过。

　　临近预产期的时候，方游谦请了长假，和乔宝琳一起搬回父母家里，长辈都在，方便照顾她。

　　窗外的风景换了三个季节后，乔宝琳终于到了预产期。

　　这几日，周围所有人都很小心，神经紧张地观察着乔宝琳的状态。

　　反倒是乔宝琳依旧像平常一样，和那些即将生产的孕妈妈一点都不像。

　　方游谦将这些都看在眼里。

　　乔宝琳依旧每天都笑呵呵的，白天抱着父母说爱他们，晚上抱着他说爱他，只字不提孩子的事，不和他说起未来，像是来不及一样将当下的时间用到极致，急切又汹涌地表达着自己的爱意。

于是他更加心慌。

她若是一刻不在他的视线里，他都会紧张得呼吸急促，可他什么都做不了，只能陪着她看着她，独自一人恐惧担忧。

乔宝琳肚子是在凌晨的时候有了反应。

她当时正好没睡着，感觉到小腹的痛意之后，心也跟着痛了起来。

她看向窗外的天，漆黑一片，挂在天空的月亮却十分皎洁。

她低喃了一句："到了？"

却没想到睡在身边的方游谦突然抬头，着急地问："怎么了？"

乔宝琳的眼里不自觉地盈满泪水，忍着痛意，扯着嘴角说："肚子疼，时间好像到了。"

她说的"时间"是她要回去的时间。

方游谦当然不懂她的这层意思，立刻从床上起来，打开灯。

他的神色不像以往那般冷静："我们现在去医院。"

乔宝琳想要出声答应，但是小腹又猛地一阵抽痛。

她痛苦的表情让方游谦更加着急。

他过来抱住她："怎么样了？"

乔宝琳不说话，只是不停地哭着，因为她能感觉到自己的变化。

小腹的每一次抽痛，都会带走她的一分力气，灵魂的重量也在慢慢减少。

痛意是一阵阵来的，但她的眼泪却没停过。

她没有发出声音，只是安静地流着汹涌的泪。

直到他们已经在去医院的路上时，她也没停下哭泣，一点都不隐藏自己的悲伤。

她甚至感觉到畅快，以往总是偷偷哭，如今能在所有人面前哭，还能不被询问原因，于是她便任由身体宣泄情绪。

方游谦在前面开车，乔宝琳在后座，躲在付青的怀里，脆弱得像是刚出生的婴儿。

她变成了襁褓中的孩子，最终还是要回到母亲的怀里，她需要嗅着母亲身上的香味才能稍微心安。

泪将母亲的衣裳打湿。

付青像小时候那样搂着她的肩膀:"不疼不疼,我们马上就到医院了。"语气柔软,真像是在哄着孩子。

乔宝琳不说话,只是默默落泪,可是眼泪似乎也能带走她那几乎微弱的重量,自己的存在也随着眼泪一点点消失。

终于,他们到了医院,下车之后的乔宝琳晕晕乎乎,根本不知道发生了什么,她只是流泪,然后睁大了眼睛看着周围的一切。

她看父母,看周阿姨、方叔叔,看方游谦。

但她的确被折磨得没什么力气了。

腹中的生命越来越强大,她却越来越虚弱。

终于,她即将被推入产房,方游谦跟着进来了。

白灯打在头顶,被刺激得泪水直流,她仿佛已经置身天堂。

医生护士在她耳边说话,她没给反应,只是无声地望着方游谦。

方游谦抓紧她的手,神情紧张,慌张得似乎已经得知了她要离开的事。

生理上的剧痛难忍,可意识的一点点涣散更让乔宝琳恐惧。

身体似乎已经不受自己的控制,她用尽最后一点力气,抓住了方游谦的手。

眼泪从脸侧滑下,她对他说:"我爱你。"

她不知自己有没有说出口,但方游谦应该是知道她的意思的,因为他那悲悯绝望的眸子亮了一点。

可她再也无法强撑,身体像是被撕裂一般。

她也终于在那一瞬间离开了。

乔宝琳觉得自己似乎睡了很长一觉。

睁开眼的那瞬间,她就知道自己回来了。

全身骨头都像是结上了蜘蛛丝。

她又回到这副衰老迟缓的身体里了。

窗外已经大亮,周围是她熟悉又陌生的环境,一切都和她离开的那天一样。

不远处的地上还放着她那天晚上收拾好的行李。

自己似乎从来没离开过,这里的时间在她重回十八岁的那刻便停止了。

她静默地收回眼神,低头看了看自己的双手。

果然已经不复年轻,虽然保养得宜,但手背上还是布着老年斑。

乔宝琳用双手捂住了脸,重重地呼吸,没过多久,指缝间便潮湿起来。

哭过一场之后,她起床整理自己,之后又把行李箱里的衣服一件件放回衣柜里。

做完这一切之后,她才下楼。

站在楼梯上看到桌上摆着两份早餐的瞬间,她的眼眶又猛地涌上一股湿意。

她慢慢走下楼,看向院子,方游谦正背对着她理花,红色的海棠花一簇簇的,生长得肆意美丽。

方游谦动作缓慢又斯文,从他的背影都能看出他对花朵的喜爱。

看着他这熟悉的模样,乔宝琳心里淌过暖流。

她在餐桌前坐下,看清装早餐的盘子后,心又狠狠抽了一下。

她望着那朵新的向日葵久久出神。

不知过了多久,一滴泪落在餐桌上。

方游谦就是在这时候进来的。

通向院子的玻璃门被他慢慢关上。

乔宝琳泪汪汪地看过去,他背着光,身躯不像年轻时那般挺拔健硕,已经带着年迈的佝偻和虚弱。

不知是不是她的错觉,她甚至从他的身形轮廓看出了小心翼翼又瑟缩的意味。

她眨了眨眼才看清他的脸。

他站在原地,定定地看着她,脸上虽然没什么表情,但眸子却晃得厉害。

乔宝琳心一凉,知道他是不记得自己了。

但她不生气,只是心疼。

她站起来,擦擦眼泪,说了今天对方游谦说的第一句话:"……我是谁?"

方游谦面露不解，往前走了一步："怎么突然问这么奇怪的问题？吃饭吧。"

乔宝琳一愣，知道此刻的方游谦是记得自己的，那颗悬着的心落了下来，她忍不住露出笑意。

她坐下，他也坐在她的对面。

两人安静地进食，像过去几十年里那样。

她想起什么，问："这盘子是新买的？"

方游谦抬眼看她："是的，之前那个不知道去哪儿了……你不喜欢吗？"

乔宝琳盯着他，说："喜欢的，谢谢。"

方游谦怔住："那就好。"

吃完饭后，方游谦就像过去那样开始做自己的事，乔宝琳却不像以前那样到处跑了，她就在他周围绕着，在他的书房里这里摸一摸，那里碰一碰。

担心方游谦会觉得她影响他了，她还向他说："如果打扰到你了，你说一声，我就出去。"

方游谦答应下来，期间无数次抬头看她，却都没喊她出去。

有一次，乔宝琳和他对上眼神，迟疑地问："要我出去吗？"

方游谦马上摇头："没事，你就在这里吧。"语气温柔，似乎还怕她走了。

乔宝琳若有所思地点头，然后在他看不见的地方弯了嘴角。

这时的方游谦大多数时候是清醒的，但有时真会忘了她是谁。

乔宝琳第一次碰上这种状况时，手足无措，跟他解释了半天，他都是一副冷漠的模样。

她不耐烦了，气急，留下一句："行，那我走了，你自己待着吧。"说完就走了。

但她不敢走得太远，去小区所有朋友家里串了一圈后，才在夕阳西下的午后慢悠悠晃回家里。

她在门口站了一会儿，做好了面对不认识她的方游谦的心理准备后才进门。

她打开大门，屋里静悄悄的，厅里甚至没开灯，整座房子似乎都在沉睡。

她着急地打开灯，正打算去找方游谦的时候，发现他就坐在沙发上，正直勾勾地看着她。

她一愣："怎么不开灯？"

想起他可能还没记起自己，她无奈地叹了口气，问道："你吃饭了吗？"

坐在沙发上的方游谦站起身："你吃了吗？"

乔宝琳："吃了。"

方游谦动作一顿，看向餐厅。

乔宝琳也跟着望过去，发现那一桌子菜后，迟疑发问："是在等我吃饭吗？"

方游谦点点头："但我一回头你就不见了，也不知道你去哪儿了……饭好像做多了。"

乔宝琳看着他失落的神情，心尖疼得厉害。

她走到他面前，问："知道我是谁吗？"

方游谦眉头微皱："乔宝琳。"

乔宝琳控制不住自己的泪意，沉默了一会儿后带着哭腔说："可是你刚才不记得我了。"

她这模样让方游谦慌了。

他皱着眉回忆，却是徒劳，面露痛苦："我不知道……我不记得了……对不起。"

乔宝琳摇头，很"无理"地拒绝接受他的道歉。

她伸手把眼角的泪擦了："如果你之后又把我忘了怎么办？"

方游谦失语，愧疚却又无力，痛恨自己却又不知该如何是好。

乔宝琳看着他这副挣扎纠结的模样，几乎要喘不上气来了，上前一步，缓慢地抱住他。

她动作生疏，方游谦也僵硬着身体，不知手脚该放到哪里。

乔宝琳抱着他，感觉很奇妙。

这该是她这辈子第一次主动抱他，但她却能从这个拥抱中体会到他们之间相通的爱意。

她深呼吸几次后开口："好……那你之后就算不记得我了，我也不走，我就死赖在你身边，你赶我我也不走。"

她就在他身边等他想起她。

方游谦的呼吸声蓦然加重，声音沙哑："……对不起。"

最后，乔宝琳又陪他吃了晚饭。

两人之间的气氛第一次如此和谐。

方游谦的嘴角总是带着若有似无的笑意，乔宝琳的心窝也变得暖暖的。

之后方游谦还是会时不时忘记乔宝琳，但乔宝琳真的没再离开过。

就算他不记得她是谁了，她也会静静地陪在他身边。

她担心他清醒后找不到她，担心他着急，担心他失望。

每次方游谦清醒后，乔宝琳都会送上一个拥抱，方游谦每次都像是机器人一样僵硬，可他那微微扬起的嘴角却无法隐瞒他的愉悦心情。

渐渐地，乔宝琳习惯了这样的生活，虽然偶尔有些疲累，但大多数时候觉得这一切其实足够好了，她已经足够幸福了。

她能回来，能陪着他，就是老天爷给她的最大恩赐。

虽然方游谦在接受治疗，每天也都按时吃药，但这也只能延缓他的病情。

他像是陈旧衰老的机器，这些药物只能延缓他生锈的速度，却无法让他变为崭新的。

不久之后，他的病情加重，他忘记的人不止乔宝琳了，有时候甚至会不知道自己为什么会在这里，看书写字到一半的时候也会突然愣住，还会忘了自己是谁。

乔宝琳一遍遍向他解释，从一开始的慌张无措到之后只会无奈地流泪。

她已经习惯，却无法麻木，心总是疼得厉害。

方游谦的情况时好时坏，有时只需一会儿就能想起，有时候却要几天才能想起。

可每次他记起一切时，抬眼就能看见面带笑容的乔宝琳。

她无时无刻不陪在他身边。

看见她的那一刻，他那颗飘荡虚浮的心总是能在一瞬间就恢复平静。

某一天，乔宝琳在方游谦的书房里找到一个盒子。

打开一看，里面是方赴宏之前送给他们的那两条手链。

她一愣，拿着手链去问方游谦："这是哪来的？"

方游谦微微皱眉，花了一段时间才想起来："我爸给的。"

"什么时候给的？"

方游谦又想了想："很早的时候，我记不清了，但……我记得，他让我送一条给乔宝琳。"

听到自己名字，乔宝琳的心一紧。

她盯着方游谦看，沙哑着声音问："那你怎么没给？"

方游谦沉默了一会儿才回答："我……不敢给她。"

乔宝琳眼眶一湿，想起当年他的怯懦和自卑。

只要他勇敢一些，他们不会错过这么多年。

"如果有下一次，记得给我。"

她向他预约下一次人生。

方游谦看她一眼，面露迟疑："我要给乔宝琳的。"他不知道眼前的人就是他口中的乔宝琳，他只记得她的名字，记得自己爱她，却不记得她的模样。

乔宝琳双眼含泪，哽咽着："嗯……那你记得给她。"

她低头擦了擦眼泪，又问："你爱她吗？"

方游谦一愣，似乎没想到眼前这个人会问出这么直白的问题，但他不知是怎么了，竟然放下了所有防备，腼腆地笑了笑，说："爱。"

乔宝琳没想到方游谦会承认得这般坦荡，而她如同青涩的少女得到了心悦男孩的告白，心跳得有些快。

她又从不怎么理想的当下生活中找到了一点让人欣慰的地方——得了病之后的方游谦变得有些可爱。

之后她才知道，原来得了这病的老人会慢慢地变成孩童，行为举止虽然幼稚，却又诚恳得让人心疼。

又过了一段时间，方游谦变糊涂的频率越来越高，忘记的事也越来越多。

但乔宝琳心态很好，依旧毫无怨言地陪着他。

一年四季过得很快。

那年春天,乔宝琳去方游谦的房间整理被褥的时候,在他桌上发现了一本日记本。

她本不想看的,却无意间瞥到她的名字,于是便像是被吸引了一样,她翻了一页又一页,直到泪流满面。

本子里写了不少东西,她也不知方游谦是从何时开始记录的,但渐渐地,本来舒缓轻松的文字却变得自厌悲伤。

方游谦发现自己会遗忘很多事,于是开始着手记录,每天起床都会来翻阅一遍,将自己忘掉的东西再强硬塞进脑中。

乔宝琳不知道这样做有没有用,却因他的努力而感到心酸。

有一页,她看后便无法再忘记。

最近发现自己居然忘了乔宝琳的模样,她应该发了很大的火,但可笑的是,我居然也忘了她有没有发火了。

我几乎要忘了她的模样,但我依然记得我爱她。

乔宝琳不可自抑地痛哭。

手指在那几句话上摸了无数遍,她仿佛能感觉到方游谦在写下这句话时的心情。

春末初夏的时候,方游谦总是在院子里忙活,似乎是在播种新的花种。

乔宝琳没问,却在盛夏的时候看到了满院子的灿烂向日葵。

一个秋日,她陪着余衍晴去给周临扫墓。

过去的那些年里,乔宝琳从不肯来给周临扫墓。

她无法理解他,即使他已经去世。

不过,此刻的她已经和周临和解,知道了他的苦衷之后,带着歉意来看他了。

余衍晴也对此感到惊喜,可是他们都已经七十岁了,处在人生的尾巴上,的确是容易与误会矛盾和解的。

余桓廷和方知扬去拿贡品了，墓前只有两个迟暮的老妪。

余衍晴知道方游谦痴呆的事，安慰了乔宝琳两句后，笑着说："我们找的都不是什么好人。"

乔宝琳看了她一眼。

余衍晴又说："一个短命，一个痴呆，我们倒是命苦。"

乔宝琳笑出声，余衍晴也开始笑。

两人的笑声在这悲伤的地方很是格格不入。

可这笑声也带着萧瑟的意味。

其实她们都知道自己的命不苦。

能碰见他，和他在一起，度过这样平淡又不平凡的几十年，她们都已经满足了。

转眼就到冬天了，南方的冬天冻人。

乔宝琳和方游谦都赖在屋里，懒洋洋的。

下午的时候，天际出现暖黄的夕阳，乔宝琳打算出去晒晒，叫了几声方游谦，他都没应她。

她走到书房看他一眼，知道他又忘了自己，便打算自己出去。

院子里有一个秋千凳子，她孙子小时候总喜欢坐这个。

乔宝琳坐在凳子上，享受着冬天的暖阳。

她对着远方出神，过一会儿，她荡得有些疲倦了，不知不觉地闭上了眼睛。

视觉封闭之后，嗅觉、听觉和触觉都十分敏感。

她闻到了冬天的味道，感受到了冬天的风，然后……听到了不远处的脚步声。

她睁开眼睛，阳光正好照在她的眼皮上，视线一晃，她缓了一会儿才看清眼前的景象。

方游谦站在不远处。

他看了她一会儿，问："我能坐坐吗？"

乔宝琳愣了一下，然后指了指身边的空位，笑着说："这就是你的位置。"

方游谦缓慢地走向她，然后在她指的地方坐下。

291

乔宝琳扭头看他,不知他现在是清醒还是糊涂,但此刻的她并不想知道答案。

他坐在她身边就好了。

两个老人靠得很近,一起晒着冬日的暖阳,虽然沉默安静,却也惬意万分。

乔宝琳觉得这一刻就很好。

她想起她和他确定关系的那天,阳光也是这样温柔——当时的他们在这样的午后接吻,此刻的他们在这样的午后陪伴着对方。

乔宝琳一点都不遗憾,也不觉得落差大,甚至感到幸福。

时间就这样慢悠悠地流淌吧,反正他们只剩下对方了。

她低头,装作不经意地碰到方游谦的手。

他一惊,却没有抽开自己的手,只是僵了一会儿后,轻轻将她的手握住。

他们的手已经不像年轻时那般有力,却依旧能够将对方握牢。

乔宝琳一愣,然后又像少女一般心动。

她看向他,发现他正盯着自己。

那眼神很熟悉,和年轻时她吻他的时候一样。

她猜方游谦应该是想起她了,忍不住露出一个甜蜜的笑容。

方游谦因为她这个笑容微微怔了一下。

他将她的手握得更紧,无声地和她一起看向远方,看向温柔的天际,看向他们平坦又幸福的未来。

其实方游谦没想起眼前的人是谁。

他下楼后看见在院子里闭着眼睛的乔宝琳,不受控制地朝她走过去,鬼使神差地问出了那句"我能坐坐吗"。

反应过来后,他当然慌张,可身边的人轻易就让他平息了不安的情绪,他甚至觉得这样和她坐在秋千上很舒服。

所以当乔宝琳去碰他的手时,他只愣了一下,就下意识地将她反握住。

他并不觉得唐突,甚至有一种"就应该这样"的宿命感。

他握着她的手,整颗心都安定下来。

乔宝琳不知道,方游谦就算是忘了一切,就算她头发花白,他也会凭借着本能对她一见钟情。

冬天的午后很温暖,一切都恰到好处。

远处的天际就像是未来,透露着柔软的光芒,朝他们温柔地招着手。

- 正文完 -

番外一
花和永远的公主

乔宝琳比方游谦早去世,这是谁都没有预料到的。

对方知扬来说,更是难以接受的事。

原本健康的母亲在父亲患病的第三年突然被诊断出甲状腺问题。

在医生说有遗传原因的时候,方知扬才知道外婆年轻时甲状腺也出过问题。

虽然母亲立刻进行了手术,但已经不再年轻的身体还是扛不住那一刀。

手术成功了,可是术后的恢复却很糟糕,病情反反复复,伤口感染发炎。

衰老的身体自然遭不住这样的折腾,到最后也算是油尽灯枯了。

母亲走得很安详,看起来没有什么痛苦。她躺在病床上,表情柔和,安静得像只是陷入了沉睡。

那时候方知扬没哭,但他那沉稳冷静了七十年的父亲却颤抖着肩膀,呜咽着停不下来。

方知扬是第一次见父亲如此情绪外放,知道这也是老年痴呆症的一种症状。

他忍不住心酸。

但之后,方知扬第一次觉得老年痴呆这病似乎也不是全无好处的。

至少,方游谦无法记住当时的悲伤。

方游谦到家之后就把这件事忘了,他不记得自己的妻子就在不久之前死去,甚至不记得自己有个妻子。

方知扬担心方游谦又被刺激,索性不让他来参加葬礼。

知道父亲喜欢安静,不喜欢和陌生人生活,为了方游谦生活方便,方知扬便请了一个只管一日三餐的保姆,每天给方游谦送饭。

担心方游谦独居出什么问题,他在家里安装了监控。但他观察了几日,发现自己的担心是多余的。

方游谦的生活和往日一样。

他在固定时间起床,在固定位置看书写字,甚至完全不出门,最多只是到院子里理理花。

因此方知扬完全不担心父亲会出门走丢。

但几日之后,他再看监控,却发现父亲行为诡异。

方游谦脾气焦躁,看书看到一半就会突然起身,楼上楼下来来回回转,过了一会儿像是冻住一样定在原地,愣了几秒之后又摇摇头,坐回固定位置继续刚才的事。

方知扬看到这样的景象后很紧张,匆匆忙忙跑回家中。

他进门,方游谦对他说的第一句话是:"你妈呢?"

方知扬一愣,回答:"我妈……去世了。"

方游谦彻底僵住,像是第一次听到这件事:"什么时候?"

方知扬将母亲因病去世的事又跟父亲说了一遍。

看向父亲的时候,他发现父亲的眸子湿了。

两人久久没有说话,静默了不知多久。

方知扬再抬头,发现方游谦眼里的泪已经消失了,脸上悲伤的表情也不知踪影。

方游谦又忘了。

方知扬重重地叹气,不知自己是该悲伤还是庆幸。

方知扬准备离开的时候,方游谦又突然着急起来,问了他一样的问题。

"你妈去哪儿了?"

方知扬静静地望着自己的父亲,撒谎:"我妈去养老院了。"

方游谦一愣:"什么时候?"

"去了一段时间了。"

"我怎么不记得了？"

"你最近记性不是很好。"

方游谦沉默了一会儿，问："那她在哪个养老院呢？"

方知扬说："就在临心养老院，和余阿姨在一起，过得挺好的。"

方游谦皱着眉头，轻声问："不回来了吗？"

"每个周末我都会去接她回来，还有两天我就去接她回来一趟。"

方游谦面带失落地点点头，没再问什么。

方知扬看着父亲这副模样，决定以后都用这个谎言了。

失落总比绝望来得好。

他不想再看见父亲绝望的眼泪了。

于是他不断使用"养老院"这个借口，方游谦也没再多问。

方游谦的病情时好时坏，想起来了就问，方知扬回答之后不久又忘记。

他循环着路过那段悲伤的回忆。

时间慢慢过去，在那年最热的时节，方游谦瞥见院子里的向日葵，突然想起似乎已经很久没有见过乔宝琳了。

他看向身边的方知扬，问："你妈呢？"

方知扬照例搬出那套虚假的说辞。

方游谦眸子一沉，沉默了许久才问："她是不想回来，还是……死了？"

方知扬震惊，这是方游谦第一次对这个理由提出质疑。

"爸，你想起来了？"

方游谦一愣，神情茫然。

良久，他才说话，声音缥缈得像是一缕风："原来我真把这件事给忘了……"

方知扬这才知道方游谦其实并没有想起来。

"你每次给我留的字条，我都收起来了，我每天都在本子上记着，记着你说要把你妈接回来的日子，但她……从来没回来过。"

方游谦声音淡淡的，听不出喜悲。

这声音落在方知扬的耳朵里,却更像是绝望到麻木了。

方知扬声音沙哑:"爸,你还是忘了吧。"

"……我记住她的时间本来就不多,不想再把她忘了。"方游谦望向方知扬,"之后我再问你,你要跟我说实话。"

方知扬点头。

第二天方游谦问方知扬相同问题的时候,方知扬没说出答案,而是直接带方游谦去看乔宝琳。

他们去了墓园。

这是方游谦第一次来到这里。

至少在他的记忆中是第一次。

他看着眼前的墓碑,久久没有说话。

烈日炙烤着大地,他明媚善良的妻子在这样热烈的盛夏离开了。

他问儿子:"你妈去世了?"

"嗯。"

方游谦在墓碑前蹲下:"我怎么都不记得了……"

他抚摸着碑上的文字,盯着乔宝琳的照片看了很久,直到眼睛都开始泛酸,落下泪来,才摇摇晃晃起身。

他对方知扬说:"我累了,想回家。"

方知扬答应下来,跟在父亲身后。离开之前,他又回头看了一眼母亲。

这天方游谦一直都很清醒。

回去之后,方游谦主动和方知扬聊起乔宝琳。

方游谦状态很好,语气生动,有时甚至带着笑。

他说:"乔宝琳前段时间总喜欢给我讲故事,讲一些我从没经历过的事。"

方知扬问:"什么事?"

"我不知是不是自己的记忆乱了,你妈总说她十几岁的时候跟我谈过恋爱,我总记不起来。但是看到那两串手链,我又隐隐约约记得那种心情。你妈跟你说起过吗?"

方知扬摇头:"据我所知,没有。"

他知道父母十几岁时正是闹别扭的时候，母亲后来出国，父亲又留在国内，怎么都不可能扯上关系。

方游谦也不记得这件事，可乔宝琳讲这些故事时的模样却很真实，像是亲身经历过一样。

明明已经不再年轻，可她的表情是那样轻盈甜蜜，羞涩地说着那些青涩浪漫的故事。

方游谦当时听得遗憾又嫉妒。

遗憾他忘了这样的事，又在嫉妒着故事中的"方游谦"。

方游谦又说："你妈有一段时间总说自己活了两遍，还说第二遍的我对她有多好，多浪漫。我总觉得她是做梦了，但我想……如果是真的也好。因为我记得我年轻的时候没对她说过喜欢。她说的第二遍的我，一定说过很多遍爱她。"

方游谦声音轻轻的，甚至带着释怀的笑意。

方知扬心酸，沉吟了好一会儿才说："放心，她一定是世界上最幸福的人。"

夜已经很深了，但方游谦却不敢入睡，因为此刻他的脑海中都是乔宝琳的模样，他担心自己明早醒来就又忘记她了。

他想着她，眼眶渐渐湿了。

他在想她的夜里默默流泪。

记住她会痛苦，可忘记她会让他更加痛苦。

所以他要记着她，用尽所有力气去记住她。

不知撑了多久，他才抵不住困意睡了过去。

可他做了个梦。

梦见他又回到了那个墓园，白天见过的那块墓前突然长出许多向日葵，它们迎日而开，灿烂得如同乔宝琳炽烈的生命。

他愣愣站在花丛中，被明黄包围。

身后响起乔宝琳的声音，他回头看过去。

年轻的乔宝琳像向日葵一般明丽地笑着。

在他心中，她是花，是永远年轻的公主。

她会永远在他心中的那片向日葵花田中笑得明艳。

番外二
我的父母

因为方知扬的幼儿园离方游谦的公司很近,所以一般都是方游谦接方知扬上下学的。乔宝琳只偶尔去过几次,甚至都没将方知扬的老师认清。

幼儿园的老师也只认识方知扬那个沉稳寡言的父亲,于是一般会将方知扬在幼儿园里的风吹草动都汇报给方游谦。

方知扬上大班的时候,幼儿园开展了一场亲子活动,要求父母中有一人到场。

活动详情老师公布到了微信群里,但那几天方游谦正好在忙一个项目,晕头转向的,便没看见群里的消息。那天中午,他在办公室小憩,醒了之后打开手机一看,发现幼儿园老师在一个小时前给他打了三个电话。

担心是方知扬在幼儿园里出了事,他急忙回拨,老师却没接通。

他又急忙打开幼儿园通知群,这才知道下午有个亲子活动,需要父母其中一人到场。虽然乔宝琳也在群里,但是平时都没见她发言,方游谦估计她也没看到这条消息。

而且若是她看见了,老师应该不会打这么多电话给他。

想到此刻幼儿园里可能只有方知扬一人孤零零地等待着父母,方游谦来不及多加思考,迅速起身,也没整理被自己睡得皱巴巴的衬衫了,抓起西装外套就出门了。

他到幼儿园的时候，门口的老师迎着他进去，他急匆匆地推开向日葵大班的教室门。

班级里的所有人都抬头看向他，他毫不在意地寻找方知扬的身影，最后，他在班级的角落里看到了方知扬，还有方知扬身后的乔宝琳。

方游谦一愣。

乔宝琳对上他的视线后也微怔，反应过来后马上对他说："赶紧进来。"

他这才恍惚地走进班级里，扭头对老师鞠了个躬，算是道歉。

坐到乔宝琳身边后，他才发现班级里只有他们是夫妻一起来的，其他小朋友都只来了一个家长。

乔宝琳一边低头帮方知扬整理着衣服，一边问方游谦："怎么回事？我还以为你忙得来不了呢。"

方游谦缓了缓呼吸，哑着声音说："没看见消息，老师给我打了好几个电话我才知道今天有活动。"

"我本来以为你会来，结果老师给我打了电话。"

方游谦问："你最近不也是挺忙的吗？"

乔宝琳伸手摸了摸方知扬小小的耳朵："嗯，推了下午的会议过来的。"

方知扬扭头看了看自己的妈妈，然后往她的手里放了一个小恐龙的模型。

乔宝琳低头亲了亲方知扬的脸："真乖。"

方游谦看着眼前母子二人相处亲密的模样，呼吸也在不自觉间放轻变缓。

乔宝琳侧头，无意间对上方游谦落在她脸上的眼神，不自然地撇开视线，问："看什么？"

方游谦摇摇头，别开目光，没说什么。

乔宝琳又注意到他折起来的衣袖皱巴巴的，一看就是匆忙之间忘了整理。

她出声提醒："整理一下。"

方游谦没听懂，扭头看她，轻蹙眉头。

乔宝琳没办法，只能亲自动手。

她叹了口气，抓过他的一只胳膊，低头将他被卷起来的袖子整理好。期间，方游谦的手就放在她膝盖上。

乔宝琳注意到他戴着戒指的手指微微蜷缩了几下，像是紧张。

她瘪瘪嘴。

没见过他们这样的夫妻，明明已经同床共枕几年了，这样的接触居然也能让他这样紧绷。

她抬眼看方游谦。

对上眼神后，方游谦立刻躲开视线。

乔宝琳不动声色地动了动嘴角，然后拍了拍他的手腕，意思是整理完了。

方游谦如梦初醒般地收回自己的手。

之后，幼儿园老师站在小朋友们的中心介绍了今天的游戏规则。

今天的亲子活动旨在让小朋友学会分享，需要小朋友们将自己心爱的东西分享给自己的父母。

老师给每个小朋友发了一小袋零食，还嘱咐小朋友们需要先将零食分享给自己的父母后才能自己吃。

大部分小朋友家里只来了一位家长，于是那些小朋友并不需要做出先给爸爸还是妈妈这样的选择。

方知扬手里捏着一条橡皮糖，低头看着上面的糖霜，馋得直咽口水，很想直接张嘴吃掉。

但他想着刚才老师说的话，最后还是忍住了。

他扭头看向身后的父母。

妈妈一脸期待，爸爸满眼温柔。

斟酌片刻，他将手中的糖递到了爸爸眼前。

还不等爸爸低头吃糖，另一边便出现了一张硕大的嘴，那张嘴将他的糖咬住，直接咬掉了一半。

方游谦和方知扬都愣住了。

方游谦扭头看向乔宝琳，她的表情不是很好，嘴里叼着橡皮糖，唇上沾着白色糖霜。

而方知扬在反应过来后，看着只剩一半的橡皮糖，大哭了起来。

于是，方知扬一家三口在向日葵班里丢了大脸。

方知扬坐在地上哭个不停。

乔宝琳狠狠地将口中的糖果吐了出来，想要还给自己的儿子。

穿着西装的方游谦则跪在地上哄着方知扬。

等方知扬停下哭声的时候，方游谦和乔宝琳都被折腾得没了力气。

老师见这一家人精神恹恹的，也没再强留，很善解人意地提出建议："我看知扬哭得一身都湿了，不然爸爸妈妈把他提早带回去吧，换个衣服，要是感冒就不好了。"

乔宝琳和方游谦如蒙大赦，急急忙忙带着哭累了的方知扬离开了。

方知扬被抱上车后座的安全座椅时，他已经哭累，陷入了睡眠。

他眼角依旧湿漉漉的，睫毛被泪水糊湿，连成了一把小扇子，看起来很可怜。

睡梦中，他咂咂嘴，迷迷糊糊吐出三个字："橡皮糖……"

乔宝琳看着儿子这副模样，心情复杂。

想起刚才方知扬将手伸向方游谦的场景，她便觉得郁闷。

"你这小萝卜丁，倒是很护爹。你妈对你不够好吗？"说着，她伸手擦拭掉方知扬眼角的泪水。

站在她身边的方游谦欲言又止，最后还是说："他年纪还小……"

乔宝琳回头看他一眼，低声说："不用说了，道理我都懂。"

但她还是无法和心中的落差感和解。

方游谦没再说话。

方知扬在车上眯了一会儿后就醒了，睁眼的时候，他发现车里很安静。

爸爸安静地开车，妈妈看着窗外，不知在想着什么。

他"哼哼"两声，乔宝琳回头看他，笑着问："醒了？"

方知扬想起刚才妈妈那张硕大的嘴，臭着脸没有回应。

乔宝琳见他不说话，继续问："宝宝生气了啊？"

方知扬双臂抱胸，别开眼，依旧不肯回话。

乔宝琳没再说话，方知扬却抬头看到了后视镜里爸爸的眼睛。

方游谦正皱着眉看他，似乎不是很开心。

爸爸妈妈似乎还有事要忙，将他送到家后就离开了，他便去找外公玩了。

晚饭时间,方游谦回来了,手里还提着一个购物袋。

方知扬像嗅到味道一样凑上去,果然,购物袋里都是些零食玩具,还有几条橡皮糖。

他伸手要去拿,却被爸爸又扯开。

他疑惑地看向爸爸。

乔宝琳蹲下身子,温和地对他说:"等妈妈回来了再吃,和妈妈分享着吃。"

提起妈妈,方知扬的脸又臭了:"妈妈刚才还吃了我的橡皮糖。"

"是吗?你的橡皮糖啊?"

"对啊!妈妈不经过我同意就吃了。"

乔宝琳点头,继续说:"可这个是妈妈的,如果你要吃的话,得问过妈妈。"

"不是爸爸买的吗?"

"爸爸的就是妈妈的。"

"不是我的吗?"

"不是,是妈妈的。"

方知扬瘪嘴,忍住泪意。

他觉得爸爸妈妈都不爱他,于是他转身投向外公的怀抱。可他对那袋零食玩具依旧耿耿于怀,时不时就要转悠到那袋零食玩具旁边东看看西碰碰,爸爸一个眼神看过来,他就又立刻装作什么都没发生一样撒腿跑开。

这样来回几次之后,妈妈回来了。

妈妈似乎很累,只是瘫在沙发上发呆,什么事都不做。

他在妈妈身边转了两圈,最后还是没忍住,跑到妈妈面前,将自己的小脑袋搁在妈妈的膝盖上。

乔宝琳一愣,伸手摸着他的脑袋,问:"不生气了?"

"妈妈,我想吃糖。"他抬头看妈妈,眨巴眨巴眼睛,还露出讨好的笑容。

乔宝琳问:"什么糖?"

方知扬跑过去,将那一袋宝藏拉到妈妈脚边:"这个糖。"

乔宝琳看了一眼袋子里的东西:"谁买的?"

"爸爸买的。"

"那找你爸爸呀。"

"爸爸说他的就是妈妈的,如果要吃,得妈妈同意。"

乔宝琳看向坐在不远处的方游谦,想了想,又收回眼神,低头问方知扬:"你原谅妈妈了吗?"

方知扬点头:"我的糖果就是妈妈的,我要学会分享。"

乔宝琳很满意:"那妈妈的也是你的。"

方知扬瞪大眼睛:"那我可以吃了吗?"

乔宝琳摇摇头,捧着他的脸:"说,你爱妈妈。"

方知扬很听话,依葫芦画瓢:"你爱妈妈!"

乔宝琳脸色一僵:"不是。"余光瞥见方游谦偷笑的模样,她正色对方知扬澄清,"你要说,你爱妈妈,不是重复我说的话。"

方知扬又说:"你爱妈妈!"

乔宝琳咬牙:"不对……你爱妈妈吗?"

方知扬机灵地点头:"爱!"

"你爱妈妈是吧?"

"爱!"

"说,爱妈妈!"

"爱妈妈!"方知扬终于大声说出来。

乔宝琳很满意,捏了捏他的脸:"再说一遍!"

"爱妈妈!"

让方知扬重复了几遍之后,乔宝琳才把零食拆开。

方知扬如愿拿到了零食,开心得手舞足蹈,拿着零食在家里转着圈圈。

他绕到正在看手机的爸爸身边,炫耀一样抖着嘴里的橡皮糖。

爸爸笑着看看他,低声问:"好吃吗?"

方知扬点头:"好吃。"

"你爱妈妈啊?"

"爱!"

方游谦伸手摸了摸他的脑袋，然后凑在他耳边像是在说秘密一样："要像爸爸一样爱妈妈，知道吗？"

方知扬缩着脖子，大喊："知道了知道了！"

乔宝琳没注意旁边父子俩的互动，只知道十分钟后，小萝卜丁竟摇摇晃晃地给她端了杯水来。

他对着她笑："妈妈，喝水。"

番外三
方知扬的兴趣班

不知是不是因为没什么遗憾了,乔宝琳最后走得并不痛苦。

她依稀记得自己只是慢慢失去了意识,身体轻飘飘的,和过去无数次陷入睡眠一样。

不过,在坠入无边黑暗、意识完全消失之前,她似乎听到了方游谦的声音。

像是远方传来的召唤,将她如云雾般的意识慢慢勾了过去,之后他的声音便越来越清晰,她甚至还听到了别人的声音。

混乱又急促的呼喊声中还夹杂着机器发出的有规律的声音。

"嘀、嘀、嘀……"

像是在召唤着乔宝琳。

乔宝琳轻如鸿毛的意识慢慢变得有了重量。

最后,在方游谦的一声呼唤中,她像是被一块大石头绑住,猛地坠地。

她深吸一口气,像是一下回过神来,可是下一秒,痛意也如排山倒海般席卷全身。

她痛得大叫。

实在是太疼了。

但这种痛感对她来说却不陌生。

她睁开眼睛,第一眼看到的是方游谦,虽然他戴着口罩,但单看他的眸子也能感受到他此刻的慌张。

她撇开眼神,看清周围的景象之后才意识到她现在是在生孩子!

她看着方游谦,委屈地哭诉:"我怎么又在生小孩啊?"

方游谦不知她是什么意思,只是握紧了她的手,似乎想要借此给她力量。

乔宝琳心想:自己好不容易死了,怎么睁眼又回到了生孩子的这刻啊!

可身上传来的痛感让她没有多余的精力再抱怨,耳边是医生护士鼓励的声音,方游谦也握紧了她的手。

虽然说一回生二回熟,但乔宝琳的心还是扑通扑通跳个不停。

肚子一阵一阵地疼着,她使出浑身力气,哀号着使劲,不知过了多久,耳边终于响起了婴儿的啼哭声。

脆生生的,就是方知扬的声音。

乔宝琳认得出来。

她躺在床上气喘吁吁,转头对上方游谦担忧的眼神,费尽力气对他笑了笑:"放心。"

乔宝琳再次醒来的时候,周围很安静,她第一眼看到的依旧是方游谦。

他正盯着她看,眼下是一片乌青,似乎已经很久没有合眼了。

见她醒来,他一下瞪大了眼睛,握住她的手,问:"怎么样了?"

乔宝琳的意识渐渐回笼。

此刻,她才认认真真地看着眼前的方游谦。

她看向他眼里几乎要溢出来的浓厚爱意,心中明白自己应该是又回来了。

她真的这般幸运,陪着七十岁的方游谦走过人生最后一段时光后又回到了二十五岁的方游谦身边。

"有哪里不舒服吗?"方游谦着急地询问。

乔宝琳没说话,只是久久地望着他,还反握住了他的手。

方游谦眸光一闪,不知道乔宝琳为何会做出这样的举动。

两人对视了好一会儿,就在方游谦几乎沉不住气的时候,乔宝琳对他招了招手，意思是让他俯下身来听她说话。

他靠近她。

乔宝琳对他说："我很想你。"

湿热的气息喷洒在耳侧，方游谦身体一僵，还来不及说什么，又听见她说："准备好迎接我们的新生活了吗？"

方游谦顿住。

其实这阶段他能感觉到乔宝琳的反常，她时常游离，反应很慢，似乎总在想着别的事，所以他也变得恐惧，担忧她会在某个他没准备好的时间就消失了。

此刻，听着她憧憬期盼的语气，他那颗悬着的心也终于落地。

他知道她身上该是有些他不知道的秘密的，但只要她在他身边，他便什么都不想问了。

方游谦在她的额头上印下一个吻，声音很轻，带着笑意："准备好了。"

乔宝琳眼眶一热，忍着泪意，也在他的脸上亲了一下。

她其实也搞不清楚到底发生了什么，可能老天就是大发慈悲地又给了她一辈子，又或者老天爷只想施舍给她几天，明天她就可能再次离开……

但不管时间是长是短，不管她什么时候会再离开，她都会好好珍惜眼前的方游谦。

两人耳鬓厮磨了好一会儿，乔宝琳想起些什么，推开方游谦的脸，问："我儿子呢？"

方游谦笑着轻声调侃："你现在才想起他。"

乔宝琳低声说："美色误人。"

随着时间的流逝，乔宝琳发现老天爷真是大发慈悲了。

如今，方知扬都已经上小学了，从小豆丁长成了小萝卜丁的模样，她依旧陪在他们身边。

乔宝琳对眼下的生活很满意，家人平安健康，在工作上她也算是平步青云，就连曾经的闷葫芦也开窍了，每天都要在她耳边说上几句甜腻腻的情话。

但日子太平静就不叫生活了。

方知扬小学二年级的时候,乔宝琳和方游谦就"方知扬到底要去上哪个兴趣班"这个问题发表了自己的看法。

两人都不肯让步,甚至有些要吵起来的趋势。

乔宝琳知道方知扬长大后会从事建筑方面的工作,便觉得从小锻炼他的画画功底对他之后的事业会有帮助,所以她支持方知扬去上美术班。

方游谦则认为音乐能够涤荡人的心灵,学钢琴是个不错的选择。

其实一开始乔宝琳是无所谓的。

什么叫兴趣班?方知扬对哪个感兴趣,就应该去上哪个班。但正好,方知扬对两个都很感兴趣,可课后时间就那么多,两个班的上课时间又刚好撞上,于是只能择一。

乔宝琳本来都同意方知扬先去试试钢琴课了,但在她知道方游谦找的那个钢琴老师是张茵月的时候,铁青着脸说:"不行。"

当时,方游谦躺在她身侧正准备休息,乔宝琳一把扭过他的脸,瞪大眼睛,问:"谁?"

"……什么?"

"你说那个钢琴老师是谁?"

"大学同学……"

"张茵月?"

方游谦一愣:"你怎么知道?"

"真是她。"乔宝琳一巴掌盖上他的脸,"还是去学画画吧。"

平时总是顺着她的方游谦这次却也没轻易松口:"我觉得钢琴会好点。"

"不行。"乔宝琳摇头,"画画更好。"

方游谦正色看她:"你给我个理由。"

"因为……"

方知扬之后会从事与画画相关的职业啊。

但乔宝琳没有直说出这话,而是话锋一转:"我找的那个老师很靠谱。"

方游谦在昏暗中盯着她看:"李曲啊?"

乔宝琳也僵住："你怎么知道？"

方游谦没回答，只是略带酸气地说："他不是很会滑滑板吗？还会画画？文体两开花？"

乔宝琳点头："我也觉得他有些过分厉害了，我是前段时间才知道他居然开了一个画室。你想想，送方知扬过去学画画，画累了还能滑滑板，多好啊，劳逸结合。"

方游谦沉默了几秒，问："他单身吗？"

"什么？"

"李曲单身吗？"

"好像是，但有很多人在追他啊。大学的时候我就觉得他很有魅力，也不知道为什么还是单身……"

听了这话，方游谦的脸色更难看了。他琢磨着乔宝琳的话，最后还是摇摇头："我还是觉得他不靠谱，他又不是美术专业的，基础肯定不扎实。"

"你这是小心眼，人家学画画学了十几年，滑板只是闲暇时候用来放松的，他连消遣的运动都能拿到奖牌，画画肯定更加优秀。"

方游谦依旧不肯松口，翻了个身："还是去学钢琴吧。"

"不行！"乔宝琳对着他的耳朵抗议。

方游谦缩起脖子，伸手将被子往上提，一下将两人都罩住了。

乔宝琳突然被困在黑暗中，正想要发作，却又被他桎梏住。

她反抗，他压制。

两人在被窝里闹了好一会儿，最后都气喘吁吁，浑身大汗。

方游谦压在乔宝琳身上，深情地盯着她，手指擦过她的鬓发："去学钢琴吧？"

他低头吻她的唇，一下一下，像在顺她的毛。

不过乔宝琳并不会轻易被美色迷惑，扭开头，一把推开他："学画画。"

方游谦问："为什么不能学钢琴？"

乔宝琳反问："为什么不能学画画？"

他们互相质问，对视两秒后都忍不住笑了出来。

其实他们都知道对方不肯同意的原因，但也都不肯退后。

方游谦趴在乔宝琳的颈间闷闷地笑,乔宝琳边笑边随手弄乱他的头发。

笑累了之后,两人回归正题。

方游谦说:"张茵月和我没关系,我从头到尾,从过去到未来,一直都只会喜欢你。"

乔宝琳哪里知道他会突然这么告白啊,脸红了一阵,又说:"但我跟李曲也没任何关系啊,我们还是前段时间联系上的。"

方游谦瘪嘴,乔宝琳装没看见。

两人依旧不肯让步,最后各退一步,达成协议——

让方知扬各试几节课后自己选择是要学画画还是学钢琴。

两人还约定好了,当方知扬去学画画的时候,方游谦负责接送他上下课;方知扬去学钢琴的时候,乔宝琳负责接送。

第一周,方知扬先去了李曲的画室。

乔宝琳看着方游谦背着大包小包的画具陪着方知扬出门的时候,忍不住笑了:"好好听老师的话啊!"

天快黑的时候,方游谦才带着方知扬回来。

方知扬蹦蹦跳跳,很开心的模样,跟在他身后背着大包小包的方游谦则是黑着一张脸。

乔宝琳上前问方知扬:"喜欢画画吗?"

"喜欢!"

"下周还去吗?"

"去啊!李老师好厉害,滑滑板也很帅!"

乔宝琳一脸得意地看向方游谦,仿佛胜负已定。

可是第二周,方知扬从琴室里出来的时候,也是一脸兴奋。

乔宝琳僵着脸,问他:"好玩吗?"

"嗯,好玩!张老师好漂亮,弹的曲子好好听啊,她还会弹《两只老虎》呢!"

乔宝琳抿唇,盯着方知扬,又问:"妈妈漂亮还是张老师漂亮?"

方知扬似乎很纠结,最后还是说:"张老师。"

乔宝琳"哼"一声:"回家!"

回去之后，方知扬很兴奋地向方游谦说着弹钢琴有多有趣。

方游谦问："喜欢啊？"

方知扬点头。

"下周还去吗？"

"去啊！"

乔宝琳站在一边，觉得这对话很熟悉……

方游谦笑着看乔宝琳一眼，又问方知扬："下周，你想去画画还是弹琴？"

乔宝琳紧张得心"扑通扑通"跳，用期待的眼神盯着方知扬。

可孩子肯定是不懂她这眼神是什么意思，纠结了好一会儿，摇摇头："我不知道……我都想去。"

方游谦也失望下来。

乔宝琳则是兴冲冲上前抱住自己的儿子："那咱们下周再去画画，再对比一次，好不好？"

"嗯嗯。"方知扬点头。

第三周，乔宝琳回家的时候却发现本应该去接方知扬下课的方游谦正在沙发上坐着。

"儿子呢？"

"他外公说要去接他下课，我就没跟过去。"

"可是现在都几点了？"

"估计是去超市买玩具了。"

乔宝琳没再说什么。

又过了两个小时，爷孙俩才说说笑笑地推门进屋。

乔国阳身上背着不少东西，有方知扬的画具，还有自己平时钓鱼的工具。

跟在他身边的方知扬则是小心翼翼地提着一个水桶，一进屋就大喊："我和外公钓到大鱼了！"

乔国阳放下东西，看向方游谦和乔宝琳，问："听说你们最近在让方知扬从画画和弹琴中选一样来学？"

两人点头。

乔宝琳正打算说画画的好处的时候，乔国阳摆摆手："我已经帮你们问清楚了，他知道自己要学什么了。"

说完，他牵过方知扬："扬扬，告诉你爸爸妈妈，你想学什么？"

方知扬的语气抑扬顿挫，像在演讲："爸爸妈妈，我想好了，我不去上兴趣班了，我觉得还是跟着外公钓鱼有意思些。"

乔国阳一脸满意。

方知扬继续说："我还能跟那些爷爷学下象棋，这比画画和钢琴都有意思。"

乔宝琳和方游谦瞠目结舌，没想到方知扬最后竟给出这么个答案。但有乔国阳在方知扬身后撑腰，夫妻二人都没再说什么。

于是这场兴趣班风波就这样以学习"钓鱼"和"象棋"收尾。

不过，值得一提的是，方知扬在两年后的小学生象棋比赛中拿了全校第一名。

乔国阳出门钓鱼的时候，总是要拿外孙的这个奖项在其他老头面前吹牛。

恋爱复习手册